Prends sur toi

« Une histoire d'amour aussi passionnée et intelligente qu'elle est belle. » *–Alta Hensley, auteure de best-sellers* USA TODAY

« Faites de la place sur vos étagères pour cette histoire d'amour sensuelle, douce et corrompue ; bref : satisfaisante ! » *–Myra Danvers, auteure de best-sellers* USA TODAY

« Un roman somptueux et génial ! Addison Cain au sommet de son art. » *–Zoe Blake, auteure de best-sellers* USA TODAY

Prends sur toi

par

Addison Cain

ISBN : 978-1-950711-63-5

Chapitre premier

D'épaisses coulées de sueur s'étaient accumulées entre les seins d'Eugenia. Sa bouche était aussi aride que le désert. Consciente de combien ce geste était répugnant, elle plongea néanmoins ses doigts sales entre les monts poisseux pour porter le liquide salé à ses lèvres asséchées.

Elle les suça jusqu'à ce qu'ils soient propres, ignorant le petit arrière-goût de poussière.

Puis elle s'empressa de couvrir la chair exposée de son décolleté. Son corps était drapé de la tête aux pieds, protégé du soleil de plomb. Cette protection constituait en grande partie la raison pour laquelle elle avait l'impression de se liquéfier vivante dans ce no man's land.

Transpirer, ou brûler et transpirer. Perdant à tous les coups.

Un chapeau à larges bords, tressé à la main et moche comme tout, abritait son visage du soleil. Un bandana empêchait la poussière de pénétrer dans sa bouche. Des couches de tee-shirts rapiécés, des peaux de bêtes mal cousues, un jean et des baskets sur le point de perdre leur semelle… Depuis la fin du monde, ces bandes de tissus, et quantités d'épingles à nourrice et de cordes en boyaux, la rendaient aussi irrésistiblement repoussante que tous les autres survivants.

Et ce satané, cet impitoyable soleil ; elle avait encore des kilomètres à parcourir avant d'atteindre Fresh Water sur sa carte.

Cela faisait deux jours.

Sous une chaleur aussi écrasante, deux jours sans boire suffisaient à tuer.

Les rives d'un lac proche, que traversait le pont en pierre délabré sous ses pieds, n'étaient qu'un autre rappel que l'on ne pouvait plus se fier à rien. L'eau trouble, imbuvable, narguait les voyageurs. De l'eau qui en avait tenté plus d'un. Eugenia avait vu suffisamment de cadavres en chemin pour savoir qu'il valait mieux se méfier des tours de la nature.

Qu'il valait mieux se garder d'écouter le doux clapotis du lac, alors même qu'elle ne rêvait que d'une chose : s'y abreuver.

Il avait été si facile autrefois de sortir une bouteille d'eau fraîche du frigo. De ne douter ni de sa provenance ni de sa pureté. La nourriture avait été abondante et variée. Les gens employaient des mots comme *bio, végan, de premier choix…*

Aujourd'hui ? Plus vraiment. Elle avait le choix entre manger ce qu'elle pouvait débusquer ou se résoudre à ne rien avaler du tout. Et cela incluait les rares snacks périmés, qui auraient pu paraître excitants quand les asticots étaient souvent au menu. Or, à la vérité… le goût d'*avant* s'accompagnait rarement d'un sentiment de nostalgie, mais plutôt de souvenirs aussi tranchants qu'une lame.

Le pont en pierre ; le lac ; la forêt morte, la narguaient suffisamment en lui remémorant ce que le monde avait été. Une découverte rare – des Cheetos ! – ne faisait aujourd'hui que la gonfler.

Un courant d'air humide fit bruisser les branches, mais sans le murmure, le doux friselis des feuilles tandis que les arbres se balançaient. On n'entendait que le bruit sec, cassant, du bois qui se fend.

— Qu'est-ce que je donnerais pas pour un climatiseur…, marmonna-t-elle – des dernières paroles pitoyables, mais qui valaient la peine d'être prononcées.

— Ils en ont en ville, grommela l'homme qui avançait laborieusement à ses côtés. Si t'allais dans une d'elles, tu pourrais te payer ton air frais comme tous les autres.

John n'était pas le pire compagnon qu'elle avait rencontré sur la route. Il avait à peu près son âge et était assez fort pour porter son propre sac à dos et contribuer à leur quotidien. Du genre réservé. Il n'avait eu les mains baladeuses qu'une fois. Elle lui avait rappelé les manières que sa mère lui avait enseignées avant que la guerre nucléaire ne foute tout en l'air partout. Il avait retenu la leçon.

— Dois-je te rappeler, John, que ce *raccourci* était ton idée ?

Il avait insisté lourdement pour qu'ils empruntent cet itinéraire, s'était penché vers elle sans effleurer ne fût-ce que son épaule quand ils étaient tombés sur un croisement et qu'elle avait dû se décider à tourner à droite ou à gauche.

— Si on en croit ta carte, cette piste réduisait de deux jours le trajet jusqu'à Fresh Water, dit-il avec un petit sourire de travers et un haussement d'épaules.

Une route pavée n'était pas une piste, mais elle ne vit guère l'intérêt de le corriger. D'autant plus qu'elle avait accepté. Et pour quelle raison ? Parce que ce trajet les éloignait des colonies marquées sur sa carte.

Et, surtout, parce que les voyageurs évitaient les bois morts, partant du principe erroné qu'ils étaient empoisonnés. Cependant, les arbres n'étaient ni noircis ni flétris. Ils ne portaient aucun des signes révélateurs d'une éventuelle radiation. Certes, ils étaient morts, mais ils montraient également des signes de pourrissement. Or, les forêts irradiées ne se décomposaient pas, car les microbes responsables du recyclage de la matière organique ne survivaient pas aux rayons. Ces arbres étaient donc morts après la chute des bombes.

À cause des spongieuses.

Année après année, les chenilles avaient ravagé les feuilles des arbres, endommageant leurs facultés respiratoires et photosynthétiques, ce qui avait fini par les tuer. Ils étaient tombés et s'étaient décomposés, comme ils étaient censés le faire. De nombreux troncs gisaient en travers de la route, où ils se transformaient graduellement en sciure.

Les bois abritaient des insectes à grignoter. Des animaux à chasser. Une autre végétation y poussait à présent, comme des mauvaises herbes dans un cimetière, ce qui signifiait également qu'il y avait de la pluie.

Pas qu'Eugenia ait beaucoup profité d'un orage soudain ou qu'elle se soit sentie soulagée quand de l'eau potentiellement potable s'était déversée des cieux. À en croire le cadavre desséché, étendu à plat ventre au milieu du pont devant eux, la pluie n'avait pas fait grand bien à ce pauvre vieux non plus.

John se précipita vers le macchabée pour piller son sac à dos. Il baissa la fermeture éclair et ne trouva… rien de valeur à l'intérieur. Eugenia aurait pu le prévenir que c'était peine perdue. Si ce miséreux avait eu de l'eau, il n'aurait pas trouvé la mort en plein milieu d'un pont, face contre terre et ignoré par les bêtes sauvages.

Elle laissa son compagnon geindre et maudire le sort.

Eugenia partageait les frustrations de John, comme tous ceux qui erraient dans ce monde dépouillé, où rien n'était facile et où tout était douloureux.

Un monde que les hommes, dans leur cupidité, avaient détruit.

Un monde trop gâté, où elle était en train de passer sa deuxième année en faculté de médecine. À Harvard. Avec une bourse d'études complète.

Puis les bombes étaient tombées ; les villes avaient été anéanties en un clin d'œil. C'était arrivé alors qu'elle campait avec des amies. Amies qui étaient toutes mortes à l'heure qu'il était, ou prostituées. Ou mortes d'avoir été prostituées. Elle l'ignorait.

Elle refusait de s'attarder trop là-dessus. Comme elle refusait de penser à qui le mort avait pu être.

Parce que ce qui avait existé avant n'était plus.

L'âge des ténèbres était de retour, plus agressif que jamais, ainsi que les *villes*. Toute ville était un cloaque. Peu importait laquelle. Aucune hygiène publique. Des gangs errants se disputaient constamment le territoire. La seule manière pour les femmes de gagner leur pain était de vendre leur corps.

Et, étant donné l'intensification extrême de la violence à leur égard depuis que le monde s'était précipité vers sa fin, des femmes, il n'en restait plus beaucoup.

Alors que les villes aillent au diable. Et, vu les types qu'elle avait rencontrés depuis la chute des bombes, que les hommes aillent au diable aussi.

John n'était pas trop mal, comme compagnon de route. En revanche, s'il lui adressait encore une fois ce regard de chien battu, elle ne se retiendrait pas de lui enfoncer son poing dans la tronche.

Appuyée contre le parapet en pierre effrité, elle le regarda fouiller les poches du macchabée en se demandant quand elle connaîtrait le même sort. La vache, ils seraient déçus. Elle ne transportait rien de valeur dans son sac à dos – le sac lui-même était tellement délavé qu'on ne se serait jamais douté qu'il avait un jour été bleu. Déchiré ici et là. Dépourvu de vivres. Lourd, car peu importait combien les temps étaient durs, Eugenia n'abandonnerait jamais ses deux tomes du *Manuel de pédiatrie de Nelson*.

John retourna le corps pour voir ce que les loques pourries pouvaient bien receler. Le cadavre semblait lui sourire.

— On doit continuer, marmonna Eugenia gravement.

Ou elle mourrait de la même mort.

Sur un pont en pierre apparemment sans fin, au milieu d'un territoire inconnu et dangereux, en quête d'une eau si proche qu'elle pouvait presque la goûter. Elle se sentait presque devenir folle au son du liquide contaminé qui lapait la rive à quelques mètres de là.

Celui-là n'était pas différent des autres cadavres qu'ils avaient croisés sur leur chemin. Des corps entiers, des corps boursouflés, des corps desséchés et… bien… des bouts de corps abandonnés par les chiens sauvages après leur repas.

Le meilleur ami de l'homme n'était plus aussi amical lorsqu'il était affamé.

Ce qui était dommage, car Eugenia avait grandi avec un adorable cabot. Elle appréciait toujours les chiens. Eux l'appréciaient aussi… pour le goûter.

Elle avait trouvé plus difficile de tuer ce premier jeune chien pour se défendre que de poignarder un homme qui essayait de la violer.

Et ça, ils l'avaient tous essayé.

Raison pour laquelle elle avait été forcée de quitter son abri, une fois de plus, et de partir en direction du sud, vers un nouveau territoire.

C'était en chemin qu'elle avait rencontré John, en train de s'apitoyer sur son sort en bordure de route. Elle ne s'était pas arrêtée pour bavarder, mais avait partagé quelques provisions avec lui.

Tout le monde se raccrochait à quelque chose de son passé.

Pour John, cette chose semblait être un sentiment d'optimisme naïf.

Pour Eugenia, c'était une ténacité pure et une colère toujours aussi vive à l'idée qu'à cause d'un président à la noix et d'un monde devenu complètement timbré, tous ses rêves avaient été réduits en cendres. Tout son dur labeur, tous ses sacrifices pour atteindre ses objectifs… tout ça pour rien.

Deux années en fac de médecine ne faisaient pas d'elle un médecin. Une interne, en théorie. Ses compétences l'avaient d'ailleurs aidée quand elle n'avait rien d'autre à troquer. Mais une interne avec des nichons ne serait jamais en sécurité.

Elle avait appris cette leçon dans la première colonie infestée de maladies. Alias, le bidonville de Wellspring.

Joli nom pour un endroit aussi affreux.

Au fil des années qui s'étaient écoulées depuis, elle n'avait pas visité un seul endroit qui ne soit pas aussi horrible. Alors autant en choisir un et y planter son drapeau. Abandonner sa vie d'errance. Vivre là où les ordures s'accumulaient dans les rues et où l'eau sale et le manque d'hygiène rendaient les gens malades. Essayer d'améliorer les choses.

Mais s'ils ne se remettaient pas bientôt en route, elle finirait par mourir de soif sur ce long pont en pierre, sans jamais retrouver sa chère climatisation. John lui piquerait probablement toutes ses affaires avant de mourir un kilomètre ou deux plus loin. Un autre voyageur pillerait sa dépouille, comme elle en avait pillé pendant des années en prétendant ne pas pleurer.

Aujourd'hui, elle n'avait plus de quoi former des larmes. Elle ne voyait plus l'intérêt d'avoir des remords. Toutefois, cette graine de colère suppurait toujours, parce que son avenir parfait lui avait été dérobé par des crétins avides de pouvoir. Et six ans de cette vie pénible ne l'avaient pas brisée aussi vite que d'autres.

Ce qui était injuste.

Pourquoi s'en soucier encore ? À quoi bon continuer à chercher un endroit et des hommes décents ?

— Hé ! T'as vu ça ? lança John en agitant le bras – une perte d'énergie précieuse – en direction d'une portion du lac dissimulée derrière un bosquet d'arbres morts.

— Ouaip, c'est de l'eau.

— Je ne croyais pas à toutes ces histoires, mais, ça alors ! Ils ont même le courant !

L'électricité était l'apanage des villes et, même là, elle était rare, discontinue et coûtait plus qu'un coup de queue dans la chatte. Une pénétration anale. Voilà ce que coûtait l'électricité.

Or, quelque chose scintillait bien à travers le bosquet d'arbres pourris. De la lumière électrique. Ce qui voulait dire de l'eau.

Ce qui voulait dire une chance de survie.

Eugenia était déjà occupée à dresser une liste mentale du bric-à-brac que contenait son sac, se creusant les méninges pour trouver quelque chose à troquer contre une gourde pleine tout en rêvassant honteusement de climatisation et d'un lit doux.

Elle se rendait également parfaitement compte qu'un bateau de croisière n'avait rien à faire sur un lac d'eau douce. Que l'électricité n'avait pas sa place dans le no man's land sur sa carte. Et qu'elle avait dû passer trop de temps sans s'hydrater, d'où les hallucinations.

— Attends ! cria-t-elle d'une voix si rauque que, malgré sa tentative de l'arrêter, il ne l'entendit pas.

John se précipitait déjà vers le lac. Il pataugea dans la vase et, abandonnant tous ses biens de valeur sur la rive, plongea puis se mit à nager vers l'énorme bateau étincelant.

Quelque chose clochait.

Qui donc utilisait de l'électricité en plein jour ? Cette horrible intuition, qui l'avait protégée autant que faire se peut dans ce nouveau monde, lui noua tellement les entrailles qu'elle en eut le souffle coupé. Cet endroit n'était pas bon. Ce n'était pas un endroit décent si personne n'en avait entendu parler, si aucune carte à sa connaissance ne marquait l'emplacement d'un paquebot amarré au milieu d'un lac, assez grand pour abriter des milliers de passagers.

Et des passagers, il y en avait en ce moment-même sur le ponton, sortis après avoir entendu les beuglements de John. Une passerelle avec tapis rouge menait aux niveaux supérieurs, accueillant les passagers comme si ceux-ci embarquaient pour la croisière aux Bahamas dont Eugenia avait tant rêvé.

Il devait y avoir de l'eau à bord. Des systèmes de filtration qui la rendaient potable.

— John, reviens !

Mais, l'ignorant, celui-ci continua à nager.

À présent, elle pouvait voir que les quelques badauds rassemblés sur le ponton étaient armés. Des hommes pointaient du doigt dans sa direction, comme pour dire « *Allez me la chercher* ».

Parce que cet endroit *n'était pas bon*.

Et qu'à cause de John, ils l'avaient repérée.

Ses options étaient limitées. Traverser le lac à la nage et affronter ce qui l'attendait selon ses conditions. Ou attendre que le détachement déjà en train de monter à bord du canot pneumatique la traque dans les bois.

Elle n'avait pas la force de courir. Elle n'avait pas non plus la force de nager.

Mais il était hors de question sur cette planète morte et abandonnée par Dieu qu'elle reste plantée sur la rive en attendant qu'on vienne l'y pêcher.

Finir noyée dans ce lac valait sans doute mieux que mourir sous les assauts d'inconnus, pourchassée par les hommes qui fendaient allègrement l'eau à coups de rames pour l'atteindre.

Des hommes qui ne lui adressèrent pas un seul mot de bienvenue. Qui paraissaient grands et bien nourris.

Sans oublier leurs armes. Et ce n'étaient pas des armes de pacotille…

Puisqu'il faisait si étouffant, pourquoi ne pas prendre un dernier bain ?

Pour leur faire voir qu'elle n'avait pas peur. Qu'elle ne cédait jamais. Qu'elle n'était pas bête au point de leur offrir une chasse à l'homme dans les bois morts.

Décision prise.

Elle se débarrassa de son chapeau, du sac à dos contenant ses précieux bouquins et des couches extérieures, qui feraient barrage entre sa peau sale et l'eau fraîche, trouble. Puis elle plongea et nagea en direction du bateau, consciente qu'elle ne l'atteindrait jamais.

Mais elle l'atteignit pourtant.

L'instinct de survie avait refusé de la laisser couler. Bien qu'elle délire, son corps avait bravé son esprit tandis qu'elle fendait les eaux comme un poisson. Ses doigts se cramponnèrent à la passerelle flottante. Elle était parvenue elle ne savait trop comment à croiser le canot et à dépasser John, qui barbotait dans son sillage.

Les mains fermes d'un inconnu la sortirent du lac, et elle tomba immédiatement sur le dos, les yeux tournés vers un soleil si aveuglant qu'elle fut incapable de discerner les visages plongés dans l'ombre qui la toisaient.

— Eh ben, c'est-y pas qu'elle est jolie ?

Quelqu'un était en train de la tripoter, de tourner son menton et de repousser les boucles rousses trempées sur sa joue, mais repousser ces attentions représentait trop d'effort pour ses muscles épuisés.

— Bas les pattes !

— Et autoritaire avec ça !

Eugenia ignora les bruits, les crachats et la toux de son compagnon, qui se faisait tirer hors de l'eau. Toujours aveuglée par le soleil, mais s'efforçant de discerner la silhouette sombre qui se tenait le plus près d'elle, elle marmonna :

— Dites-moi juste une chose, m'sieur. Vous avez la clim sur ce bateau ?

Un gloussement masculin lui répondit.

Son compagnon toussa, puis inspira à fond avant de déclarer :

— Je vous ai amené la fille pour vous la vendre. Comme vous pouvez le voir, c'est une beauté. Un bon coup aussi.

John ! Putain de John aux yeux de chien battu !

Comment osait-il ?! Après qu'elle eut chassé pour lui, partagé ses ressources… qu'elle l'eut laissé voyager à ses côtés et épier sa précieuse carte !

Quelqu'un porta une gourde à ses lèvres ; l'eau propre, réchauffée par le soleil, éclaboussa sa langue desséchée. Juste là, alors que l'eau inondait son œsophage, elle sut. John avait toujours eu l'intention de la vendre. C'était pour ça que cette lopette avait cherché à l'appâter jusqu'en ville. Pour ça qu'il avait *suggéré* ce raccourci après qu'elle eut fait la sourde oreille à ses plaintes.

— Nous sommes d'accord pour la fille ? demanda John en rampant vers l'endroit où on l'abreuvait.

— Non.

Un « non » autoritaire, ferme.

Peut-être y avait-il un bon Dieu, après tout.

Ou peut-être n'y avait-il que le mal.

— Un esclave ne peut pas vendre un autre esclave. Tu veux de la flotte, mon gars ? Tu vas devoir la gagner. Si tu ne bosses pas, on te jettera par-dessus bord avec tout le reste de ceux qui n'y ont pas mis du leur.

Dans ses sous-vêtements débraillés, malgré ses tempes qui martelaient et ses muscles ramollis, Eugenia trouva la force de se redresser sur un coude et de cracher jusqu'à la dernière goutte de la précieuse eau dans sa bouche sur le traître.

— Espèce de porc !

— Faites-la dégager du pont avant que sa peau crémeuse ne brûle, ordonna celui qui l'avait qualifiée d'esclave au premier regard. Emmenez-là au niveau 15 avec les femmes – *dans l'air conditionné*. Qu'elles la lavent et la gardent en vie. Cette sirène est trop exquise pour la laisser mourir.

Elle eut beau lutter avec le peu de force qu'il lui restait, mordre, pousser des cris rauques et se débattre, cela n'empêcha nullement l'un d'eux de la jeter sur son épaule comme un vulgaire sac à patates.

Le trajet ne fut pas court, mais elle ne jeta pas l'éponge. Incapable d'occasionner des dégâts avec ses bras, elle employa sa langue acérée. Elle menaça la vie de l'étranger et jura qu'elle lui arracherait la queue s'il l'approchait d'elle. Sa mère. Sa famille. Elle fut créative dans ses insultes, jusqu'à ce que s'ouvre une porte et que l'air frais frappe son dos.

Il y avait vraiment de l'air conditionné à bord de ce bateau ! Un souffle sur sa peau suffit pour qu'elle passe de diablesse enragée à épave sanglotante.

Ce confort si futile, qui lui avait manqué le plus depuis que la chute des bombes avait anéanti sa vie, était aussi divin que dans ses souvenirs.

— Hé, Joan, voilà une petite nouvelle. Le capitaine veut qu'elle soit nettoyée et gardée en vie. Au niveau 15.

— Ah ben, siffla une voix féminine – mûre, posée –, en v'là t'y pas une qui va faire saliver les hommes ! Et regardez-moi cette tignasse rousse.

— Et son tempérament va de pair. Attention, elle mord. Alors faites gaffe, l'avertit l'armoire à glace qui l'avait traînée dans cet enfer climatisé en la posant contre quelque chose de doux, d'oublié.

— Ouais, entendu. Maintenant, dégage. Les hommes sont pas autorisés ici avant le coup de gong.

Chapitre deux

De l'eau en suffisance pour faire ballonner son ventre, de l'air climatisé, béni, un lit avec de vrais draps, si propres que son corps sale y avait laissé son empreinte… ç'aurait dû être le paradis.

Mais on en était loin.

S'aidant du seul hublot de sa cabine – trop étroit pour être franchi et trop haut au-dessus du lac pour survivre à la chute après s'être disloqué l'épaule pour pouvoir s'y glisser –, Eugenia avait compté le passage de deux jours.

Le temps de se réhydrater. Ce temps, elle l'avait passé à dormir, à boire et à manger les repas qui lui avaient été apportés par la pragmatique Joan. À utiliser de véritables toilettes quand ses reins soumis à rude épreuve devaient faire leur travail.

Le hublot offrait une vue plongeante sur la paroi d'une falaise, qui cachait le bateau à la vue des voyageurs et vagabonds assez courageux pour s'enfoncer dans les bois pourris, apparemment sans fin.

La nuit, les chiens hurlaient, et ce son familier, redouté, la faisait bondir sur ses pieds, le cœur dans la gorge, tandis qu'elle cherchait à tâtons un couteau qui n'était pas là. Qu'elle se précipitait vers un abri. Tout cela pour se retrouver en train de cligner des yeux dans le noir, hagarde, protégée par une coque en acier trempé.

Ici, ce ne serait pas une meute de chiens errants qui essayerait de s'en prendre à elle. Ce qui l'attendait était bien pire.

Son intuition ne la trompait jamais.

Ce n'était pas comme si elle ne s'était pas déjà retrouvée dans le même pétrin. Cela dit, elle avait toujours été acculée dans des ruines, une cabane, une cage, un fossé… Jamais à bord d'un immense paquebot qui fonctionnait à l'électricité, doté de toilettes avec chasse.

À nouvelle situation, nouvelle perspective. D'abord, son corps avait besoin de repos.

Sans eau, elle mourrait.

Et ici, l'eau était distribuée en abondance, avec des *glaçons* qui tintaient contre les parois du verre. Ils avaient même des machines à glaçons, bordel ! Ils avaient des armes, ce qui signifiait sans doute aussi qu'ils avaient des munitions.

Ils disposaient de ressources en suffisance pour nourrir ce qu'ils considéraient comme une esclave, et accorder à celle-ci le luxe du temps pour être plus que… ce qu'elle avait vu tant de femmes devenir.

Trois repas fades, le plus souvent du ragoût, lui étaient apportés chaque jour, comme si elle était une sorte de princesse enfermée dans sa tour. Aucun d'entre eux n'était servi avec un quelconque ustensile – il ne manquerait plus qu'elle essaie de transformer une fichue cuillère en arme ! Elle n'avait droit qu'à un morceau de pain croustillant qui, en soi, était si rare qu'elle le dévorait malgré la brique qui lui pesait l'estomac.

Ils avaient des fours. Ils avaient des cuisinières. *Ils faisaient leur propre pain.*

À part Joan, personne n'était entré dans sa chambre. Nul homme n'était venu railler à sa porte.

Elle n'avait entendu aucune dispute dans le couloir quant à qui allait se la taper en premier.

Lorsqu'elle hurlait pour qu'on lui réponde ou projetait son corps contre la porte, personne ne mordait à l'hameçon.

Deux, puis trois jours passèrent avant que sa solitude ne soit brisée par plus qu'un plateau repas et une vieille dame sympathique. Cette fois, Joan arriva avec des ordres.

Pour commencer, l'obséquieuse garde-chiourme la fit prendre une douche surveillée. La dominant de toute sa taille, Joan s'assura que chaque centimètre carré de sa peau était récuré et que tout poil perdu était retiré. Elle se chargea de frotter ses boucles rousses pour les débarrasser de la boue qui les encroûtait, considérant apparemment que les talents de shampouinage d'Eugenia laissaient à désirer. Elle couvrit sa chevelure d'après-shampooing avant de démêler ses mèches trempées au peigne. Eugenia eut l'impression qu'on lui avait arraché la moitié de ses cheveux.

Joan fit tut-tut et secoua la tête en butant contre un énième nœud.

— Jeune fille… Tu as eu trois jours pour te laver, et c'est moi qui dois maintenant t'y forcer. As-tu la moindre idée de combien tu puais ?

Bah… Eugenia n'allait certainement pas s'excuser pour ça.

— Comment étais-je censée savoir que l'eau était propre ?

Et pourquoi diable aurait-elle voulu se débarrasser de toute cette crasse ? Pour que les *choses* qui rampaient dans cet endroit la trouvent plus attirante ?

La vieille femme s'échinait toujours à démêler un nœud qu'elle aurait sans doute mieux fait de couper court.

— Personne n'a dû laver cette tignasse depuis plusieurs années…, maugréa-t-elle.

Eugenia avait beau être nue devant cette inconnue, son sarcasme commençait vraiment à lui taper sur les nerfs.

— Oh, ouais, faut dire qu'à chaque occasion qui se présente, je débarque au Four Seasons pour réserver la suite présidentielle, en plus d'une journée aux thermes. Je peux savoir combien de temps vous avez passé là dehors, m'dame ? Parce qu'il suffit qu'un mec se soit rincé l'œil pour finir pute sur un paquebot, et devoir se raser les jambes et les aisselles devant des inconnus. Oh, sans oublier le type qui vous tourne le dos mais reste à un mètre de là, au cas où il me viendrait à l'idée d'utiliser le rasoir à barbe pour attaquer Madame Joan, dompteuse de femmes récalcitrantes qui préféreraient franchement dégager de ce rafiot !

Sa tirade lui valut un sourire en coin. Décidément, avec sa coupe au bol et ses cheveux argentés, Joan avait plus sa place dans une réunion d'affaires que dans des douches communes.

— Ma chère, tu as une dette à rembourser, à présent. Trois jours de nourriture et d'eau, en plus de deux nuits à bord. Oh, et sans oublier ces vêtements que tu as si gentiment refusé de porter. Entendons-nous bien : les hommes rêveraient de voir la petite nouvelle nue dès son premier jour, mais ne brûlons pas les étapes.

— Comment avez-vous fait pour trouver des fringues pareilles ici ?

Une culotte en dentelle. Une mini-jupe plissée à carreaux. Un chemisier à nouer sous la poitrine pour exposer son nombril.

— C'est une tenue digne d'une strip-teaseuse ou d'une vilaine écolière catholique... et je ne suis pas une catin.

— Non, c'est sûr. Ils ne te paieront pas, dit Joan sans mâcher ses mots, chose pour laquelle Eugenia s'avouait reconnaissante, étant donné les circonstances. Ils ne te paieront pas pour ton temps. Parce que, jeune fille, tu es désormais asservie sous contrat.

Les gens intelligents employaient souvent un langage sophistiqué pour embrouiller les gens bêtes. Eugenia lui lança un rictus qui voulait dire « pas de ça avec moi » avant de rétorquer :

— Ma mère avait l'habitude de m'appeler « jeune fille », mais uniquement quand j'avais des ennuis.

— Et tu es effectivement une source d'ennuis, mais rien que quelques semaines de dur labeur ne finiront pas par régler.

— Ou alors – et merci de bien vouloir m'écouter jusqu'au bout, se risqua Eugenia en levant les mains et en lui décochant son sourire le plus charmant, sans prêter attention au garde tout proche. Les femmes pourraient se mutiner, empoisonner les hommes et prendre possession du paquebot. On pourrait le rebaptiser « Nouvelle-Amazonie ». Hein ? Bonne idée, non ?

— Il faut un équipage de trois cents hommes pour que ce bateau se maintienne à flot, rassembler la nourriture, s'occuper des entretiens et du courant, effectuer les réparations, repousser les envahisseurs et marchander. Désolée, jeune fille, mais je suis très bien où je suis… et tu le seras aussi quand tu auras accepté que le monde n'est plus ce qu'il était.

— Ce n'est pas ma faute si vous autres vieux schnocks avez élu le mauvais président ! Je n'avais même pas dix-huit ans quand cette patate a fraudé son premier mandat. *Vous* avez anéanti ce monde et, maintenant, on s'attend à ce que je me prostitue pour y vivre ? Merci, mais non merci.

L'amertume qui lui serrait le cœur était évidente dans sa tirade. Amertume que la vieille Joan ne semblait pas partager.

— D'après les rumeurs qui circulent, tu aurais déjà fait le tapin plus d'une fois.

— Ouais, ben, John est un bon à rien doublé d'un menteur.

— Tu ne serais pas la première femme qu'un soupirant nous amène. Félicite-toi de ne pas être enchaînée dans la salle des machines comme lui. Il va devoir se décarcasser pendant au moins six mois avant de pouvoir commencer à gagner des tickets. Toi, tu as droit à tout ça…

Joan écarta les bras pour indiquer la mini salle de bain, les toilettes adjacentes et le lit double. Eugenia savait à quoi elle faisait allusion. De nos jours, ce logis n'avait rien à envier à ce qu'elle avait abandonné dehors.

Une douche, un matelas, la tenue la plus dévergondée qui soit – et ce n'était pas peu dire. Personne ne fabriquait plus de tels habits. Restait à savoir où ces types avaient pu dénicher des sous-vêtements en dentelle !

— C'est quoi, cette histoire de tickets ? Je pensais que personne n'était payé.

Joan approcha de minuscules ciseaux de ses cheveux trop longs, passant du démêlage à la coupe.

— Disons que c'est un genre de devise. Les hommes gagnent ou troquent des tickets qui leur donnent accès au niveau 15, pour profiter de la compagnie de ces dames.

— Ah bah ça alors ! Une tombola pour pouvoir baiser ! Pas question. Je veux qu'on me paie. Alors… je persiste et signe dans mon refus de me prostituer.

— Ce sont les règles, jeune fille.

Eugenia n'était visiblement pas aussi drôle qu'elle le pensait. Joan rempocha le rasoir à barbe – qu'Eugenia soupçonnait de servir à toutes les filles – et aboya au garde d'ouvrir la porte.

— Vous savez, utiliser le même rasoir pour raser les aisselles et les jambes de toutes les filles, tout ça pour le plaisir d'un salaud engraissé, c'est courir le risque de propager l'hépatite. C'est un virus microscopique, et il suffit d'une seule coupure. Mais bon, on est tous des esclaves, alors on s'en fout !

— Tu ne veux pas travailler pour rien ? Alors gagne ta rançon. Il n'y a que comme ça que les femmes peuvent quitter ce bateau.

Alors il existait bien un autre moyen de s'échapper d'ici, en dehors de la seule porte de sortie… plusieurs étages plus bas, au-delà de couloirs infestés d'hommes…

— Combien de tickets ? Et comment je les gagne ?

— Combien, ça dépend du capitaine. Chaque fille a un prix. Et pour gagner ces bordereaux, il faut troquer… la seule marchandise que tu as à offrir, termina la femme en lui jetant la culotte en dentelle et le costume coquin d'Halloween dans les bras.

C'était donc un stratagème pour encourager les esclaves à penser qu'elles étaient en mesure d'acheter leur liberté. Cette manipulation psychologique était… épique. Malheureusement, Eugenia ne s'était pas spécialisée en psychiatrie.

— Laissez-moi deviner… Le prix augmente à chaque infraction.

— T'es aussi maligne que t'en as l'air, railla la femme avec un rictus narquois.

— Et quelqu'un est déjà arrivé à s'affranchir ? demanda-t-elle, car il était évident que le jeu était truqué.

La fierté rayonna dans le sourire sincère de Joan. La fierté d'une femme libre, qui vivait dans le luxe.

— Moi.

— Mais…, bafouilla Eugenia, bouche bée, en secouant la tête. Vous êtes toujours là.

— Par choix. Je peux sortir quand je veux, aller me promener autour du lac. Faire un tour en ville.

— Mais vous êtes toujours là ! tempêta Eugenia, les dents serrées, les joues rouges.

L'indomptable Joan était devenue mère maquerelle par choix ! Pour les conforts et la climatisation.

— Ce bateau est un havre, mais nous devons tous jouer notre rôle.

— Comme convaincre la nouvelle de se raser la touffe ?

— Je vais te laisser garder tes poils pubiens, tiens. Ne t'imagine pas que ça les repoussera. Tu es une nouveauté à bord. Attends-toi à recevoir de nombreuses offres. Gagne autant de tickets que tu peux. Les hommes adorent les femmes exubérantes.

Sur ce, Joan posa une main sur le dos du garde et referma la porte.

Le verrou émit un déclic. Eugenia se retrouva debout dans sa serviette blanche, le sacrilège en dentelle entre ses mains.

***

— Toutes les filles sont affectées à une table.

— Toutes les *femmes*, la corrigea Eugenia, qui rongeait ses cuticules tout en inspectant le pont de « divertissement » du bateau.

Un auvent à rayures jetait son ombre sur six alcôves, meublées de banquettes matelassées entourant une table. Ces alcôves pouvaient facilement asseoir cinq hommes. Deux demoiselles étaient affectées à chacune, afin de divertir la tablée avec leurs traits d'esprit et leurs sourires. Quatre autres étaient désignées pour le service de table. Toutes les *femmes* étaient de service tous les soirs.

Cela signifiait que chaque soir, trente hommes parmi les trois cents à bord avaient la chance d'être divertis par seize femmes. Oh, et elles n'avaient pas droit à des jours de congé. À part quand elles étaient réglées, auquel cas elles pouvaient se reposer le temps que leur vagin se purifie.

Les règles du capitaine étaient d'une galanterie !

Vêtue d'un costume différent, quoique tout aussi osé, l'autre femme qui avait été affectée à la table numéro 2 lança à Eugenia un regard en coin. Un regard tout sauf méchant, qui disait plutôt « Je comprends, crois-moi ».

— Tous les soirs, avant que le dîner soit servi, un jeu est organisé dans la salle des fêtes pour divertir les convives, reprit Brooke. Le gagnant tire au sort la balle qui décidera quelles *femmes* s'occuperont du nettoyage en fin de repas.

— Ce qui signifie ?

Récurer les sols, ce n'était pas si mal…

— En gros, que les filles de la table tirée au sort doivent rester debout sans bouger pendant que les hommes leur renversent leurs restes de nourriture et de bière dessus en riant et… on les laisse faire.

— Tu plaisantes ?

Non seulement le concept de restes alimentaires lui était incompréhensible, mais pourquoi diable les renverser sur ces pauvres femmes captives ?

Sa compagne de table rejeta ses cheveux noirs et soyeux derrière son épaule en soupirant.

— Tu es nouvelle, alors le jeu sera truqué, continua-t-elle tandis que les mèches raides balayaient son dos. Ils tomberont forcément sur la table numéro 2 et, toi et moi, on sera la benne à ordures du jour.

— Rien de tout ceci n'a de sens.

— Oh, tu verras. Il y a une raison derrière tout ça. J'en suis à deux cent mille tickets de sortir d'ici et j'apprécierais que tu ne me causes pas d'ennuis, histoire de ne pas faire hausser mon prix, dit la jolie femme d'origine Coréano-Américaine, menue et parfaite, tout en remontant ses seins et en ajustant sa jupe.

— Ben merde !

— À qui le dis-tu, dit celle dont les yeux bruns étaient bien trop âgés pour un visage si jeune.

On n'a pas choisi ce monde pourri, mais on est coincées avec. Cela dit, entre filles, on devrait s'épauler.

Eugenia ouvrit la bouche, mais la beauté exotique la coupa :

— Si tu me reprends encore une fois, la nouvelle, tu perdras la seule alliée que tu as ce soir. Fille ? Femme ? On s'en fout ! Ce qui compte pour moi, c'est de quitter ce bateau.

— Désolée… Je ne te causerai pas d'ennuis.

Et désolée, elle l'était. Il semblait qu'aucune d'entre elles n'était ici par choix, à l'exception de Joan. Et Brooke avait déjà vendu son corps pendant plus d'un an sur ce bateau.

— Merci, dit Brooke avant de balayer les environs des yeux et de se pencher pour murmurer : Raison pour laquelle je te préviens qu'il y aura des éclats de verre dans ta bouffe. Ne la mange pas.

— Quoi ?

Avaler du verre pourrait lui percer l'estomac et nécessiter une opération impossible à réaliser dans ce cul de basse fosse de nouveau monde.

— Tu rigoles, hein ?

— Toutes les filles ne sont pas ravies de ton arrivée. Il y aura plus de compétition pour les tickets, les faveurs, les petits luxes… tu comprends ?

Et, bien qu'elle ait eu trois jours pour y réfléchir, pour se rappeler combien la Faucheuse était passée près sur ce pont en pierre, Eugenia sentit la réalité la pénétrer plus profondément que tout son acharnement bon enfant.

— Je vais mourir sur ce bateau…, murmura-t-elle d'un air sombre.

— Probablement. Alors profites-en au mieux. Lève ta jupe et prends ce qui vient, autant que tu le pourras avant qu'ils ne se lassent de toi.

Et, sur cette dernière déclaration, les portes s'ouvrirent et les *convives* arrivèrent.

Ils se déversèrent sur le pont, bruyants et chahuteurs. C'était le groupe d'hommes le plus propre qu'Eugenia ait vu depuis la chute des bombes. Cheveux peignés, chemises repassées. Lavés, souriants et au fait du système, ils trouvèrent leur place sans attendre – leur récompense pour leur dur labeur et leurs économies.

Et, même s'ils ne la regardaient pas tous dans les yeux, c'était le cas de la plupart.

Leurs yeux posés sur ses boucles rousses, démêlées. Sur sa peau trop claire pour supporter le soleil. Sur son attitude de défi.

Elle soutint leurs regards intrigués, la lèvre supérieure retroussée, l'air patibulaire. Qu'ils aillent au diable avec leurs tickets !

Ce jeu était bon pour les désespérés. Ce qu'elle était, bien entendu. Mais elle était également maligne. Tête de classe. Elle connaissait le trajet de chaque artère et le temps exact qu'il faudrait à un homme pour se vider de son sang, même d'une coupure *bénigne*.

Et savoir qu'elle aurait pu devenir une extraordinaire chirurgienne pédiatre, et n'avoir jamais atteint cet objectif si accessible, la hantait. Elle n'y parviendrait jamais dans un monde où les femmes se partageaient un rasoir et Dieu sait combien de maladies sexuellement transmissibles étaient disséminées chaque soir lors de ces « festivités ».

— Souris, bordel ! siffla une voix alors qu'un coude osseux s'enfonçait dans ses côtes.

Non. Rien ici ne la réjouirait jamais. Par solidarité, Eugenia se plaqua néanmoins un sourire sur les lèvres.

Le sourire d'un animal errant, s'efforçant de dissuader la meute de loups affamés.

Chapitre trois

Des règles, des règles, encore et toujours des règles ! Il s'avérait y avoir davantage au *manifeste* du capitaine que le simple fait pour les hommes de gagner la chance d'être servis par ces dames. Leur rang déterminait leur ordre d'arrivée. Leur placement à table. Sans oublier de mentionner l'absurdité totale des plaques de cuisson, que deux des hommes agitaient à chaque table pour signaler qu'ils étaient les hôtes de leurs hôtesses.

Les banquettes, qui pouvaient asseoir cinq hommes de bonne taille – des hommes devenus costauds à force de repas réguliers et de travail acharné –, ne laissaient aucune place aux femmes. Alors où devaient s'asseoir celles-ci ? Sur les plaques de cuisson, que les hommes posaient sur leurs genoux pour empêcher leur érection inévitable de s'immiscer là où elle n'était pas encore la bienvenue.

Tout ça à cause des règles.

— Et je suis censée m'asseoir là-dessus ?

Ça dépassait l'entendement. Elle n'était pas une pâtisserie, non mais !

— Oui. Tu es très jolie. Je m'appelle Neil.

Large d'épaules et d'une taille intimidante, l'homme d'une trentaine d'années tapota la plaque de cuisson avec un petit sourire.

— Allez, viens. Je ne mords pas.

— Que ce soit clair, dit Eugenia en ravalant sa fierté et en sautant sur ses genoux, car d'autres hommes baraqués s'approchaient et qu'une scène n'aiderait pas sa cause. Je ne coucherai avec aucun d'entre vous.

Neil semblait si gentil quand il posa une main sur son ventre dénudé et étala ses doigts.

— C'est ton premier soir. Et tu as de la chance d'avoir été placée parmi un groupe d'hommes si intègres. On n'enfreint pas les règles. Tant que tu ne nous en donneras pas la permission ou que tu n'accepteras pas de récompense, ta compagnie nous suffira.

Il l'attira vers lui afin qu'elle repose contre son torse, la trouva résistante. Mais la main étalée sur son ventre ne remonta pas vers un sein ni ne descendit vers sa mini-jupe. Elle resta posée là… malgré son corps crispé, ses yeux écarquillés, son désir de lui envoyer un coup de coude dans le nez.

— Inutile de résister. La règle est qu'on peut toucher ce que les vêtements ne couvrent pas. Je veux juste tenir une fille contre moi pendant quelques heures.

Sa demande lui parut si raisonnable… une telle entourloupe, qu'Eugenia refusa de le croire.

Décrassé, le type à la plaque n'était pas désagréable à regarder. Plutôt le contraire. Cheveux clairs, peau hâlée, élégant, il n'empestait pas la sueur rance. Elle le trouva même assez drôle tandis qu'il discutait avec ses camarades. L'un d'eux avait enlacé Brooke dans une étreinte très différente. Un câlin intime, contre tickets, qu'il avait placés sur la table, pour pouvoir exposer ses seins et peloter son postérieur couvert de dentelle.

Des putains de tickets de tombola. Les rouges, qui étaient vendus en rouleaux.

Les femmes avaient été réduites à un prix de spectacle secondaire.

Le dîner fut servi. Les hommes se repurent de viande grillée appétissante, dont l'arôme fit saliver Eugenia. Du steak ? Comment diable avaient-ils accès à du steak ? Élever du bétail requérait des terres, de la nourriture et des compétences d'élevage. Cela exigeait des tonnes d'eau…

La bouillie dans son bol en terre glaise n'était rien, en comparaison. Et l'avertissement de Brooke était, en effet, véridique. Elle vit des éclats de verre enfoncés dans des morceaux de Dieu sait quoi.

Neil s'efforçait de manger d'une seule main, comme si Eugenia risquait de s'échapper s'il éloignait les doigts de son ventre. Il leva vers elle une fourchette surmontée d'un morceau de filet saignant, cuit à la perfection.

— Aimerais-tu partager ?

— Non merci, répondit-elle sèchement, les yeux braqués droit devant elle.

— C'est juste une bouchée. Ça ne te coûtera pas beaucoup.

Ouais, elle allait vraiment mourir à bord de ce rafiot. D'obstination et de faim, probablement.

— Traite-moi encore une fois comme une putain, et je te brise le pif, *Neil*, cracha-t-elle en se tournant pour contempler ses yeux bleus, assez mignons. Je ne connais peut-être pas toutes les règles, mais je sais que quand un garçon dit « ça ne te coûtera pas beaucoup », c'est du baratin.

— Homme, rectifia Neil en refermant ses lèvres souriantes sur le morceau de steak.

Il mâcha la bouche fermée, appréciant visiblement les saveurs robustes, puis avala avant de lancer :

— Alors je t'offre la moitié de mon steak contre un baiser sur la bouche.

Purée… Ces imbéciles sous-estimaient vraiment ce que coûtait de survivre en dehors de ce bateau.

— Je ne sais pas ce que tu as fait avant de venir ici. Ton joli steak a beau être tentant, je préfère éviter de contracter l'herpès, la syphilis, la chlamydiose ou la gonorrhée. Ce trou doit être infesté de maladies, sans parler de contamination croisée, de…

— Je t'arrête là tout de suite, ma jolie. T'as beau être de la chair fraîche, c'est *nous* qui prenons un risque avec toi. Pas le contraire. Tous les hommes sont obligés d'attendre six mois avant de pouvoir déposer une demande pour participer à ces soirées. Deuxièmement, chaque homme, chaque soir où il gagne le droit de dîner sur le pont, subit un examen médical assez désagréable.

Le monde était-il vraiment devenu aussi débile ?

— Un examen qui inclut des cultures bactériennes et des analyses sanguines ? Ça m'étonnerait qu'il y ait un labo, un microbiologiste ou une hotte à bord de ce bateau. La plupart des maladies sexuellement transmissibles sont invisibles à l'œil nu, surtout chez les hommes. Alors remballe ton accent du sud, Neil. Pas question que je troque une bouchée de nourriture contre mon bien-être physique ou mental.

— Elle me plaît, celle-là ! lança un autre convive, qui n'avait à l'évidence mérité ni plaque de cuisson ni fille sur les genoux, tout sourire.

Que pouvait-elle répondre à ça ? Rien du tout.

Les hommes en bonne santé, solides, voulaient baiser. Ils vivaient dans une société qui leur accordait l'opportunité de gagner des tickets par le travail ou le troc. Des femmes en tenues légères s'asseyaient sur leurs genoux, sur une plaque de cuisson, et ils pouvaient échanger des tickets ou des faveurs entre eux.

Et, si Brooke avait dit vrai, ces hommes *charmants* termineraient la soirée en renversant leurs restes de bière et de nourriture sur leurs têtes avant de quitter le pont. Comme s'ils ne venaient pas de les baiser ou de les câliner pendant des heures.

Trois jours étaient passés depuis qu'Eugenia avait failli mourir de déshydratation. Elle se sentait affaiblie et déjà fatiguée après sa douche et être restée assise sur les genoux de l'inconnu qui palpait son ventre.

Mais elle était loin d'être prête à baisser les bras.

— Tu sais quoi, chéri ? dit-elle d'un air aguicheur, en battant des cils. Si tu avales une grande cuillerée de ma soupe, je te promets la meilleure culbute de toute ta vie.

— Non ! s'écria Brooke en tendant la main pour renverser le bol avant que Neil ait pu s'emparer de la cuillère.

Et ils étaient bien là, les éclats de verre et d'argile, tranchants et irréguliers. Ces femmes pensaient-elles qu'elle mangerait sans mâcher ?

Probablement. Toutes avaient dû arriver affamées sur ce bateau.

— Qu'est-ce qui se passe ici ? tonna Joan, telle le Jugement dernier, en arrivant à leur table.

— J'ai renversé ma soupe quand j'ai vu des morceaux de verre dans ma cuillère. Brooke a été assez gentille pour essayer de limiter les dégâts…

Dégâts qui étaient en train de couler sur les cuisses des convives qu'Eugenia avait reçu pour ordre de divertir.

— Enchaînez-moi et fouettez-moi, Madame. Je suis trop affamée pour satisfaire ces hommes. Et, même si le verre contient de la silice, il manque de tous les autres nutriments essentiels.

— Pour l'amour du Christ, ma fille. Ton don pour le cinéma est…

— Quoi, exactement ? Pire que ces éclats de verre cachés dans ma nourriture ? À quoi bon une esclave en âge d'enfanter si elle décède ? Ces hommes pourraient en profiter trois jours à peine avant que le cadavre ne commence à se putréfier. Après ça, bonjour les gaz et les fluides. Vous avez déjà vu un macchabée péter ? Moi oui. C'est tout le contraire de sexy.

Il était clair que Joan se retenait de rire. Elle contint le tic qui faisait tressauter le coin de sa bouche et claqua des doigts en direction des femmes dont le rôle était de servir les convives lors de cette soirée chic.

— Nettoyez-moi tout ça. Changez la nappe, amenez de la bière à ces hommes et un demi-bock à Brooke. Eugenia a décidé de jeûner ce soir.

Voyant de jolies femmes à moitié nues se précipiter dans leur direction, Eugenia abattit les coudes sur la nappe souillée, la plaquant en place pour les empêcher de la tirer sans croiser son regard.

— Précisément, renchérit-elle. Je dirais même plus, une grève de la faim, par solidarité féminine. Après tout, il n'y a que cent ans qu'on a gagné le droit de voter. Puis le monde a explosé... et nous voilà maintenant. Je pense qu'on devrait manifester pour une augmentation du salaire minimum. Quinze tickets de l'heure.

— Boucle-la avant qu'il t'entende, siffla une femme aux lèvres pleines et aux cheveux châtain bouclés en essuyant la soupe renversée.

Oh, qu'*il* l'entende, qui qu'*il* soit ! Mais pas avant que les autres femmes ne l'aient entendue. Sans même savoir si la renversante brunette était la coupable, Eugenia murmura :

— Tu me sers encore une fois du verre dans mon repas, et je l'utiliserai pour trancher ton artère carotide dans ton sommeil.

Eugenia leva les coudes et, aussitôt, la table fut nettoyée. Une nappe propre en place, de la bière à foison pour les hommes et rien qu'une plaque de cuisson entre les genoux de Neil et son derrière.

Comment la société était-elle tombée aussi bas ? Comment cet assortiment d'adultes pouvait-il être à l'aise avec ces règles ?

— Rassure-moi, nous sommes d'accord : c'est ridicule, pas vrai ? demanda Eugenia à Neil qui, ses doigts étalés sur son ventre mis à part, s'était montré remarquablement poli... en dehors de son offre d'échanger un baiser contre un morceau de vache.

— Tu n'es pas obligée de mourir de faim, tu sais ? Mange le reste. Je te l'offre, ajouta-t-il, visiblement chagriné.

À vache donnée, on ne regarde pas les dents. Surtout quand la plus grande partie d'un steak était offerte. Puisqu'elle avait promis de ne rien toucher de plus tranchant qu'une cuillère, de crainte de recevoir une raclée qui lui avait été décrite dans les moindres détails, Eugenia prit le steak dans ses mains et le dévora comme elle aurait dévoré un écureuil rôti : avec les doigts et les dents, l'estomac vide, affamée.

Ils avaient du sel sur ce bateau. Ils avaient du poivre.

Elle gémit en savourant le goût.

La nourriture préparée par les chefs à bord lui rappelait l'époque d'avant les bombes, avant que tous ceux qu'elle connaissait ne s'éparpillent au vent. Avant que l'univers ne l'abandonne complètement.

— Eh bien, Neil, si je ne t'en voulais pas d'avoir essayé de m'acheter au lieu d'apprendre à me connaître, je t'aurais donné ce baiser. Mais l'amour est mort. J'ai été vendue par un crétin que j'ai trouvé en train d'errer sur la route sans rien à se mettre sous la dent. C'est ce que j'appelle de la clémence. Et s'il est bien enchaîné dans la salle des machines, comme on me l'a dit, alors c'est le karma. Dis-moi, as-tu vendu une de ces dames pour avoir accès à du steak ? roucoula-t-elle en se curant les dents avec son petit doigt.

Ses dents blanches étincelant derrière son grand sourire, Neil lui adressa le genre de regard de chien battu abruti qui se terminait toujours mal.

— Je crois que je suis amoureux.

— T'as beau être mignon, c'est pas réciproque.

— Tu changeras bientôt de disque. Après tout, le destin m'a accordé ton temps ce soir, dit-il avec son accent traînant. Ta peau est douce comme de la crème et ton odeur me rappelle celle des fraises.

— C'est le shampooing.

L'air encore plus épris que cet âne bâté de John, Neil se mit à faire des petits cercles sur son ventre, désormais rempli de *son* steak.

— Je vais économiser pour te revoir. Quand tu te seras faite à l'endroit, tu auras une plus haute opinion de moi.

— On est tous des esclaves dans cette machine, hein ? Et si on baisait jusqu'à ce que la planète crève pour de bon et que les humains soient remplacés par des cafards radioactifs ? Tu me sors les mêmes sornettes que John, recyclées, ironisa Eugenia, passant un bras autour de ses épaules et approchant ses lèvres de son oreille pour murmurer : Et devine quoi ? Il n'a pas pu me forcer à le baiser, lui non plus.

— Si tu crois que les hommes viennent ici pour du sexe, tu n'as pas compris l'objectif du jeu, dit Neil en la serrant plus fort.

Pour toute réponse, elle eut un reniflement mauvais.

— On se sent seuls. On a beau chercher, il n'y a pas assez de femmes dans les parages. Si on ne vous partage pas, on ne peut pas fonctionner comme une unité. Tu crois qu'on ne tombe pas amoureux de vous ? Qu'on ne se sacrifie pas pour vous offrir des babioles et acheter vos faveurs ?

— À t'entendre, j'ai tous les pouvoirs.

Et, bon sang, son plaidoyer n'allait pas marcher avec elle !

— Bien sûr, rétorqua-t-il, le regard encore plus vulnérable. Vous pouvez même garder les bébés ; on n'est pas autorisés à les toucher.

Entendant ça, elle sentit le steak sur le point de remonter.

— Arrête de me parler !

— D'accord, fit Neil, résigné, comme si son fardeau était immense, même si sa main resta sur son ventre, son torse pressé contre son dos.

Cet échange déroutant aurait dû retenir toute son attention mais, dans l'heure qui suivit le dîner durement gagné des hommes, son attention se posa sur un autre.

L'intrus était si proche qu'elle ne comprenait pas comment elle avait pu le rater.

Assis par terre, jambes tendues dans son jean, adossé au mur. À moins de trois mètres d'elle. Ses bottes pointées droit dans sa direction. Se prélassait un homme qui ressemblait en tout point à un cow-boy mais était manifestement un pirate. Si détendu qu'il s'était fondu dans l'arrière-plan.

Il n'était pas vêtu aussi élégamment que ceux qui avaient dépensé leurs tickets pour ces quelques heures de compagnie féminine. Il lui manquait juste le chapeau incliné sur les yeux et l'épi de blé entre les lèvres. Il observait tout ce qui se passait autour de lui avec la paresse de celui en qui on ne peut pas avoir confiance.

Des yeux d'une couleur indéfinissable à cette distance assimilaient tout.

Et tous lui cédaient le passage ; sauf ceux qui, comme Joan, l'approchaient avec révérence.

Comme il était étrange d'écouter la Madame dresser la liste de tous les articles requis par les *filles*. Avec quelle facilité le capitaine hochait la tête à ses demandes.

Il ne semblait pas s'être rasé de la semaine.

Il sentait sans doute davantage l'homme que la collection parfumée à la table numéro 2.

Ces bottes avaient pris le soleil. Elles avaient été cirées. Elles étaient usées, mais bien entretenues.

Ce qui en disait long sur le personnage et ses habitudes. Et ce qui poussa Eugenia à quitter les genoux de celui qui avait échangé des tickets contre une plaque de cuisson et l'accès à sa peau nue. Elle se leva non pas pour confronter le capitaine, mais pour inspecter ses bottes.

Elle s'accroupit jusqu'à se retrouver à hauteur d'yeux, puis tapota du doigt les fioritures en métal.

— Ce sont sans doute les bottes les plus propres que j'aie vues en six ans.

— Ton popotin est à l'air. À moins que tu ne veuilles t'offrir à la foule baveuse, tu ferais mieux de te couvrir le cul.

Cette voix. Eugenia connaissait cette voix.

— C'est vous qui m'avez tirée hors de l'eau.

— Affirmatif.

Elle leva les yeux de ses bottes, ignorant le reste de son corps – la chemise ouverte, le torse exposé, les cheveux foncés, soyeux, qui avaient besoin d'une bonne coupe – pour les plonger dans les siens.

Noisette. Ridés. Pas moins de quarante ans.

— Je veux débarquer de ce bateau.

L'homme aurait pu glisser une cigarette entre ses lèvres et l'allumer. Mais les clopes, ça n'existait plus, et les briquets valaient bien plus qu'une petite baise rapide.

— Non.

— Je ne me prostituerai pas pour vous.

Ça, jamais !

— On verra, répondit-il, stoïque.

— Écoutez-moi bien, l'esclavagiste, dit-elle en se rapprochant, franchissant la barrière de ses jambes afin de pouvoir négocier les yeux dans les yeux – de femme à homme. Je vous promets que vous allez être déçu.

— Permets-moi d'en douter, dit-il, un rictus aux lèvres.

Venait-il de lui décocher un clin d'œil ?

Le salaud.

Un face-à-face n'était guère différent d'un examen oral dans une université d'élite. Le capitaine n'était guère différent de tous ceux qui l'avaient eue entre leurs griffes l'espace d'un instant. De tous ces fumiers. Un salaud qui ne méritait que l'Eugenia clinique, celle qui avait cartonné à tous ses examens et ne s'était jamais laissé marcher sur les pieds.

— Ce bateau abrite trois cents et quelques hommes et moins de vingt-cinq femmes. Un bateau sur lequel, d'après ce que j'ai compris, trente hommes renversent chaque soir leurs restes de boisson et de bouffe pleine de salive sur deux de ces pauvres femmes. Je suis soufflée qu'une épidémie n'ait pas encore décimé la moitié de vos *esclaves*. Et, comme on ne produit plus de capotes et que les dernières disponibles sont périmées depuis avril dernier, je préfère ne pas risquer d'attraper la gonorrhée – que les hommes asymptomatiques transmettent aux femmes malgré les soi-disant examens cliniques que tous ces violeurs…

Le revers d'une main claqua sur sa joue si vite qu'elle n'eut pas le temps de le voir passer du cow-boy paresseux au mâle violent si typique. Le goût du sang emplit sa bouche, et elle sentit des pulsations et une chaleur dans son bas-ventre, comme chaque fois qu'un homme mettait les mains sur elle. Eugenia retourna sans attendre la tête vers le capitaine. De nouveau, ils se regardaient dans le blanc des yeux.

Cette vie, les tickets, les plaques de cuisson et les restes partagés contre du sexe. Ça n'en valait pas la peine. Il devait comprendre qu'elle en était consciente.

Et elle, elle devait savoir jusqu'où il irait.

Les limites fixaient des paramètres d'évasion. La violence définissait le caractère d'un homme.

Elle allait enfoncer ces limites. Ouvrir sa grande gueule. Qu'ils sachent qu'elle avait beau avoir peur, qu'est-ce que ça changeait ? Le monde entier était effrayant.

Et ce bateau, cette société qu'il avait conçue ? Non merci. Elle n'en voulait pas.

Que le grand méchant pirate et esclavagiste fasse ce que les hommes assis à sa table s'étaient retenus de faire au nom des règles et du troc. Et qu'il le fasse en public, afin d'entamer la légitimité de cette fausse civilisation. Que le message passe.

— Capitaine, si vous allez me frapper, au moins, mettez-y du nerf. Je n'ai senti que du vent.

Comme elle l'avait prévu, il tomba dans le panneau – si prévisible qu'Eugenia cilla à peine quand elle sentit son dos heurter le pont.

— Tu crois que tu as quelque chose de plus précieux…, siffla-t-il, un poing refermé autour de sa gorge, sa main libre glissée sous le tissu de cette prétendue jupe.

Mais ses efforts, *sa propre violence*, l'arrêtèrent net.

Elle avait envisagé le fait qu'elle pourrait finir violée en punition de son effronterie, mais pas que ce salaud repousserait sa culotte de côté pour la doigter.

Ça ne se passait jamais comme ça. Les chefs de bande n'endommageaient pas leur marchandise s'ils pouvaient en tirer profit ; ils se contentaient de faire mousser la foule. Ils montraient l'exemple à leurs disciples, afin de les soumettre.

Or, le capitaine avait, sans hésiter, enfoncé trois doigts jusqu'aux articulations dans sa chatte.

Ce comportement n'allait pas avec les bottes.

Les doigts qui comprimaient sa gorge coupaient l'apport d'oxygène vers son cerveau. Eugenia fit la grimace et ferma les yeux en sentant la brûlure dans son entrejambe.

Il y aurait du sang sur sa main. Et, vu son regard scandalisé, il avait senti la membrane qui fermait son ouverture vaginale céder lors de sa pénétration désinvolte. Ce qu'elle avait passé sa vie à protéger, il aurait pu le marchander contre tout un cheptel de bétail. Son hymen déchiré, parce qu'elle l'avait provoqué.

Et, oui, elle savait que cela ne constituait pas une preuve de virginité, que tous les corps étaient différents mais, ayant pratiqué quantité de frottis cervicaux, elle savait que sa matrice valait plus que cela. Son canal jamais étiré, *intact*.

Le choc poussa le capitaine à desserrer sa prise. Eugenia inspira juste assez d'air pour lui cracher au visage :

— Sortez vos sales doigts de mon vagin !

Mais, au lieu de se retirer, ces doigts se mirent à la palper.

— Ce n'est pas possible…

La brûlure s'intensifia alors qu'il continuait à tortiller ses doigts, comme pour s'assurer que c'était bien du sang qui les rendait visqueux. Eugenia s'efforça de garder les jambes immobiles. De ne montrer aucune peur et de se rappeler qu'elle pourrait pleurer plus tard, à l'abri des regards. Mais pas maintenant.

— Peut-être trouvez-vous le concept démodé mais, croyez-le ou non, j'attendais de rencontrer un homme de valeur avec qui passer ma vie. Ce que vous venez de voler était un cadeau que j'étais seule à pouvoir offrir, que vous n'étiez pas en droit de prendre. Vous venez également d'amoindrir ma valeur sur ce bateau. Bien joué.

Ce ne fut qu'alors qu'elle réalisa combien cet acte de violence pouvait paraître intime aux yeux de l'assemblée. Il planait toujours au-dessus d'elle, ses doigts toujours plongés dans sa fente… souriant devant son public.

— Tu es vierge.

Elle trouva l'étiquette assez blessante, quand bien même elle avait effectivement attendu le mariage pour se donner.

— Je l'étais. Vous venez de déchirer mon hymen, et je ne vous le pardonnerai jamais.

— Aucune queue ne t'a pénétrée. Vierge, tu l'es toujours.

Son cœur s'emballa. Incapable de se contenir, elle cracha :

— Ne débattez pas de physiologie avec moi, l'esclavagiste ! Terminez ce que vous avez commencé. Montrez-moi pourquoi vous cirez vos pompes chaque jour. Montrez-leur à tous ce que vous êtes vraiment. Un monstre qui exploite les femmes et agresse sexuellement des inconnues.

Sa main quitta sa gorge pour repousser une mèche folle sur son front en sueur.

— Oh, mais ils savent *très bien* qui je suis. Tout comme nous savons tous pourquoi je n'endommagerai pas une belle rousse, une précieuse vierge. Les hommes ne le tolèreraient pas.

— Cette parodie de civilité que vous orchestrez ici chaque soir ? C'est n'importe quoi, siffla Eugenia en se trémoussant sous son poids, comme si elle avait la moindre chance de le désarçonner. Je ne me prostituerai pas pour vos putains de tickets ! Entendu ?

Le capitaine la doigtait toujours, et son sang s'écoulait lentement entre ses fesses. Il approcha ses lèvres de ses cheveux et les huma.

— Taille des pipes pour gagner des tickets si tu ne veux pas baiser. Tu peux garder ta chatte pour ton prince charmant inexistant.

Bien que cette pénétration forcée la fasse souffrir, elle s'assura que tout le pont l'entende clair comme le jour :

— Quelle solution élégante ! Essayez un peu de mettre une bite à proximité de ma bouche, et je l'arracherai avec les dents. Laissez-moi descendre de ce bateau si vous voulez vous éviter des ennuis. Parce que je vais déséquilibrer votre système. Je vais déformer vos règles. Je me laisserai tabasser s'il le faut. Mais écoutez-moi bien : j'ai affronté bien pire que vous tous.

— Eh bien, eh bien, ma petite sirène.

Enfin, le capitaine retira ses doigts de son corps avant de la plaquer de tout son poids par terre pour inspecter le sang qui les couvrait. Rouge, frais, bien plus copieux qu'elle ne s'y était attendu. Ses trois doigts étincelaient, carmin au soleil couchant.

Et elle souffrait là où il avait déchiré sa membrane. Elle ravala un haut-le-cœur en pensant à la crasse accumulée sous ses ongles. Il avait essayé de la mater avec un acte si…

Il avait pris quelque chose de si…

Elle ne l'appellerait pas précieux. Parce que ce ne l'était plus.

Parce que leurs aînés avaient foutu ce monde en l'air pour tous. Les nuits de noces et les hommes tendres faisaient partie du passé. Il ne restait que des John, qu'elle avait sauvé et qui avait ensuite essayé de la vendre contre de la flotte.

— Le choc s'estompera. Regarde-moi.

— Pardon ?

Ah oui. Elle était à bord d'un bateau de croisière, habillée comme une catin pour gagner sa liberté en échange de faveurs sexuelles.

Et l'homme qui venait d'enfoncer ses doigts violemment en elle était en train de réajuster le soufflet de sa culotte en dentelle. Il laissa l'empreinte de son sang virginal sur sa cuisse.

— Lâchez-moi, dit-elle d'une voix tremblante, pour laquelle elle se maudit.

— Je pense que tu as besoin d'un verre. Et puis, que ce soit clair entre nous : tu viens d'ajouter cent mille tickets à ton prix.

Oh, mais elle allait le zigouiller, celui-là ! Pas besoin qu'elle le dise tout haut. Son regard était limpide.

— Je trouverai un moyen de vous arracher quelque chose d'une valeur égale. Puis je brûlerai votre maudit bateau jusqu'à ce qu'il coule dans ce lac pourri.

— Je te crois.

— Vous êtes plus futé que vous n'en avez l'air, alors, rétorqua-t-elle, étonnée de le voir sourire.

Il claqua des doigts pour l'appeler, et Joan se matérialisa aussitôt de nulle part. Comment pouvait-elle déjà avoir un bock de bière à la main, Eugenia l'ignorait. Mais il était là, et le capitaine le lui prit des mains avant de le fourrer entre les siennes.

— Je ne vais pas boire cette merde.

Ces jours-ci, mieux valait garder les idées claires.

— Tu bois, ou je réenfonce mes doigts et je les laisse là toute la nuit.

Et il prendrait son pied – son sourire en disait long.

— Rendez-vous un service et escortez-moi hors de ce bateau, insista-t-elle, refusant de céder.

— Réessaie, petite sirène.

Il poussa la chope vers ses lèvres, les doigts couverts de son sang.

Elle refusa d'en boire la moindre goutte, consciente de ce qui marinait parfois dans la bière artisanale… jusqu'à ce qu'elle pose les yeux sur la table numéro 2 et croise le regard terrorisé de Brooke.

Et en un clin d'œil, elle digéra tout. Il n'y avait pas que cette société malsaine, la climatisation, les prostituées et les doigts qui déchiraient les hymens. Son bien-être personnel n'était pas la seule chose en jeu, ce qui rendait le système du capitaine indescriptiblement injuste. Chaque âme à bord de ce paquebot était liée à une machine d'attentes et de conséquences bien huilée. L'hostilité d'Eugenia coûterait bien plus cher à un autre qu'à elle.

Le capitaine était effectivement plus malin que le personnage de cow-boy paresseux qu'il projetait.

Et il le savait. Et il sut le moment précis où elle le comprit.

— Je boirai. Je retournerai à ma table et je divertirai vos hommes *verbalement...* à une condition.

— J'adore négocier, dit-il d'une voix rauque.

— J'assumerai la part de Brooke quand vous ordonnerez à vos hommes de nous renverser leurs restes dessus comme si on était des bennes à foutre sans valeur. Et j'assumerai le reste de ses tickets de la soirée.

— Tu préfères jouer les héroïnes que les demoiselles en détresse ? Ça ne va pas te plaire.

Arrogant, le capitaine se réadossa au mur sans prendre la peine d'essuyer ses doigts sur sa chemise.

— Je pensais que c'était là tout l'intérêt.

Ses yeux noisette se fermèrent, comme s'il s'apprêtait à somnoler, et il marmonna :

— Très futée. Allez, bois.

Alors elle but. Sa première gorgée de vraie bière depuis les bombes. Et elle était bonne, avec ça.

Brooke put retourner à l'intérieur, avec vingt mille tickets en moins pour atteindre le prix de sa liberté – loin d'entamer ce qu'elle devait toujours, mais assez pour qu'elle rayonne de gratitude.

Eugenia dut faire preuve de plus de volonté qu'escompté pour se relever du pont et reprendre ses *responsabilités* seule à la table numéro 2. Les blagues sur les vierges, la façon dont les hommes – et pas uniquement ceux de sa table – trouvaient un prétexte pour passer la voir et contempler le sang séché sur sa cuisse exposée…

Pour le toucher.

Parce que les règles étaient les règles : toute chair exposée était accessible.

Alors elle leur décrivit étape par étape comment chaque maladie sexuellement transmissible affectait le corps et l'esprit. Le pus, les lésions, la stérilité. Dans les moindres détails. Internet n'existait plus depuis six ans et, à la place, l'imagination collective était redevenue fertile. Une partie, mais pas tous, furent découragés par ses descriptions explicites, sans qu'elle ait besoin de crier.

Personne ne la viola. Des ébats avaient lieu, *en échange de tickets*, aux autres tables. Où d'autres jeunes femmes vêtues comme des strip-teaseuses d'avant la guerre se faisaient baiser sans préliminaires et supportaient.

Et puis, au bout d'heures de conversation et de faux sourires, chacun de ses salauds passa devant Eugenia pour renverser ses restes de bouffe et de bière sur sa tête avant de sortir. Ils rirent en voyant la tête de cette vierge coincée du cul aux gros seins, avec ses tétons qui pointaient à travers le chemisier quand la bière était renversée juste comme il fallait.

Brooke l'avait mise en garde : chaque règle existait pour une bonne raison. Et pas besoin d'être aspirante chirurgienne pédiatre pour deviner laquelle. Il était impossible qu'une femme s'attache à un homme qui la traitait comme une poubelle. Il était impossible qu'un homme la voie comme une personne ayant besoin d'aide. Ce spectacle quotidien n'était que ça et rien de plus : un spectacle. Sans gagnant, mais avec une grande perdante.

Elle.

Cette nuit-là, elle pleura sous la douche, seule, là où personne ne pouvait la voir.

Chapitre quatre

Eugenia s'habitua à sa nouvelle routine bien plus facilement qu'elle n'était prête à l'admettre. Se réveiller, seule dans sa chambre à la température parfaite, grâce à l'air conditionné.

Et se mettre au travail.

Laver le pont, laver les toilettes, laver sa chambre, se laver elle-même.

De toute évidence, les tickets ne l'intéressaient pas – trois semaines étaient passées sans qu'elle en accepte un seul. Pas plus qu'elle n'avait accepté de nourriture, de babiole brillante, rien. Elle se contentait de s'asseoir sur les genoux désignés. Les premiers jours, les hommes avaient payé des tickets supplémentaires pour avoir le privilège qu'elle s'asseye sur leur plaque de cuisson. Jusqu'à ce qu'ils voient la mégère qui les dominait, se montrait plus intelligente qu'eux et refusait de les baiser. Sa nouveauté s'estompa, et les autres femmes s'ouvrirent à elle.

Elle ne menaçait ni leur liberté ni leurs favoris – encore une parmi les nombreuses règles : pas de favoris autorisés. Cela dit, même Eugenia était la préférée de certains. Neil n'était pas trop mal et, quand il s'asseyait à sa table, il ne cherchait véritablement qu'à la tenir dans ses bras. En revanche, il baisait comme un fou furieux aux autres tables, où il attendait son tour avec les autres hommes, *si* la dame acceptait de se faire monter.

Certains la choisissaient justement parce qu'elle ne vendait pas son corps. Ils recherchaient sa conversation narquoise, son franc-parler et un esprit féminin avec lequel communiquer. Étrangement, elle les plaignait autant qu'ils la rendaient malade. Tous. Tous ceux piégés sur ce bateau, dans un monde mort, qui vivaient un fantasme douloureux, sans espoir d'en voir la fin.

Au début, elle préférait les soirées passées à servir à celles passées à divertir des hommes en manque, qui se sentaient seuls. Cependant, quand elle n'était pas occupée à une table, elle était constamment prise en filature.

Le capitaine l'avait frappée, ce premier jour. Inutile de nier qu'il l'avait agressée sexuellement, qu'il ne l'avait pas considérée comme une personne à part entière. Depuis, il rôdait où qu'elle aille.

Sans doute n'avait-il pas pris à la légère sa menace de mettre le feu à son bateau.

Quand elle récurait les assiettes en cuisine, les cheveux attachés, un doigt sorti de nulle part effleurait parfois sa nuque. La première fois, elle avait poussé des cris d'orfraie. Elle avait été tellement plongée dans ses pensées qu'elle n'avait rien vu venir. Elle avait lâché le plat qu'elle était en train de rincer, qui s'était fracassé sur le sol qu'elle venait de nettoyer.

— Tu devrais faire plus attention à mes affaires, dit-il d'une voix traînante, souriant en la voyant si défaite. Ça fera cinq mille tickets de plus.

— Au diable tes tickets, grogna-t-elle, la main contre son sein, le cœur battant. Et va te faire foutre aussi !

— Tu as autre chose à ajouter ?

Les bras croisés sous sa poitrine, elle lui fit face, les avant-bras trempés et des bulles de savon jusque sous les aisselles.

— Ouais, tant qu'on y est. Hier soir, on m'a offert cinq mille tickets – le tarif en vigueur, si j'ai bien compris – pour que je me penche sur la table et que je me fasse sauter par un type appelé Amos. J'ose espérer qu'une baise vaut plus qu'une putain d'assiette. Pas que je me soucie des tarifs à bord, mais tu ne trouves pas que c'est du grand n'importe quoi ?

— C'était une très belle assiette.

— Mais quel connard !

Il adorait lui taper sur les nerfs et ne s'en privait pas à chaque fois qu'il la surprenait seule.

— Dégage. J'ai du travail. En plus, j'ai mes ragnagnas. Et, si je me fie à tes règles, je n'ai pas à être en présence d'hommes. Alors ciao.

— Tu es régulière ? demanda-t-il tout en grattant le chaume qui couvrait ses joues, les yeux posés sur son ventre, caché derrière un tablier.

— C'est pour pouvoir mettre des croix dans ton agenda ?

Tenir un calendrier témoignait d'un esprit étonnamment futé. S'il connaissait les périodes d'ovulation de ses putains, il saurait quand ce n'était pas le meilleur moment pour que ses esclaves divertissent les clients. Une catin enceinte perdrait vite de son utilité.

Quand il s'empara d'une pomme sur le plan de travail, elle eut l'impression qu'il lisait dans ses pensées.

Il était trop près. Bien trop près. Il la dominait d'une tête quand il croqua dans le fruit défendu en lui décochant un clin d'œil.

Comment il arrivait à se procurer des pommes... elle l'ignorait. La source de cette abondance alimentaire était forcément malfaisante.

— Bon, tu vas vraiment rester planté là ?

À quelques centimètres d'elle, si près qu'elle pouvait sentir son odeur de bois et de cuir. Si près qu'elle ne manquerait pas de l'effleurer quand elle se retournerait pour continuer sa vaisselle.

Il mordit une deuxième fois dans la pomme. La mâcha en la dévisageant.

Elle soutint son regard.

Il mangea l'entièreté du fruit, trognon inclus, sans cesser de sourire.

Lorsqu'elle ne put tolérer ses singeries plus longtemps, elle grogna vers le plafond et leva les mains en l'air.

— Bon, reste. C'est moi qui m'en vais. Après tout, c'est ton bateau. Je ne suis qu'une *invitée asservie* ici... qui s'efforce de nettoyer tes *belles* assiettes, pour que ces mochards puissent manger sur quelque chose quand ils échangent leurs tickets pour rendre visite à tes esclaves sexuelles au niveau 15.

Elle n'avait pas fait un pas qu'il mit un terme à son repli en l'attrapant par le biceps pour la tirer vers lui.

— Les bouquins dans ton sac... Tu es médecin ?

Il savait exactement où frapper pour lui faire mal. Elle fixa la porte en sentant un tic faire tressaillir son œil, puis essaya de le repousser de tout son poids.

— J'ai l'air assez vieille pour être médecin ?

— Non.

— Eh ben, il est futé, celui-là ! ragea-t-elle en imitant son accent traînant.

— Eugenia.

Sa façon de prononcer son prénom… c'était comme s'il connaissait ses moindres secrets.

— Tu as écrit ton nom sur la première page. Tu les as emballés dans du plastique pour les protéger des éléments. Ils pèsent une tonne, mais tu les portes depuis le recommencement du monde.

Il avait ses manuels bien-aimés, et elle voulait les récupérer.

— Combien de tickets tu veux ?

— Tu baiserais pour ces bouquins ? s'étonna-t-il, le sourcil arqué.

— Ces *tomes*, l'esclavagiste. Et la réponse est non. Mais je suis douée en massage plantaire et aux échecs. Ta brigade d'idiots n'a pas encore réussi à me battre. Crois-le ou non, mais j'ai trouvé trois tickets pendant que je nettoyais le pont en fin de soirée. Je suis riche !

— Massage plantaire ?

— Ton erreur est de croire que tout ce que veulent ces hommes, c'est tremper leur biscuit.

Bien entendu, c'était ce qu'ils voulaient. Mais ils avaient *besoin* de tellement plus. Y compris de punitions verbales, qu'elle se faisait un plaisir de distribuer à la ronde.

— Oh, je sais ce qu'ils veulent, mon chou, sourit-il, le regard pervers, en se penchant vers elle.

— Beurk.

— Neil m'a offert trois fois ton prix. Il est venu me voir dans mon bureau, son chapeau à la main. Il dit qu'il est amoureux.

Ce qui méritait un autre « beurk », mais Eugenia n'allait pas reconnaître l'absurdité de leur conversation.

— Et maintenant, je vais devoir le tuer, dit-il en libérant son bras pour mieux la voir grimacer. Tu ne peux pas laisser ces hommes s'enticher de toi. Je n'ai pas assez de femmes pour tout le monde, et tu parviens à foutre le bordel toute seule en les séduisant avec ta virginité.

Elle ne put s'empêcher de se sentir un peu fière. Mais, plus que fière, elle se sentait également dégoûtée.

— Alors tu vas tuer un homme juste parce qu'il désire une femme ? Il ne me connaît même pas. Et, même s'il est pas mal, il n'est pas mon genre.

Se rendant compte qu'elle avait peut-être découvert une brèche, elle reprit :

— Attends ! Est-ce qu'il peut se permettre de m'acheter ?

— Non. Il serait asservi pendant les quarante prochaines années.

Les sourcils froncés, elle posa la question à laquelle personne n'avait encore répondu.

— Je coûte combien, exactement ?

— Tu ne vas pas me supplier d'épargner Neil ?

Et puis quoi encore ? C'était ridicule.

— Tu ne vas pas tuer Neil. Ce serait stupide et un gaspillage de ressources.

— Vingt millions, répondit le capitaine, pince-sans-rire.

De tickets ?

— Aucune femme sur ce bateau n'atteint un quart de ce prix ! Pourquoi es-tu un tel enfoiré ?

Et, juste pour enfoncer le clou, elle ramassa une autre de ses belles assiettes et la fracassa par terre.

— Et ça fera cinq mille de plus. Et encore cinq mille ! hurla-t-elle lorsqu'elle en lâcha une autre. Tant qu'à faire, je vais toutes les casser.

— Si tu en casses une de plus, je vais me fâcher, l'avertit-il à voix basse.

— Vingt millions de tickets à cinq mille tickets la baise, ça fait quatre mille baises. À une baise par soir pendant toute une année, il faudrait plus de dix ans pour rembourser le prix de ma liberté ! Arrête de me reluquer comme ça. Ouais, je sais compter !

Et, étant donné le contexte, compter aurait dû être drôle. En temps normal, Eugenia se serait esclaffée. Mais rien n'était normal. Et rien, pas même la climatisation, n'était bon.

— Brooke aura monnayé sa sortie de ce trou à rats dans deux mois, et tu es en train de me dire que tu mérites dix ans de ma vie ? TU N'EN MÉRITES PAS UN JOUR !

— J'aime bien quand tu attaches tes cheveux, dit-il en tiraillant les boucles sur sa nuque. Tu es jolie comme ça.

— Je te *hais* !

Il sortit en gloussant. Le battant de la porte oscilla d'avant en arrière derrière lui – laissant dans son sillage une Eugenia pantelante, grinçant des dents, écartelée entre la fureur, la tristesse et tout le spectre d'émotions.

***

Après l'embuscade du capitaine, exonérée de toute responsabilité pendant que son utérus se débarrassait des cellules reproductrices du mois dernier, Eugenia resta dans sa chambre jusqu'à la fin de ses règles. Lorsqu'elle en émergea, fatiguée de regarder les murs sans rien faire, épuisée à force de mal dormir, elle alla trouver Joan et accepta la tenue du jour.

Celle de l'infirmière olé olé – choisie par le capitaine lui-même, rien que ça !

À la table numéro 2, alors qu'elle fixait du regard la nappe blanche qu'elle nettoierait plus tard, elle sentit la rancœur lui plaquer la langue contre le palais.

Une main atterrit sur la sienne et la sortit de sa morosité.

— Toutes les nouvelles passent par là. Dans une semaine ou deux, tu redeviendras toi-même. Neil était un type bien, mais il aurait dû avoir plus de jugeote.

Le simple acte de lever les yeux lui prit plus d'effort que nécessaire.

— Qu'est-ce que Neil vient faire là-dedans ?

— Il aurait dû avoir plus de jugeote, répéta le convive.

Mais… ça voudrait dire que…

Elle se leva maladroitement de la plaque de cuisson, puis escalada les genoux des autres hommes qui lui barraient la route en marmonnant :

— Pardon, je dois aller aux toilettes.

Évidemment, le capitaine était appuyé contre le mur non loin. Une jambe passée par-dessus l'autre, comme s'il se moquait de tout.

— Eugenia, la salua-t-il en inclinant le menton.

Rien n'avait de sens. Rien du tout.

— Et si je l'avais apprécié en vrai ?

— Alors j'aurais renoncé à toi.

Elle ignorait pourquoi elle s'était mise à pleurer, en particulier en public.

— Tout ce qu'il voulait, c'était pouvoir tenir un bébé et être papa. Il me l'a dit au moins six fois !

— Et tout ce que tu voulais, c'était rencontrer l'homme à qui tu aurais offert ta virginité, vivre heureuse et avoir beaucoup d'enfants.

Un meurtre qui ne rimait à rien, tout ça parce qu'un pauvre type s'était entiché d'une femme qui ne l'aimait pas en retour.

— Comment as-tu pu ?

— Tu es inaccessible. Trois cents hommes l'auront compris, à présent, répondit-il en se grattant la barbe. N'était-ce pas ce que tu voulais ?

— A-t-il souffert ?

— Non. Il n'a rien vu venir. Je lui ai dit qu'il pouvait t'avoir, puis je lui ai tiré une balle dans le crâne quand il a tourné les talons. Il était heureux comme tout.

Il ne mentait même pas. Pour autant qu'elle pouvait le garantir, ils ne s'étaient encore jamais menti l'un à l'autre.

— Je vais vomir.

— Alors retourne à l'intérieur, murmura-t-il en ouvrant la porte. Prends ta soirée. Joan viendra voir comment tu te sens plus tard.

Sur le lit de sa petite cabine privée se trouvaient les deux tomes du *Manuel de pédiatrie de Nelson*. De vieux amis qui lui avaient terriblement manqué. Elle les serra contre sa poitrine en s'endormant dans la position du fœtus, trop crevée pour se glisser sous les draps.

Il faisait noir et il était tard quand la porte s'ouvrit et qu'un poids s'assit à ses côtés.

Une main chaude se posa sur sa hanche. L'homme soupira sans rien dire. Il ne fit rien à part rester assis à côté d'elle, au son de l'eau qui clapotait contre la coque du bateau.

— Il ne t'aurait pas rendue heureuse.

Serrant vigoureusement ses manuels, ses cils salés par des larmes séchées, Eugenia resta muette.

Chapitre cinq

Aucun de ses stratagèmes, qu'ils soient publics ou privés, ne parvint à persuader le capitaine de la frapper de nouveau. De lui faire du mal, de faire autre chose que *rôder* autour d'elle. En dépit de tous ses efforts pour le pousser ou semer la pagaille, l'enfoiré refusait de lever la main sur elle.

Elle brisa jusqu'à la dernière assiette qu'elle put trouver dans les cuisines.

Il la muta dans une autre section du paquebot, sous bonne garde, pour y faire de la poterie. Une activité que les autres femmes appréciaient beaucoup et s'étaient gardées de mentionner à la nouvelle déséquilibrée. La psychologie employée était évidente : il était bien plus difficile de briser quelque chose qu'elle avait créé de ses mains, fait cuire dans un four et tenu entre ses doigts. Ce qui ne l'avait pas empêchée de le faire.

Au cours d'une de ses soirées, elle l'avait giflé en pleine figure. Le capitaine s'était contenté d'attraper sa main et de déposer un baiser sur sa paume. Puis, d'une tape sur le derrière, il l'avait renvoyée à la table numéro 2.

Quand des cadeaux avaient commencé à apparaître devant sa porte, comme devant celles des autres femmes, Eugenia avait ramassé la boîte de trésors et l'avait jetée sur le pont, sous les yeux de tous les convives présents ce soir-là. Du baume à lèvres – un luxe qu'elle avait un jour avoué regretter de l'époque d'avant les bombes –, un joli pull vert, parce que l'air conditionné était divin, mais encore plus avec un cardigan. Des sucreries, qu'elle n'avait jamais mentionnées et dont elle se foutait royalement. Du parfum.

Eugenia avait toujours détesté le parfum. Mais elle adorait les bougies parfumées.

Elle en avait même trouvé une dans le lot. Une bougie qui sentait bon les pommes et la brise automnale fraîche. Une splendeur à trois mèches provenant d'une grande chaîne de magasins, qui avait été populaire pour ses savons et bains moussants avant d'être rayée de la carte quand le monde s'était enflammé.

Cette bougie irremplaçable, elle l'avait fracassée sur le pont ; la cire odorante entourée de bris de verre, aussi fracturée qu'elle l'était à l'intérieur.

La dernière chose à être tombée de cette boîte, invisible sous la montagne de babioles avec lesquelles un imbécile pensait pouvoir l'acheter : des pétales de fleurs sauvages abîmés, qu'un benêt avait transportés dans ses poches de Dieu sait où pour les lui offrir.

Elle les piétina sous sa semelle tout en foudroyant du regard les hommes abasourdis, qui attendaient leur dîner et leur baise du jour. Pour s'assurer que le message était bien passé, elle cracha même sur la pile d'offrandes.

Mais, toujours, le capitaine refusait de la frapper.

Cependant, il la traîna hors du pont, le poignet refermé autour de sa nuque. Il la mena jusqu'à sa minuscule cabine et la força à genoux.

— Je jure devant Dieu que je la mordrai si tu la sors ! cracha-t-elle, ses yeux à hauteur de son entrejambe.

Était-ce bien du rouge qui lui montait aux joues ? L'avait-elle rendu furieux ? Parfait.

— Je ne veux pas que tu me suces. Chloé le fera avec le sourire. Et puis, ça m'étonnerait que tu saches comment t'y prendre.

Elle se fichait bien qu'il organise des rotations de son harem. Le fait que la semaine suivante, elle était affectée au service du capitaine dans ses quartiers privés, était comme le défi le plus idiot que cet homme puisse lui lancer.

— J'ai déjà sucé des pines, espèce de connard. Je taille les pipes comme une championne. Parce que j'étais vierge, tu pensais que je n'avais jamais eu de relation sérieuse ? Je ne suis pas une nonne, même si je m'attends à porter ce costume-là un jour.

— Pour l'amour du Christ, Eugenia !

— Arrête de laisser des trucs dans ma chambre, siffla-t-elle à brûle-pourpoint. Tu ne pourras pas m'acheter avec des manuels et des carnets de note. Je ne veux pas de ta putain de lampe de lecture.

Lâchant sa nuque pour l'attraper par les cheveux, le capitaine tira jusqu'à ce qu'elle cambre le dos et peine à soutenir son regard.

— Je n'ai pas besoin de t'acheter. Je te possède déjà.

— Qu'est-ce qui t'a rendu comme ça ? Ça ne fait que six ans, putain ! Tu devais bien être normal à un moment donné. Je ne gobe pas ton petit numéro de cow-boy paresseux. D'esclavagiste assassin qui ne partage pas avec ses hommes.

Il lâcha ses boucles, et sa paume s'arrêta sur sa joue. Du pouce, il traça brutalement le contour de ses lèvres, les tiraillant de manière ouvertement suggestive.

— Désolé de te décevoir, mais j'ai toujours été comme ça.

— Psychotique ? Il y a des médicaments pour ça, tu sais ? Je suis sûre que tes maraudeurs pourraient t'en trouver. Je peux te faire une liste avec les bons dosages. Encore mieux, fais pousser de la beuh et roule-toi un joint.

— Une mouche t'a piqué, ce soir, mon chou. Et ce n'est pas uniquement la boîte qu'un homme a *trimé* pour t'offrir.

Elle détestait qu'il la trouve amusante. Détestait le voir sourire. Détestait encore plus que tout son maudit accent du sud.

— Je ne me mettrai pas à ton service la semaine prochaine.

— Tu viens pourtant d'avouer que tu étais une pro de la pipe.

— Je ne plaisante pas, capitaine.

— Je t'ai déjà dit vingt fois que je m'appelais Aaron.

— C'est un prénom stupide.

— Eugenia aussi.

— Sur ce point, nous sommes d'accord.

Les genoux flageolants, ayant oublié qu'il caressait toujours sa joue, elle repoussa ses mains et se remit debout.

— Retire-moi de ton horaire, ou le petit numéro que je t'ai servi ce soir ne sera rien comparé à ce qui t'attend. Tu devrais trembler dans tes bottes cirées.

— Je t'offre dix mille tickets par soir pour une partie d'échecs et un massage des pieds.

— Non.

— Cinquante mille.

Alors il ne la faisait pas marcher – ce qui était complètement absurde !

— Non mais, tu as perdu la tête ? s'écria-t-elle en gesticulant. Si tu m'affectes à ta cabine et que je trouve le moindre objet tranchant, c'est ta mort assurée.

Sa menace lui valut le sourire d'un tueur en série.

— Soixante-quinze mille.

— Comment un homme aussi malin que toi ne parvient-il pas à comprendre que ta compagnie ne m'intéresse pas ? Reprends tes soixante-quinze mille tickets hypothétiques et mets-les-toi là où j'pense. Je préfère encore baiser tous les hommes d'ici jusqu'aux cales que toucher tes pieds avec mes doigts de fée.

— Même John ?

Hum… Sur ce coup-là, il l'avait eue.

— Tu devances peut-être John de peu, mais ne le prends pas comme un compliment. C'est une enflure. Pas que tu n'en sois pas une aussi. Tu es une enflure.

En riant, le capitaine recula d'un pas et s'appuya contre sa commode.

— Une partie d'échecs et un massage des pieds. Je te laisserai même porter des vêtements plus modestes. Pour le reste, les règles sont les mêmes.

— Tu insistes uniquement pour la galerie. Tu sais que je dirai à tout le monde que tu as une petite bite et que tu es nul au pieu.

— Dis-leur ce que tu veux, je m'en moque, contra-t-il en gloussant, une main passée dans ses longs cheveux foncés.

Des négociations à ce niveau exigeaient qu'Eugenia fasse les cent pas entre les murs.

— Un massage des pieds… et une partie d'échecs par soirée. Des vêtements normaux qui couvrent mon corps. Et rien de sexuel. Pas même une allusion.

— Tu crois toujours que tu vas rencontrer l'homme de tes rêves ? demanda-t-il en souriant à tel point qu'une fossette se creusa sur son menton.

— Je ne suis pas arrivée où je suis en laissant des enfoirés comme toi prendre les décisions à ma place. Je quitterai ce bateau et je rencontrerai quelqu'un de spécial. Tout le monde n'est pas comme toi.

— Eugenia, tu ne trouveras rien de mieux que ce bateau. Il te faudra peut-être du temps pour le comprendre, mais tu en viendras à l'accepter.

Était-ce de la pitié dans son ton ? L'ignorant, elle continua :

— Et je continuerai à casser tout ce qu'ils laisseront devant ma porte. Qu'ils dépensent leurs tickets sur les autres.

— Raoul rassemble des informations sur tes préférences depuis le premier soir où il t'a vue. Il a même pillé une décharge pour trouver ce qui, d'après les autres femmes, te ferait plaisir. C'est un peu insensible.

— Oh oh, chantonna-t-elle. Puis il tombera amoureux et tu le tueras.

— Nan… Il les a toutes eues comme ça. En bas, les mecs misent sur qui te sautera le premier. Il avait parié pas mal de tickets sur le fait qu'il gagnerait ton cœur grâce à une boîte de cadeaux.

Comment avait-elle pu être aussi bête ?

— Alors c'est pour ça que tu me soudoies pour que je vienne dans tes quartiers…

— Et alors ?

— Tu es pire que Wall Street… sans le costume élégant et la manucure.

Bon sang, il contempla même la crasse sous ses ongles, comme s'il ne s'en était encore jamais rendu compte !

Elle éclata de rire, ce qui lui fit du bien.

— Tu es incontestablement…

Les yeux noisette atterrirent sur les siens et la pénétrèrent. Possessifs, dérangeants, malvenus.

— Incontestablement quoi ?

Ça, elle n'allait pas le lui dire.

— Je dois retourner à la table numéro 2. Que l'intellectualisme aille se faire voir. Qui a besoin d'éducation et d'une cervelle en état de marche quand on naît avec des nichons et un cul ?

Elle frôla son bourreau pour s'échapper, avait presque franchi le seuil lorsqu'il la rattrapa par la main et la tira vers lui. Le capitaine lui fourra un tube de baume à lèvres dans la main et referma ses doigts autour.

— Saveur cerise, ton préféré.

Comprenant ce qu'elle tenait rien qu'au toucher, elle leva les yeux vers lui et lança :

— Je pense que je te tuerai vraiment, la semaine prochaine.

Puis elle arracha le capuchon en plastique et passa le baume sur ses lèvres. Elle se les lécha une fois, reboucha le tube et le lui lança en pleine figure. Il rebondit sur son front avant d'atterrir sur son lit — un coin de sa cabine qu'elle n'avait aucune intention d'approcher tant qu'un homme la reluquait en souriant, satisfait sans qu'elle comprenne pourquoi.

Elle lui fit un doigt d'honneur et tourna les talons.

— Je penserai à tes talents pendant que Chloé me sucera plus tard, gloussa-t-il dans son dos.

— Je lui filerai quelques tuyaux avant qu'elle monte te voir, cria-t-elle en s'éloignant dans le couloir.

***

Jusqu'à ce que vienne son tour de *passer la nuit au service du capitaine*, les « cadeaux » continuèrent à pleuvoir. Devant sa porte, elle trouva même une boîte renfermant un poulet vivant.

Que voulaient-ils qu'elle fasse d'un poulet ?

Cela ne l'empêcha pas de prendre dans ses bras l'oiseau docile pour caresser ses plumes douces.

Si son prétendant lui avait offert un chiot, il aurait pu remporter le pari.

L'anatomie humaine était une chose. Celle de la volaille, une autre. Ils la laisseraient approcher de couteaux tant que c'était pour vaquer à ses corvées. L'oiseau câlin et mignon connut donc une fin rapide.

Un couteau de boucher à la gorge.

Et, comme elle l'avait fait avec les animaux sauvages qu'elle chassait quand elle était encore libre, elle s'assit sur le pont, face à la forêt morte, et pluma le poulet en laissant les plumes tomber comme de la neige. Des gestes répétitifs pour la distraire tandis qu'elle contemplait un monde qui les avait tous abandonnés.

L'oiseau fut rôti et servi à sa table, accompagné de patates et de carottes – la tête servie à côté. Elle ne put en avaler la moindre bouchée.

— Je pensais vraiment que le poulet allait te convaincre, rit Malachi en tapotant son ventre plein.

Pense un peu aux œufs. Tu aurais pu les troquer contre des tickets.

— Je vis dans un placard et je n'ai rien à lui donner à bouffer.

À la vérité, elle se sentait un peu mal d'avoir tué ce pauvre et délicieux animal.

— Mais bien sûr ! Les autres filles vivent dans des suites à plusieurs pièces. Bien plus sympas que les couchettes auxquelles on a droit en bas. Pas vrai, Verne ? lança-t-il en donnant un coup de coude à son voisin. Toi et moi, on connaît bien la chambre de Jessica.

— Combien ça coûte ? demanda-t-elle, fascinée.

— Oh, vingt-cinq mille tickets la nuit ! Mais c'est un vrai lit, pas une paillasse. Et il y a des toilettes privées et une femme douce.

Jessica était gentille. Réservée, dissociée. Elle restait dans son coin. Elle n'était pas du genre à mettre des éclats de verre dans l'assiette de la nouvelle.

Étant donné ce que la pauvre devait endurer, elle méritait une belle chambre pour se reposer.

— Je l'aime bien, musa-t-elle tout haut. Jessica est cool.

Les hommes assis à sa table portèrent un toast à Jessica. Ils firent tinter leurs verres et partagèrent un moment de camaraderie qu'Eugenia se refusa d'analyser.

Puis elle vit le capitaine la regarder.

Son tour était venu d'essayer de « remporter » le pari. Elle allait le servir dans ses quartiers toute la semaine, et il voulait que tout le monde le sache. Alors il tiendrait le prix. Il remporterait l'argent.

Enfoiré.

Enfoiré qui vint la récupérer dès que le gong sonna et que les hommes se mirent en file pour renverser leurs restes sur Scarlette et sur Kim.

— On a passé un marché, petite sirène, dit-il assez haut pour que tous l'entendent. Allez, viens, qu'on discute de tes talents de suceuse.

— Je préfère encore me jeter du pont de ce bateau que de sucer ton pitoyable pénis, siffla-t-elle lorsqu'il l'éloigna en lui tenant la main, un bras passé autour de sa taille.

Elle fut tentée de le faire sur le champ. C'était sans doute pour cette raison qu'il avait encerclé sa taille de son bras.

— Combien de femmes ont sauté par-dessus bord ?

— Je n'en ai pas encore perdu une seule, répondit-il aussitôt. En fait, celles qui le quittent reviennent toujours.

— Mon cul.

Mais… Joan. La sympathique, serviable et conciliante Joan – même si Eugenia détestait le reconnaître – était revenue.

Brooke serait autorisée à débarquer quand dix autres hommes l'auraient baisée. Une prouesse qu'elle pourrait accomplir en moins de trois jours. Et Eugenia aurait été étonnée que cette fille revienne dans ce trou. Pas après avoir travaillé si dur pour le quitter.

Elle avait hâte de la voir partir, de lui souhaiter bonne chance, de goûter un soupçon de liberté qu'elle ne gagnerait jamais. Du moins, pas à force de tickets et de prostitution.

Chapitre six

Les quartiers du capitaine étaient…

Bien plus cossus que les siens. De la musique émanait d'une IA dans un coin, *Alecia*. Un appareil qu'Eugenia n'avait pas vu en six ans. Un coin d'histoire cachée, qu'aucune des femmes n'avait mentionné lorsqu'elles s'étaient rassemblées au petit déjeuner pour se moquer que soit venu son tour avec le capitaine.

Et elle qui pensait avoir tout entendu ! Ses préférences sexuelles – vite, fort, par derrière. Sa tendance à ruminer s'il n'était pas d'humeur ou que la fille parlait trop. Sa compétitivité aux jeux et son refus de toucher après l'acte.

Les femmes étaient autorisées à dormir sur le lit, à l'écart, mais la plupart choisissaient le canapé quand c'était terminé.

Et il n'éjaculait jamais, au grand jamais, à l'intérieur. Mêmes règles que sur le pont. La bonne vieille méthode du retrait et de la prière.

En dépit de son désintérêt évident, les femmes lui avaient donné l'abécédaire de la bête.

Homo peniens enfoireus.

Mais la musique… Elle ne s'y était pas attendue.

— Donne-moi une minute, tu veux bien ? murmura-t-elle.

Lorsqu'il la tira néanmoins à l'intérieur, son sourire se volatilisa. Cela faisait si longtemps qu'Eugenia n'avait pas entendu de musique pré-

bombes qu'elle avait l'impression de marcher sur la lune.

— J'avais le sentiment que tu aimerais PJ Harvey.

Accablée de chagrin, elle écouta l'air en sentant affluer les souvenirs de feux de camps et d'amoureux. De guimauves et de caresses sous une tente. Du sol qui tremblait, aux notes de cette chanson précise, alors que le monde touchait à sa fin et qu'un soixante-neuf extrêmement satisfaisant la faisait monter au septième ciel.

Sentant la terre continuer à frémir, les campeurs s'étaient figuré que les secousses devaient provenir du Mont Saint Helens.

Pas d'une guerre nucléaire.

Ils avaient pu capter juste assez de signal pour entendre les cris des présentateurs de journaux tandis que d'autres villes étaient bombardées. Et puis il y avait eu le silence de la forêt.

Qui n'était pas du tout silencieuse, mais plutôt assourdissante.

Toute sa famille avait été décimée ; ses parents n'auraient pas voulu que leur remarquable fille défie les radiations pour fouiller les décombres afin de retrouver leurs corps.

Pas son père et sa mère si pragmatiques. Lui travaillait pour la NASA ; elle était neurochirurgienne.

Et c'était la dernière chanson qu'Eugenia avait entendue quand presque tous ceux qui comptaient pour elle avaient été anéantis et réduits à de la cendre radioactive. S'ils n'avaient pas été interrompus par des secousses d'une telle magnitude, elle soupçonnait que Li Wei lui aurait alors demandé sa main, après qu'ils eurent repris leur souffle et partagé un long baiser.

Elle avait vu la bague dans son sac à dos. L'anneau simple, serti de petits diamants – exactement à son goût. Un anneau qu'elle pourrait porter sous ses gants stériles. Il la connaissait si bien et la traitait avec tant de respect.

Il avait été prêt à passer outre les réticences de sa famille pour l'épouser, elle qui n'était pas Chinoise.

Eugenia s'était sentie sur un petit nuage. Après l'obtention de leur diplôme, tout leur avenir était planifié. Il ouvrirait un cabinet de médecine générale. Elle poursuivrait ses études pour se spécialiser en chirurgie pédiatrique.

Mais sa famille bien-aimée vivait dans une direction, et la sienne dans une autre.

Et tous étaient morts.

« Stories from the City, Stories from the Sea »

Comment ce salaud de capitaine connaissait-il le pouvoir de cette chanson ?

Comment pouvait-il être si cruel ?

De passer cette musique mélodieuse, si belle et agressive… Les entrailles d'Eugenia étaient prêtes à se retourner partout sur le tapis. Heureusement, elles étaient maintenues en place par une robe en coton léger, constrictive.

Le capitaine la guida vers un ensemble de canapés en velours damassé, l'un en face de l'autre, qui auraient pu avoir leur place sur le foutu *Titanic*.

— Il y a du vin.

— Cool.

Le vin serait grandement apprécié ; toute la bouteille, tant qu'à faire.

Li Wei avait été si beau, intelligent, gentil. Charmant, mais amusant. Parfait. Raffiné, mais pas prétentieux comme ses parents… ni les siens.

Installée sur le canapé, Eugenia avala tout un verre de Bordeaux en trois gorgées.

Sous le regard perçant de l'homme assis sur le canapé d'en face. Un homme à qui elle n'avait jamais menti, et qui ne lui avait jamais menti.

Un homme qui attendait qu'elle explique son air bouleversé.

— J'allais dire oui… aux notes de cette chanson. J'aurais dit oui, j'aurais eu un mariage, sauvé les vies d'enfants sur la table d'opération, peut-être même que j'en aurais eu un. Mais la terre s'est mise à trembler et, dans tout ce chaos, il a oublié de faire sa demande. Je ne sais pas ce qui est arrivé à la bague. Peut-être qu'elle est toujours au campement.

— Tu voulais un garçon ou une fille ?

C'était trop. Le chagrin était trop éprouvant, la colère bien plus rassurante.

— Pourquoi fallait-il que tu passes PJ Harvey ?

— Parce que tu fredonnes ses chansons en travaillant.

— Pas du tout !

Fredonner, c'était pour les pigeons et les idiots qui pensaient qu'il était possible de connaître une fin heureuse dans cet enfer.

— *Alecia*, passe Arcade Fire.

Et la torture prit fin tandis que la capitaine remplissait de nouveau son verre.

Elle le sirota, acceptant que tous les survivants souffraient d'un genre de stress post-traumatique et que, malheureusement, le sien avait été perçu par quelqu'un qui l'avait retourné contre elle.

Un homme qui, elle le savait, détestait bavarder durant ses séances érotiques programmées. Alors elle bavarderait.

— Je suis allée voir Arcade Fire en concert quand j'avais dix-sept ans. J'ai menti à mes parents et j'ai fait le mur. J'ai récupéré un bracelet pour acheter de la bière et je suis montée sur les épaules d'un type baraqué dont je ne me rappelle même pas le nom. La salle était petite, mais c'est le meilleur concert auquel j'ai assisté.

— Mon concert préféré était MUSE, pendant leur tournée *Simulation Theory*, dit le capitaine en levant son verre vers elle.

— Oh… Ouais, c'était très bon, dit-elle très sincèrement.

Li Wei l'avait enlacée par derrière, la câlinant pendant qu'ils se balançaient en rythme avec la musique. Ils s'étaient émerveillés quand le monstre avait explosé au-dessus de la scène. Tous deux ivres de Goose IPA.

— Il s'appelait comment ?

— Ça ne te regarde pas.

Ce n'étaient absolument, véritablement et profondément pas ses oignons.

— Alors tu ne cherchais pas *le bon*. Tu l'avais déjà rencontré.

— Le simple fait que tu penses que je limite mon bonheur au concept vieillot du *bon* montre comme tu me connais peu.

— Tu viens de me traiter de vieux ? demanda-t-il en lui adressant un sourire en coin.

— Tu es vieux.

Peut-être pas assez pour être son père, mais vieux quand même.

— Et tu es très jeune, rétorqua-t-il en levant de nouveau son verre vers elle, le sourire diabolique.

— Mais je ne serai plus aussi jeune dans dix ans, en supposant que je baise un de tes hommes tous les soirs.

— Tu ne m'as pas répondu. Garçon ou fille ?

OK… Bavarder n'avait manifestement pas l'effet escompté.

Le verre de vin à la main, Eugenia se leva du canapé, coupant au jeu des vingt questions pour aller inspecter sa cabine. Elle toucha à tout, juste pour l'emmerder. Pour sentir. Pour se remémorer les choses normales.

Il y avait tellement de couleurs.

Elle ne s'était pas rendu compte combien ses murs nus et ses draps clairs en manquaient.

Des rouges, des mauves, le vert de plantes vivantes qui n'existaient plus.

Elle avala une autre gorgée d'authentique vin pour se donner du courage avant de se retourner. Elle tâta le jupon qui froufroutait autour de ses genoux et décida de conclure l'affaire.

— Où est-ce que tu comptes le faire ?

Comme il avait l'air satisfait ! Tel le roi des pirates sur son trône usurpé.

— Faire quoi, Eugenia ?

— Me masser les pieds. Conformément à notre accord.

Et il rit de nouveau en comprenant qu'il s'était fait avoir à son jeu de mots. Il posa son verre sur la table basse immaculée et se leva, pour lui rappeler combien il était plus grand qu'elle.

Les mâchoires, les pommettes, les lèvres, les cheveux…

Un pirate barbare jusqu'au bout des ongles.

— Où tu veux.

— N'importe où ? demanda-t-elle en battant des cils, imaginant l'amusement qu'elle aurait à ses frais s'il jouait le jeu.

Cependant, il l'avait déjà rejointe et s'était mis à jouer avec les boucles que Joan avait passé un temps fou à dompter pour sa *nuit spéciale*.

— Ici, ça fera l'affaire.

— Tu as dit que je pouvais choisir, minauda-t-elle tandis qu'il les allongeait tous deux sur le tapis doux.

— Tu as pris trop de temps, rétorqua-t-il en enfonçant les pouces dans sa plante de pied.

Doux Jésus ; soit il était doué avec ses mains, soit elle crevait d'envie d'être touchée. Quoi qu'il en soit, elle grogna et renversa la tête en arrière.

Pendant une heure, elle endura le meilleur massage plantaire connu de la gent féminine. Éhontée dans ses gémissements, elle se laissa aller au sommeil sur le doux tapis propre.

Elle se réveilla désemparée, dans un lit inconnu, immobilisée par le bras et la jambe d'un homme qu'elle détestait.

Et qui enfreignait ses propres règles de ne jamais toucher car, là où leurs pieds étaient emmêlés, sa peau était nue.

Le soleil s'étant levé, elle était relevée de ses fonctions et n'avait pas à supporter ça. Elle se glissa hors de ses bras et détala jusqu'à la porte – déverrouillée – telle une lâche invétérée.

***

— Il t’a fait son truc avec la langue ?

Aujourd’hui, les nouilles étaient au menu. Faites à la main par Chloé, celle qui lança la conversation que toutes les autres avaient eue par le passé.

— Non, répondit Eugenia, qui n’en pinçait pas pour le genre malfaisant, brut de décoffrage, qui trafiquait des êtres humains.

— Allez, chérie. Pas besoin de prétendre entre nous. On l’a toutes baisé des dizaines de fois. La première fois, il fait toujours le truc avec sa langue. Un verre de vin. Il a passé quelle musique ?

— PJ Harvey.

— Qui ça ? demanda Chloé en aspirant bruyamment une nouille.

— Personne.

Cela n’avait pas d’importance. Cela n’en aurait jamais plus.

— Tiens le coup pour la semaine, lui conseilla Chloé en faisant tourner ses délicieuses pâtes dans un bouillon fade. Laisse-le t’attacher si ça aide. Laisse-le te baiser un peu trop violemment. Puis passe à autre chose. Plus que six jours.

— Tu plaisantes ou quoi ?

Son truc, c’était le bondage ? Quel cliché pour un pirate !

— Alors il ne t’a vraiment pas baisée ?

Toute la tablée la fixa des yeux, Joan y compris.

— Oh, si, on a baisé toute la nuit. Comme des lapins. Vous ne m’avez pas vue marcher en crabe ?

— La vache, tu vas le sentir passer, ma fille, la taquina Chloé, les joues roses. Je parierais des tickets qu’il essaie d’abord de te rôder. Et, vu son gabarit, il en aura sûrement besoin. Il n'y a pas de raison d'endommager la marchandise.

Ce qui n'était pas drôle du tout.

— Tu sais que je plaisante, hein ? Enfin, en ce qui concerne les dégâts. On fait toutes preuve de bonne volonté, et il se rappelle si on préfère prendre son colosse non circoncis de la manière traditionnelle ou dans la gorge. Un peu de lubrifiant, un peu de *vin*, et il entrera. Accroche-toi, pense à l'Angleterre et attends qu'il termine.

— C'est… extrêmement perturbant. Surtout que tu n'es pas Anglaise.

Chloé haussa son épaule ronde et dénudée.

— L'Angleterre a été rayée de la carte. Pareil pour le Japon, les Philippines, l'Afrique du Sud, l'Alaska… La seule façon d'abandonner tout ceci serait d'atteindre le Pacifique et de trouver un voilier qui mette le cap sur la Russie.

Scientifiquement parlant, elle n'avait pas tort. La chaleur y avait fait fondre la glace, ce qui avait exposé des terres fertiles. Il suffirait de traverser l'océan radioactif, de payer la mafia, de voguer pendant des milliers de kilomètres et d'arriver à destination, vieux et prêt à mourir.

— Encore six nuits, puis je n'aurai pas à y retourner pendant au moins quelques mois.

— Tu ne te plais pas là-bas ? demanda la plus réservée d'entre elles, une fille pourtant douée de bon sens.

— Je me plaisais en fac de médecine, quand j'avais un fiancé et un avenir. Non, le fait qu'il ait passé de la musique et m'ait massé les pieds ne suffit pas.

— *Il t'a massé les pieds ?!* s'écrièrent toutes les filles de concert.

— Ne croyez pas qu'il ait fait ça par… enfin bref. Je l'ai juste eu à un jeu de mots. C'est tout.

Et, entendant cette réplique désinvolte, la moitié de la table devint plus glaciale qu'un glacier ; les autres gardèrent les yeux baissés sur leurs nouilles.

Elles ne pouvaient pas être jalouses, si ?

— Je ne l'ai pas baisé.

— Tu aurais dû ! Maintenant, ça va être tellement plus difficile pour nous toutes ! répliqua Brooke, qui n'était qu'à quelques jours de gagner sa liberté.

— Désolée…

Eugenia était loin de l'être, mais que pouvait-elle dire d'autre ?

— Laisse-le te baiser. Arrête de jouer ta Jeanne d'Arc. On en a marre d'essayer d'être à la hauteur de ta croisade ! Aucune d'entre nous ne veut se prostituer, d'accord ?

— Vous avez le choix de qui vous laissez vous pénétrer ! Comme moi, vous pouvez refuser.

— Je suis ici depuis trois ans, dit la plus calme, Jessica. Que sais-tu de plus que moi ?

— Je sais qu'il m'a dit que ma dette était de vingt millions de tickets et que, même si je baisais sans discontinuer, je n'arriverais jamais à me sortir de ce trou à rats.

Et cela fit taire toute la tablée, mais n'empêcha pas Joan de la dévisager en louchant.

Chapitre sept

Il n'y eut pas de musique le deuxième soir. Mais il y eut du vin.

— Les filles m'ont prévenue que tu allais m'attacher et me baiser violemment, dit-elle en levant son verre, mais en refusant de boire. Apparemment, tu es aussi bien monté. J'aimerais savoir avec combien de tickets tu les as soudoyées pour qu'elles disent ça.

— Tu aimes les hommes bien membrés ? demanda-t-il après avoir trinqué et bu une gorgée de Bourgogne.

— Non. J'aime les hommes bons.

— Alors tu vas être déçue, dit-il en frottant sa mâchoire glabre.

— Tu t'es rasé… et tu es pratiquement en costume. Tu n'as pas trouvé le veston ?

Son commentaire le surprit ; il baissa la main vers son cou.

Le moment était bien trop exquis pour le gâcher. Eugenia s'approcha afin de caresser son avant-bras musclé, à l'endroit où la manche de sa chemise était retroussée.

— Tu es très beau en pantalon et en chemise blanche. Tu sais quoi, mon mignon ? Je t'offre une baise en échange d'une bougie parfumée, de baume à lèvres et de cinq mille tickets. Je serais même prête à rajouter quelques préliminaires, du vin et de la musique avant de lubrifier un bon vieux gode-ceinture et de te l'enfoncer dans le cul.

— Tu sais pourquoi les préliminaires ne sont pas autorisés, dit-il en l'attrapant par les cheveux pour les porter à ses narines, retournant son jeu contre elle.

Elle balaya la cabine du regard et trouva la splendeur des appartements du capitaine bien moins impressionnante en cette deuxième nuit.

— Mais ils ont lieu ici. On m'a tout raconté sur ce truc que tu fais avec ta langue, *espèce de grosse salope.*

Il sourit, comme si ses taquineries le faisaient fondre. Son torse musclé apparaissait au niveau du col, là où il avait laissé quelques boutons ouverts.

— Prends ça comme un à-côté du commandement, susurra-t-il d'un air salace.

— Franchement, les marchandises usagées, c'est pas trop mon truc, dit-elle en baissant les yeux vers son entrejambe, qui s'était dilaté sous son pantalon.

— Puceau et pucelle ne font pas bonne expérience sexuelle, badina-t-il aussitôt.

Là-dessus, il se trompait. Elle avait connu de nombreuses séances intimes intenses et épanouissantes avec Li Wei.

— Je dois comprendre par là que ta première fois était décevante ? demanda-t-elle. Pas que je compte un jour discuter de mes antécédents sexuels avec toi, mais tu parais assez malin pour savoir que deux partenaires peuvent faire de nombreuses choses créatives qui n'impliquent pas de pénétration. Puisqu'en gros, tu es un mac, je m'étais attendue à ce que tu ne te contentes pas de levrettes à longueur de nuit. Tu as transformé le sexe en corvée pour tous les partis concernés.

Le sourire qu'il lui décocha était fabuleux.

— Eh bien, eh bien, alors les autres t'ont parlé…

Eugenia but sa première gorgée de vin avant de répondre :

— Apparemment, tu n'es pas circoncis. Je félicite tes parents. Je trouve que c'est un acte barbare.

— Qu'ont-elles dit d'autre ? demanda-t-il après avoir avalé sa gorgée.

En soupirant, elle s'installa sur le canapé et croisa les genoux – position pour laquelle sa mère l'aurait autrefois réprimandée. Les dames croisaient les jambes à hauteur des chevilles. Elle se renversa sur les coussins jusqu'à ce que son nez pointe vers le plafond.

— Entre nous, je pense qu'il y en a deux ou trois qui ont un faible pour toi. Le reste m'en veut de ne pas t'avoir baisé. Malheureusement, elles ne m'ont pas cru, vu que je n'avais aucun détail croustillant à leur donner. Tu aurais dû me briefer. Il m'aurait été utile de savoir que ton fétiche est le bondage.

Contrairement à la soirée précédente, il quitta son fauteuil pour se laisser tomber à côté d'elle.

— Est-ce que tu me demandes de t'attacher ?

S'il lui faisait passer un genre de test en s'asseyant si près d'elle, elle allait se retenir de s'écarter. Pas tant qu'ils avaient un accord.

— Non merci. Et puis, la levrette à répétition, ça me paraît extrêmement ennuyeux, répondit-elle en faisant rouler sa tête vers lui afin de croiser son regard. Tu ne trouves pas ? Pourquoi ne pas varier un peu les choses ? Par paresse ? Par manque d'intérêt ? Ne le prends pas comme un compliment, mais venant de l'homme qui a inventé toutes ces règles tordues pour façonner la société à bord de son bateau... un manque de créativité sexuelle est légèrement décevant.

— Elles ont parlé du truc que je fais avec ma langue. Ça ne me fait pas remonter dans ton estime ?

Eugenia n'aurait pas dû éclater de rire. Elle ne pouvait même pas blâmer le vin. Mais elle trouvait drôle que cet homme refuse d'être insulté par les faits.

— Tu devrais être plus doux avec elles. Peut-être les aider à jouir quand tu prends ton pied. Les pirates ne sont pas censés être torrides et déments au lit ?

Son expression passant de taquine à désapprobatrice, il lui prit le verre des mains et le posa sur la table.

— Ton petit jeu a beau être touchant, le temps qu'elles passent dans cette cabine n'est pas une question de plaisir et tu le sais.

— Elles ont dit que tu te retires bien avant d'éjaculer et que tu te branles pour terminer, avec une serviette à côté et tout, pour que ton sperme ne les touche pas. Et que, si la fille le veut, elle peut te sucer au lieu de te baiser pour le même nombre de tickets. C'est comme ça qu'elles essaient de t'impressionner. Parce que je pense qu'on sait tous les deux que le jeu que tu as créé ne t'amuse plus du tout.

— Si je ne les traite pas équitablement, ça déséquilibrera le statu quo.

Il lui parut taciturne en disant ça, exactement comme les autres femmes l'avaient décrit.

Sa remarque, lancée juste pour l'emmerder, était en réalité bien plus intéressante qu'elle ne s'y était attendue.

— Donc tu es équitablement égoïste au lit, sauf pour le coup de langue occasionnel ? Je ne baise personne ; pourtant, il semblerait que tes règles n'en aient pas tellement souffert.

— Parle pour Neil.

Ouille ! Comment avait-elle pu oublier que cet homme avait été assassiné parce qu'il s'était porté volontaire pour régler sa dette ?

La pièce lui parut soudain glaciale. Elle cessa de s'avachir et se rassit comme une dame. Les chevilles croisées et les épaules droites.

— Explique-moi en détail comment décrire notre nuit aux autres femmes demain matin. Comme ça, tu auras ton statu quo. Je me moque que tout le monde sur ce bateau pense que je t'ai baisé. Je me moque que tu gagnes le pot de tickets. Recycle-les dans ton économie. Alors, on l'a fait sur le lit ? Sur le canapé ? Ou tu es du genre à le faire par terre ?

— Contre le mur, répondit-il en indiquant un coin sombre du menton. Face à face, pour que je te voie. C'est ce à quoi ils s'attendront tous pour ta première fois.

— Est-ce que j'ai joui ?

— Tu serais capable de le décrire ?

Eugenia aurait été bien incapable de jouir si elle n'avait aucun lien émotionnel avec lui.

— Non… Ce n'est pas un mensonge que je pourrais rendre crédible.

— Et tu comprends maintenant pourquoi les hommes renversent leurs restes sur les femmes qu'ils se tuent à acheter. Je ne peux pas laisser libre cours à la réponse physiologique féminine naturelle. Je ne peux pas autoriser d'attache. C'est pour ça que les femmes ne pleurent pas, mais que certains hommes le font, en cachette, après le divertissement de la soirée.

— Tu es vraiment un grand malade.

Un grand malade qui avait posé la main sur son genou.

Qui était en train de lever cette main pour pincer son menton, comme s'il s'apprêtait à l'embrasser.

— Je pourrais être doux avec toi, si je te faisais assez confiance pour ne pas en souffler un mot.

— Comment étoufferais-tu la réponse physiologique féminine naturelle, alors ? demanda-t-elle en haussant un sourcil.

— Tu me détestes, répondit-il en faisant la moue, les yeux noisette langoureux. Je ne pense pas qu'on aura ce problème.

— Ce qui nous ramène à la case départ : pourquoi diable crois-tu que je voudrais de ta queue ?

— Parce qu'on prendrait tous les deux notre pied et tu le sais.

Elle effleura ses lèvres avec les siennes. Pas un baiser ; une provocation.

— Mais ne suis-je pas la putain inaccessible ?

— Eugenia, dit-il, l'avertissement clair dans son ton.

— Je dirai à tout le monde que tu m'as baisée dans le coin, debout, face à face. Tu as éjaculé sur mon ventre et tu t'es essuyé avec ma robe. J'ai pleuré ensuite, avant de m'endormir sur le canapé.

— Tu vas devoir étaler du sang sur ta jupe, dit-il avant d'ajouter très sérieusement : Je suis gros. Tu saigneras les quelques premières fois.

— Et, au bout de cinq autres nuits de charmante conversation, les autres femmes reprendront leur roulement hebdomadaire. Je n'aurai qu'à jouer à ce jeu trois ou quatre fois l'an, dit-elle tout haut, ce qui lui sembla encore pire. Je ferais aussi bien de me jeter par-dessus bord tout de suite…

Adossé au coussin, le capitaine l'écoutait tout en se pinçant l'arête du nez, les yeux fermés.

— Tu vas devoir me malmener un peu, continua-t-elle, consciente qu'un peu de sang sur sa robe ne suffirait sans doute pas. Et je vais devoir te griffer, parce que je me serais défendue.

— Ce n'est pas obligé d'être comme ça…

Comment osait-il paraître fâché ? Comment osait-il faire comme si c'était elle, la difficile ?

— Je ne fais que suivre tes règles et *maintenir ton statu quo*. Ne m'en veux pas à moi si tu n'apprécies plus de vivre dans l'enfer que tu as créé.

— Au moins, je suis en vie ! cracha-t-il en se levant, la dominant de toute sa taille. Et toi aussi. Pareil pour toutes les autres personnes à bord de ce bateau ! Elles sont toutes en *sécurité*.

— Quel sale caractère, l'esclavagiste. Tu devrais le mettre à profit. Frappe-moi maintenant, avant de te dégonfler.

Il l'atteignit à la pommette, l'attrapa alors qu'elle se jetait sur lui en rugissant et se débattait comme un chat sauvage. L'empoignade fut de courte durée, mais efficace. Immobilisée au sol, ses poignets piégés au-dessus de sa tête, Eugenia vit les griffures ensanglantées, là où ses ongles avaient labouré sa gorge et son torse, encadrées par une chemise bien trop ouverte pour être considérée comme distinguée.

Des marques qu'il laisserait cicatriser et exposerait à la vue de tous.

— Purée, Eugenia…, haleta-t-il, son sexe dur contre sa jambe.

Assoiffée de sang, mais clouée au sol sous le poids du capitaine, elle se força à rester immobile.

— Relâche-moi maintenant, souffla-t-elle, sa poitrine se bombant et retombant.

— Je n'en ai pas envie.

Bien sûr que non. Pas avec cette immense érection pressée contre sa cuisse.

Ce qui était problématique. Ceci n'était censé être qu'un simulacre, mais il était penché sur elle et, maintenant qu'il l'avait coincée, elle n'avait nulle part où se replier.

— Cinq cent mille tickets, l'implora-t-il, les lèvres posées contre sa joue, haletant comme un homme à court d'oxygène.

— Tu ne peux pas m'acheter, Aaron. Combien de fois dois-je te le répéter ? Je ne suis pas à vendre.

— Alors baise-moi parce que tu le veux ! rugit-il, sa prise autour de ses poignets se raffermissant, les muscles fléchis étirant le tissu de sa chemise. On sait tous les deux que tu es aussi excitée que moi. Baise-moi avec toute ta haine, griffe-moi autant que tu veux, *mais laisse-moi te prendre.*

Sa main était déjà en train de relever sa jupe, comme si elle lui en avait donné la permission.

— Tu as perdu l'esprit ? siffla Eugenia.

— Je ferai mon truc avec la langue, la taquina-t-il avec un sourire sexy en se redressant, son regard de braise assombri.

— Ma réponse est non, murmura-t-elle, craignant de sentir sa main remonter sur sa cuisse, d'être forcée d'affronter quelque chose auquel elle redoutait de penser.

— Putain !

Et le capitaine la libéra, puis passa une main dans ses cheveux et fit les cent pas.

Il ne s'arrêta que pour la regarder, allongée par terre, sa jupe retroussée, ses cheveux hirsutes, à moitié guerrière et complètement secouée. La voir étendue telle un sacrifice le surprit. Il s'arrêta dans son élan et mit de côté la gymnastique mentale à laquelle il s'adonnait pour obtenir ce qu'il voulait.

— Dors dans le lit, ordonna-t-il, les mâchoires contractées. Je prendrai le canapé.

C'était si complètement contraire qu'elle ne savait pas par où commencer. Mais elle n'argua pas. Pas quand il avait cette tête. Pas quand il la regardait *comme ça*.

— Tu seras sous bonne garde quand je ne serai pas dans le coin. Tu pourrais être suicidaire. Tout le monde s'y attendra.

Il n'avait pas entièrement tort. S'il l'avait vraiment violée, son esprit aurait pu basculer dans l'obscurité, malgré sa volonté de vivre. Elle hocha la tête.

— Va te coucher. Je vais aller me branler sous la douche.

Inutile qu'il se répète. Eugenia crapahuta sur le sol et plongea sous la couverture. Elle entendit l'eau couler, sûre qu'elle ne parviendrait jamais à s'endormir.

Il prit tout son temps. Mais la journée avait été longue. Les mois avaient été longs. Six années…

Ses yeux se fermèrent d'eux-mêmes. Lorsqu'elle se réveilla, elle se glissa de sous l'édredon. L'homme qui ronflait sur le canapé ouvrit les yeux dès qu'elle posa le pied au sol.

— Tu n'oublies rien ?

La main posée sur la poignée, pas encore tout à fait réveillée mais pressée de sortir de là, Eugenia tourna la tête pour vérifier si elle avait oublié quelque chose dans la cabine.

Et puis il fut à ses côtés, sa main sur la sienne, en train d'éloigner ses doigts de la poignée. Il la retourna lentement, jusqu'à ce que son dos heurte le lambris.

Il était aussi proche d'elle que lorsqu'ils s'étaient affrontés par terre. La proximité qu'ils auraient eue s'il l'avait vraiment baisée contre le mur.

Puis il souleva son menton pour inspecter l'hématome qui décolorait sa joue. Eugenia ne put se résoudre à le regarder dans les yeux, même si elle pouvait sentir qu'il l'exigeait d'elle en silence.

Lorsqu'il eut gagné – elle, lâche et lui, le grand gagnant –, il chuchota :

— Il n'y a pas de sang sur ta robe.

— Peut-être que tu n'es pas aussi gros que tu le penses.

Elle n'essayait même pas de le charrier ; elle voulait simplement sortir de là et retrouver l'abri de sa cabine.

— Oh si.

— Écoute, j'ai des corvées…

— Retourne-toi. Fais-moi confiance.

Elle aurait encore préféré se fier à un serpent venimeux qu'à cet esclavagiste. Elle obéit cependant et sentit le poids de son corps la presser contre la porte. Comme s'il avait besoin d'un moment pour retrouver son sang-froid.

Comme s'il aimait la toucher ainsi.

Puis il souleva son jupon avant qu'elle ait pu l'en empêcher. Il cracha sur le tissu et frotta sa salive sur sa cuisse.

Elle essaya d'empêcher son cœur de s'emballer.

Elle le sentit détacher son pantalon et commencer à se masturber tout en grognant contre ses cheveux. Elle sentit le pincement de ses lèvres sur sa nuque quand il la suça assez fort pour laisser un suçon. Le râle vulgaire qu'il poussa en éjaculant sur l'arrière de ses cuisses.

Avant d'utiliser de nouveau son jupon pour essuyer son sperme.

Le souffle court, il la retourna sans lui laisser le temps d'attraper la poignée et vit son expression de dégoût.

— Une dernière chose.

Il empoigna son corsage et le déchira ; les boutons volèrent et exposèrent ses seins. Eugenia poussait si fort contre la porte qu'elle sentit ses cellules fusionner avec celles du bois.

— Maintenant ils te croiront, soupira-t-il en admirant son travail. Va déjeuner comme ça. Porte la robe toute la journée. Dis-leur que c'est en punition de m'avoir griffé.

C'était tellement plus que faire circuler une rumeur. C'était de l'humiliation publique.

— Ne pleure pas. Ce n'est pas réel, tu te souviens ?

Mais cela paraissait bien réel, et ses yeux la piquaient. Parce qu'elle avait toujours eu beaucoup d'amour-propre et que ceci était dégradant.

Chapitre huit

Le capitaine avait raison : elle n'eut pas besoin de raconter leur histoire inventée de toutes pièces. Un seul regard sur sa robe souillée de sperme, sur la tache de sang qu'il avait dû laisser après s'être mordu et avoir craché sur elle, sur le corsage déchiré exposant son décolleté…

Un regard suffisait à tout dire.

Ou peut-être était-ce son silence anormal, son regard fixe, comme un *lapin pris dans des phares*.

Elle effectua ses corvées dans cette robe, en nage sous tout ce tissu. Elle mangea ses repas dans cette robe, les autres femmes assez gentilles pour ne pas se moquer ou l'interroger.

Elle travailla à la table numéro 2 dans cette robe. La seule table à laquelle elle avait été affectée, et elle savait maintenant pourquoi. Parce qu'il avait sa place habituelle, d'où il pouvait la fixer des yeux. Écouter tout ce qu'elle disait.

La garder à l'œil.

Tout comme les trois types qui la suivaient à présent où qu'elle aille, que ce soit pour frotter les sols ou faire la vaisselle. Eugenia les avait déjà vus, mais elle ne se souvenait pas de leurs prénoms.

Ils ne lui parlaient pas, de toute façon. Ils se contentaient de communiquer entre eux tout en surveillant la catin qui risquait de sauter par-dessus bord. Parler était semblait-il leur autre rôle, afin de faire circuler l'histoire de la chute de la vierge prétentieuse.

Comme les hommes ricanaient quand le capitaine les croisait à grands pas, exposant les griffes sur sa gorge et son torse. Il avait attaché ses cheveux pour ne pas les cacher.

Elle sursautait à chaque bruit, lors d'une soirée où le bruit faisait légion.

— On sait qu'il peut être un peu violent, lui dit un de ses convives ce soir-là. Et ç'a dû être quelque chose pour ta première fois. Je te traiterais bien, si tu me laissais venir dans ta chambre. Je te montrerais comment c'est censé être entre un homme et une fille.

— Une femme.

Quand ces *gamins* allaient-ils enfin comprendre qu'elles étaient des femmes ?

— Au temps pour moi. Entre un homme et une femme.

Son sourire était amical, ses tempes grisonnantes charmantes, mais qu'y avait-il à dire à part :

— J'ai mal.

— On en reparlera dans une semaine ou deux, dit-il en hochant la tête d'un air compréhensif. Rien ne presse.

Rien ne pressait, car aucun d'entre eux ne pensait qu'elle quitterait un jour ce rafiot.

— Aimerais-tu jouer une autre partie d'échecs ?

Qu'elle remporterait, car elle les remportait toujours. Championne d'échecs de la région des trois états. Bourse complète pour la faculté de médecine d'Harvard. Originaire d'une famille WASP de scientifiques, croulant sous les privilèges. Elle avait reçu son premier rang de perles pour ses seize ans.

Elle avait rencontré et était tombée amoureuse de Li Wei lors d'un cours d'anatomie, alors qu'ils travaillaient sur un corps conservé dans le vinaigre. Li Wei, qui s'en était allé retrouver sa famille quand bien même elle l'avait supplié de ne pas s'approcher des zones radioactives.

Qui, d'une façon ou d'une autre, était mort à l'heure qu'il était.

Tout le monde était mort. Et ceux qui étaient en vie s'échangeaient des tickets de tombola contre des faveurs sexuelles et la chance de jouer aux échecs avec une *fille* vêtue d'une robe en coton bleu, couverte de sperme séché. Cette tenue modeste déchirée était bien plus humiliante que les costumes de strip-teaseuses que les femmes se passaient entre elles.

Une *fille* qui avait un boulot, et ce boulot était d'engager le dialogue avec ses *convives*.

— Tu étais marié… avant ?

— Oui, avec cinq gosses, si tu arrives à le croire.

Contrairement aux jeunes, les plus âgés parmi eux se remémoraient le passé le sourire aux lèvres.

— Je voulais devenir chirurgienne pédiatre. J'étais en deuxième année à la fac de médecine d'Harvard. J'adore les enfants.

— C'est vrai ? On t'avait tous cataloguée comme un rat de bibliothèque.

— Pas faux, dit-elle avec un gloussement peu enthousiaste. J'adore les manuels. Plus ils sont explicites, mieux c'est. Montre-moi un fémur brisé avec toutes les vis qui le retiennent quand tu veux ; j'adore ça.

— Tu dois nous trouver bien ennuyeux.

Apparemment, elle l'avait mis dans l'embarras. L'homme plus âgé avait rougi en déplaçant son pion sur l'échiquier.

— Non.

Et c'était vrai. Aucun d'entre eux n'était ennuyeux – même s'ils étaient tous totalement dégoûtants.

— Par exemple, je te trouve sympa. Je trouve que Gus pourrait utiliser plus de savon. Je pense que les blagues de Benji sont crues, et j'aime bien la manière dont François prononce mon prénom. *Eugenia*, articula-t-elle en prenant sa reine, remportant ainsi la partie, même s'il lui faudrait encore dix coups pour s'en rendre compte. Je suis beaucoup de choses, mais ennuyée n'en fait pas partie.

— Fâchée ?

— Oui.

— Je peux le comprendre aussi. Cinq gosses, tu te souviens ?

— Et une femme.

— Je ne peux pas penser à elle…

Car, à en croire l'ombre qui traversa son visage, c'était trop douloureux.

Et cela, elle pouvait le comprendre aussi… même si elle avait toujours été avide de punition, visiblement.

— Il s'appelait Li Wei. Je pense souvent à lui. Et à quel point il a été bête de retourner illico à Boston au lieu de m'écouter. Sa famille était morte. Ma famille était morte. Tout le monde avait péri. Et il était un foutu étudiant en médecine qui savait précisément ce que ce niveau de radiations pouvait faire au corps humain.

— Ouais, ben, les hommes n'ont jamais été très doués pour écouter.

— Je pense qu'il voulait mourir. Je pense que juste après les bombardements, des tas de gens n'ont pas pu accepter d'affronter le monde tel qu'il allait devenir.

— On dirait que tu t'en sors plutôt bien.

Elle lui prit une autre pièce. Une tour.

— Je suis à environ cinq minutes de me jeter par-dessus le bastingage. Tête la première, parce que je sais qu'à cette hauteur, je me briserai la nuque en perçant la surface.

Eugenia ne le pensait pas vraiment. Elle n'aurait pas pu. Mais elle sentait que c'était exactement ce qu'elle aurait dû dire. Peut-être même ce qu'elle aurait dû faire. En réalité, elle ne le ferait jamais. Elle était bien trop têtue et avait trop de comptes à régler avant ça.

— Tu as entendu la nouvelle ? lança Brooke, tout sourire, en arrivant au pas de course et en se jetant de manière inattendue à son cou. Demain, je débarque ! En avance, grâce à toi.

— Oh ! Génial ! s'écria Eugenia, prise de court, en sentant ses paupières la brûler. C'est merveilleux. Vraiment ! Félicitations. Je viendrai t'encourager.

— Je vais partir vers le sud, comme tu l'as suggéré ; les hivers ne seront pas aussi froids.

Ouais, ainsi fonctionnait le climat. Cela dit, vu la distance qu'elle aurait à couvrir, le trajet lui prendrait des mois.

— Tiens-toi loin des villes. Ou des avant-postes armés. Les petites communautés agricoles ont toujours besoin de main d'œuvre. Tu as une boussole ? Une carte ?

Mais Brooke n'écoutait plus. Elle s'approchait déjà des autres filles pour célébrer sa liberté.

— Ne fais confiance à personne ! cria Eugenia par-dessus le tapage de la soirée. Ne t'arrête pour aider personne ! Ne t'arrête jamais !

— Tu vas t'attirer des ennuis si tu continues, l'avertit son adversaire aux échecs. Il te regarde déjà. Et je préfèrerais ne pas te voir avec un autre coup bleu, murmura-t-il en indiquant sa joue d'un geste.

— C'est vrai, concéda-t-elle, car il avait raison sur toute la ligne. Qu'est-ce que j'en sais, après tout ? Je ne fais que me prostituer sur un bateau. Il est clair que je ne sais pas de quoi je parle.

— Aimerais-tu boire quelque chose ? C'est moi qui offre.

Eugenia se sentait au bord de la crise de nerf, mais ignorait ce qui la faisait hyperventiler. Elle essuya sa joue. Mouillée.

— D'accord. Et, si tu veux bien me payer deux pots, je te laisserai gagner cette partie. Tu pourras te vanter devant tous tes potes de m'avoir battue.

— Dans ce cas, je t'en offre trois. Mais tu me promets que personne ne te battra pendant au moins un mois.

— Marché conclu.

C'était le jeu à bord, après tout. Des marchés, des tickets, des jolies Coréano-Américaines qui allaient pouvoir se barrer d'ici mais ne devraient pas aller vers le sud… ni vers le nord… ni vers l'est… ni vers l'ouest. Parce qu'où qu'elle aille, le monde entier n'était qu'un putain de cauchemar, et qu'elle n'avait qu'une seule monnaie d'échange.

Trois bières firent leur effet. Son adversaire remporta la partie dans un spectacle qui attira la foule, venue applaudir sa victoire.

Quand elle arriva dans la cabine du capitaine pour sa troisième nuit, il s'y trouvait déjà. La baignoire était pleine dans son immense salle de bain. Un pyjama propre – celui d'Aaron – l'attendait. Ainsi qu'une serviette douce, du shampooing et de l'après-shampooing pour cheveux frisés. Un savon fait main provenant d'une boutique chic d'avant les bombes.

Pas un mot ne fut échangé.

Il la regarda prendre son bain. Elle remarqua à peine sa présence.

Il ne capta son attention que lorsqu'il la porta jusqu'au lit et la serra contre lui – un bras et une jambe passés en travers de son corps. Ce qui allait complètement à l'encontre de ses règles, puisqu'elle était couverte des pieds au menton.

Elle dormit contre lui, serrée entre ses bras. Se réveilla en même temps que lui. S'habilla devant lui.

Et se tint même à ses côtés quand Brooke débarqua. Eugenia avait en main quelque chose de spécial à lui offrir, qu'elle avait maladroitement négocié à l'aube.

— Quand tu as trouvé mon sac, tu as gardé la carte à l'intérieur ?

— Oui.

— J'aimerais la donner à Brooke.

Elle omit d'ajouter pourquoi. Il n'y avait pas beaucoup de points d'eau potable dans la région. Si Brooke ne savait pas où en trouver, elle mourrait tôt ou tard.

Le capitaine lui avait accordé sa requête. Sans négocier de tickets.

Cette carte – où ne figurait pas un seul bateau flottant sur un lac vaseux dans le no man's land – lui avait coûté un pont.

Une carte qu'elle avait confiée à une Brooke distraite, qui ne tenait plus en place, en la serrant si fort que la pauvre avait couiné. Puis elle s'en était allée avec le sourire, agitant la main au son des encouragements des dames et des pleurs de certains hommes.

— Elle est trop propre et en trop bonne santé. Qu'est-ce qui arrivera si elle parle de cet endroit à quelqu'un ?

Eugenia se devait de le demander, non par méchanceté, mais parce qu'elle était troublée. C'était une bonne question à poser au créateur de règles et prêteur de pyjamas.

— Personne n'en parle jamais. Pas quand ils voient comment le monde est vraiment, dehors.

— Comme si tu le savais.

Le capitaine avait passé son temps à régenter son royaume. C'était elle qui avait vu le monde, dehors.

— Alors parle m'en ce soir.

Oh, elle lui en parlerait. Elle lui raconterait toutes les horreurs qu'elle avait rencontrées sur sa route.

— Rien de ce que je dirai ne te plaira.

Toutefois, il l'écouta jusqu'au bout. Elle lui raconta comment elle avait essayé, les deux premières années, de trouver une ville dans laquelle un docteur avait besoin d'assistance. Comment les hommes s'étaient comportés comme des sauvages. Les fois où elle s'était fait attraper ; comment elle s'était échappée. Les vies qu'elle avait prises avec une précision chirurgicale, parce que tous avaient sous-estimé la jolie et jeune rouquine.

— Et John ? Parle-moi de John.

— Oh, lui ? Je l'ai trouvé perdu sur un bas-côté. Assoiffé. Il est plus facile d'échapper aux chiens quand on est plusieurs, alors je lui ai donné un peu d'eau. Dans sa tête, il s'imaginait déjà qu'on baiserait à chaque halte. Un coup de genou dans les bourses lui a coupé le sifflet. À part ça, on passait notre temps à se disputer au sujet de la carte ; il essayait toujours de nous rapprocher des villes. Je n'aurais jamais emprunté cet itinéraire si j'avais su que tu étais ici.

Et cette carte lui avait coûté bonbon. Quel que soit le stratagème employé par le capitaine pour cacher l'existence de cette oasis d'épouvante aux ragots de la ville, cela fonctionnait.

— Pour répondre à ta question muette, lança l'homme en ayant l'air bien trop fier de lui, on surveille toutes les routes. On tue tous ceux qui ne sont pas à la hauteur. On met les corps en scène le long de la route. On savait que vous approchiez depuis au moins vingt-cinq bornes. Je t'ai observée moi-même, en train de porter ce ridicule sac rempli de livres. J'ai même allumé les lumières pour toi.

Un accueil ? Savoir que tout avait été orchestré était si troublant.

— Vous ne nous avez pas attaqués parce qu'il y avait une femme dans le groupe…

— La transition se fait plus facilement si c'est toi qui viens à nous.

— John était dans le coup depuis le début ?

— Non. Il a essayé de te vendre à la loyale, répondit l'homme en regardant ses ongles – bien plus propres que la première nuit. Et, loyal à mon tour, je lui ai coupé la langue. Qu'on exagère de temps en temps ne me dérange pas, mais qu'on me mente encore et encore va à l'encontre des règles sur ce bateau.

Pour une étrange raison, cela fit naître en elle un sentiment de justice malvenu, mais rassurant.

— Parce qu'il s'est vanté que j'étais un bon coup aux autres hommes ?

— Ce n'est pas tout ce qu'il a dit…

— Combien de tickets doit-il gagner pour acheter sa liberté ?

— Cent mille, répondit le capitaine en levant les mains lorsqu'elle fit mine d'ouvrir la bouche. Attends ; écoute-moi avant de te récrier. Les hommes ne parviennent jamais à économiser assez. Ils dépensent toutes leurs économies sur le pont. Personne ne quitte ce bateau, pas quand la vie que je leur offre ici vaut mieux que tout ce qu'ils trouveront dehors.

Il savait exactement comment lui donner des frissons et la mettre à cran.

— Brooke est partie ce matin.

— Et Brooke reviendra, opina-t-il. Les lumières seront allumées pour elle à son retour. Une chambre propre et un repas copieux l'attendront. Ainsi qu'une épaule sur laquelle pleurer.

Brooke ne reviendrait pas. Pas alors que la seule raison d'être de tout ce manège était de quitter cet horrible bateau.

— Tu nous sous-estimes vraiment, pas vrai ?

— Tu ne me poses jamais de questions personnelles, répondit-il d'une voix adoucie. Qu'as-tu tant peur d'apprendre à mon sujet, Eugenia ?

Acceptant le défi, un sourcil roux haussé, elle posa sa question d'un ton hostile :

— Personnellement, j'aimerais savoir… combien de temps tu crois qu'il me faudra pour trouver un moyen de quitter ce rafiot ?

— Ma petite sirène rousse, sourit-il en se renversant en arrière pour boire une gorgée de vin. Nous savons tous les deux que tu ne quitteras jamais mon paquebot. Tu as une bonne vie ici. Et tu finiras par l'accepter.

— Je te hais, siffla-t-elle, sentant sa haine imprégner chaque fibre de son être.

— Tu *hais* avoir tort. Tu as du mal à accepter le changement. Tu as mené une vie choyée, avec des œillères, dans laquelle tu travaillais dur et accomplissais des choses remarquables. Dans laquelle tu ne pouvais imaginer qu'une seule version de toi-même, et tout ce qui en différait était inconcevable.

Elle comprit alors qu'il était fou.

— Ouais, pute est un excellent boulot quand j'aurais pu devenir chirurgienne. Tu m'as eue. La perte complète du pied d'égalité est tout aussi chouette. Oh, et la violence ? Super ! Les agressions sexuelles… c'est ce dont rêvent toutes les filles !

— Tu es adorable quand tu t'énerves, dit-il avec un regard embrasé… dangereux.

— Je suis toujours énervée.

— Et tu es toujours belle.

Chapitre neuf

Elle ne l'avait pas embrassé, n'avait absolument pas invité ses attentions mais, quand le capitaine l'avait attirée contre son torse cette nuit-là pour la câliner, il avait touché sa peau dénudée, faisant fi de ses règles.

Or, cet homme ne cajolait pas. Toutes les femmes qui avaient partagé son lit et subi ses assauts étaient claires sur ce point.

Ce qu'Eugenia n'hésita pas à lui rappeler.

Si les autres ne devaient pas subir ça, elle ne le devrait pas non plus.

Il éclata de rire malgré ses trémoussements et ses plaintes.

De doux baisers dans son cou, un suçon délicat sur son lobe d'oreille. Il lui murmura toutes les choses qu'il rêvait de faire à son corps… dont aucune n'incluait la prendre par derrière.

Lorsqu'il était lancé, il était complètement obscène. Elle frissonna en faisant de son mieux pour ignorer sa voix éraillée. En faisant de son mieux pour effacer de ses souvenirs combien certaines des choses qu'il décrivait lui avaient plu, quand le monde était normal.

Il n'y eut pas un mot sur le prix. Seule la langue qui tournoyait dans la conque de son oreille.

Seule l'étreinte puissante à laquelle elle n'avait aucune chance d'échapper.

Seule la chaleur du membre lourd contre son derrière rebondi. Les murmures d'un homme qui se frottait doucement contre elle, sa voix plus épaisse que du miel.

— Les préliminaires vont à l'encontre des règles ! souffla-t-elle, trouvant ce jeu inacceptable.

— Tu considères ceci comme des préliminaires ? demanda-t-il en pinçant son oreille entre ses lèvres.

Bien sûr que oui ! Lui pas ? Ses tétons pointaient, son corps réagissait. Elle était humaine, nom d'un chien !

— Je ne coucherai *pas* avec toi.

— Précisément. Alors ce ne sont pas des préliminaires. Juste un jeu. Et il n'y a pas de règles là-dessus.

Ses gloussements sombres, sa langue qui traînait langoureusement dans son cou…

— Même s'il y en avait, je les enfreindrais… et tu ne le dirais jamais.

Oh, qu'il aille au diable ! Elle s'époumonerait pendant toute la durée du dîner.

— C'est ce que tu dis à toutes les femmes forcées de se prostituer sur ton bateau ? Les mêmes foutaises dont tu as gavé Kim quand c'était son tour de tolérer ça, la semaine dernière ? Je parie qu'elle t'a sucé pour en avoir terminé plus vite et dormir sur le canapé.

Sa tirade lui valut une morsure sur l'épaule qu'il venait d'exposer.

— Autant j'adorerais que tu sois jalouse, autant nous savons tous les deux que tu ne l'es pas. Ne gâche pas mon plaisir en me le rappelant.

— Ce n'est pas viable, Aaron. La culture sur ce bateau, les femmes, les hommes, le manque d'*orgasme* dans le sens où l'unité familiale est requise pour qu'un avenir soit possible. Ta main d'œuvre finira par vieillir. Cette société échouera. Il y aura une mutinerie, énuméra-t-elle, se tortillant entre deux soupirs en sentant ses lèvres brûlantes sur sa peau. S'il te plaît, arrête de faire ça. Ça m'empêche de me concentrer.

Il poussa un grognement, et sa voix chaude rayonna de son torse jusqu'à ses tétons. Puis il reposa ses lèvres contre son oreille.

— Glisse ta main entre tes cuisses et dis-moi ce que tu ressens.

Ce n'était pas une question, et elle n'aurait pas dû être sur le point de craquer en l'entendant.

— Eugenia, touche-toi comme tu le fais dans ton lit. Quand personne ne regarde et que tu te donnes tu plaisir. Que tu penses à moi.

Elle n'allait pas gémir. Oh que non !

Cet homme savait si bien comment faire chanter son corps.

— Tu penseras à moi la prochaine fois que tu te caresseras. Tu penseras à ceci.

À lui en train de se frotter contre son dos ; à son érection, aussi grosse que promise.

— C'est ça, ton célèbre truc avec la langue ? haleta-t-elle.

— Non, s'esclaffa-t-il, coquin. Je ne les ai jamais touchées comme ça, et tu le sais.

— Je suis simplement un adversaire à ta mesure, dit-elle, le souffle court, en s'en voulant un peu de tomber dans le panneau. Et, puisque la violence n'a pas marché, tu utilises la séduction pour me briser.

— Si je pensais que la séduction pouvait marcher, je serais déjà en toi, dit-il en tournant son menton pour effleurer ses lèvres.

— La guerre psychologique, alors ?

— Tu te sens dépassée ? demanda-t-il, une étincelle dans ses yeux noisette. Ça te fait du bien de savoir que j'ai envie de toi ?

« Bien » n'était pas un mot pour qualifier ce qu'elle ressentait. Elle se sentait dépravée… et elle aimait ça.

Elle aima ça pendant des heures. Elle fondit dans une mare de contentement tandis qu'il contournait les règles.

Lorsqu'il passa à ses pieds et suça son orteil dans sa bouche, des sécrétions s'écoulèrent en abondance de sa fente ; mais elle ne le reconnaîtrait jamais. Pas plus qu'elle ne reparlerait de son gémissement sonore.

***

Il ne lui restait qu'une nuit à passer avec le capitaine : une nuit de bisbille, de débats, d'insultes mesquines, de rires… Eugenia refusa à nouveau de coucher avec lui, malgré son fou rire et le montant exorbitant de tickets avec lequel il l'appâta. Puis ce fut au tour de Laura. Après elle, d'Hellen. De Faith. De Lydia…

Retourner dans sa cabine ne fut pas difficile. L'horaire quotidien d'Eugenia était robotique, le même heure après heure. Jour après jour. Repos le temps de ses règles. Tout son temps libre passé à lire le *Manuel de pédiatrie de Nelson* – des pages qu'elle avait pratiquement mémorisées par cœur.

Elle ne voyait pas l'intérêt de compter les semaines. Un garde apparut dans son sillage après que le battage qui avait suivi « le capitaine se l'est tapée » se fut calmé. Elle n'était plus considérée comme de la chair fraîche. Sa queue hypothétique avait opéré sa magie. Les hommes cessèrent de la draguer aussi assidûment. Leur conviction que le capitaine avait labouré ce champ avait amoindri son éclat.

En particulier parce qu'une nouvelle fille était arrivée, bien plus enthousiaste qu'elle quant à la vie de luxe qu'offrait ce bateau. Si heureuse, en fait, qu'elle n'arrêtait pas d'en parler.

La climatisation, les repas réguliers, les draps propres, le vrai matelas, les babioles…

Et certaines des autres femmes commençaient à s'accorder à son positivisme grisant.

Elles convinrent même du fait qu'elles avaient de la chance d'attirer l'attention d'hommes enthousiastes, qui se faisaient beau et économisaient juste pour les voir.

Quant aux invitations érotiques ? La jolie brune prenait son pied en se faisant baiser par derrière à même la table. En jouissant aussi fort qu'une star du X.

Le capitaine fit son éloge et offrit à Juanita une des meilleures cabines accordées aux filles. Elle était un modèle à suivre. Et une énigme qu'Eugenia ne pouvait appréhender.

Elle ne l'appréciait pas, quoiqu'elle soit bien la seule, car Juanita était adorable, pétillante, espiègle et sincèrement sympa.

Elle ne l'appréciait pas, parce que Juanita était simplette.

Parce que la nouvelle venue était heureuse.

Et Eugenia commençait à comprendre que, quoi qu'il advienne, elle ne le serait jamais. Peut-être ne l'avait-elle jamais été.

Aussi, elle décida de mener à bien les tentatives de fuite qu'elle avait mises au point depuis des mois. La première était simple : trouver les escaliers et descendre du bateau.

Cela lui valut d'être portée, à son corps défendant, sur l'épaule d'un homme, qui la jeta aux pieds du capitaine furieux.

L'option suivante ? S'échapper par les bastingages qui avaient servi à attacher les canots de sauvetage. Mais des draps de lit déchirés, quelques jurons et la perte musculaire dans ses bras firent qu'elle fut rattrapée après avoir descendu à peine trois étages.

Par la suite, elle prit l'habitude de se tenir devant le garde-fou du niveau 15, les yeux baissés, les pensées occupées par des calculs et des lois de la physique.

Personne ne survivrait à cette chute.

Enfin, elle pourrait survivre à la chute… mais pas aux dégâts subis par son corps lorsqu'elle percerait le ménisque de l'eau glauque.

— Écoute, miss. J'ai vraiment mieux à faire que te suivre toute la journée pour m'assurer que tu ne te tues pas.

— Pour l'amour du ciel, Stewart ! Ai-je l'air de m'apprêter à me suicider ? Comment pourrais-je vivre ma vie loin de ce bateau en étant morte ?

Ses boucles rousses volant au vent, elle abandonna ses calculs pour toiser son baby-sitter du regard.

— Je ne suis pas obligée d'être gentille avec toi avant le dîner. Et alors, je serai sympa parce que je trouve tes blagues décentes et que tu es doué aux échecs. En attendant : tais-toi.

— Tu ne quitteras pas ce bateau, rétorqua l'enfoiré d'un ton doux et sincère.

— Boucle-la. Bien sûr que je vais le quitter.

— Mais pourquoi ? demanda-t-il d'un ton si franc que les cheveux se hérissèrent sur sa nuque. Tu n'aimes pas la vie qu'on te donne ?

— Donne-moi vingt millions de tickets, et je t'expliquerai pourquoi en détail, rétorqua-t-elle sans comprendre pourquoi un presque inconnu la regardait comme ça.

— Mais on t'apprécie tous. Tu nous apprécies aussi, pas vrai ?

En cillant, Eugenia pencha la tête de côté. De nouveaux calculs prirent place dans son esprit. Stewart était un homme bien bâti, assez jeune pour lui être utile. Homo jusqu'au bout des ongles.

— Je pourrais te montrer comment survivre dehors, offrit-elle. Comment chasser pour nous deux. T'apprendre à pister. Pourquoi ne viendrais-tu pas avec moi ?

— Ça suffit. J'en ai terminé, déplora Stewart, qui ne plaisantait pas. Tant pis si je m'attire des ennuis, mais tu es folle à lier. Et je ne vais pas rester ici pour te voir le devenir encore plus.

— Je te verrai ce soir au dîner, mon mignon ! rétorqua-t-elle.

Et elle le vit bien. Malheureusement, un malaise s'était emparé de la fête – Juanita sanglotait de manière inconsolable, ayant compris combien son tout nouveau paradis était, en fait, horrible.

Chaque convive, chaque serveuse, chaque *fille* en charge de les divertir savait pourquoi.

L'adorable Juanita avait trop souvent mentionné un homme en particulier. Elle avait été trop excitée de le voir. *Elle était tombée amoureuse.*

De même pour l'homme que Juanita privilégiait.

Mais, contrairement à Neil, il n'avait pas été assez bête pour offrir de régler sa dette.

À la place, il l'avait giflée à toute volée, devant toute l'assemblée. L'homme costaud avait pleuré et postillonné tout le temps qu'il l'avait traitée de putain.

Le fait qu'Eugenia et le capitaine échangeaient des paroles tous les jours n'était pas secret – quelques minutes par-ci et quelques minutes par-là –, mais ce fut la première fois depuis le soir où il avait déchiré son hymen avec ses doigts crasseux qu'elle l'approcha de front.

Le capitaine…

… qui la regardait, elle, et non la scène qui se déroulait sur le pont. Qui la regardait sans cesse et toujours.

— Aaron, dit-elle, les bras croisés au niveau de la taille.

— Eugenia, répondit-il en inclinant le menton.

Toute cette journée avait été une perte de temps. Se sentant nue sous son regard pour une raison qu'elle ne pouvait identifier, elle lança :

— Je crois que tu devrais les laisser être ensemble.

— Pourquoi ? Pourquoi auraient-ils droit à ce que le reste du bateau ne peut pas avoir ?

Comment pouvait-il paraître si raisonnable quand deux personnes souffraient autant ?

— Parce qu'ils s'aiment. D'un amour véritable, répondit Eugenia sincèrement, même si cela lui coûtait de le penser et encore plus de le dire.

Les yeux noisette se focalisèrent sur elle, comme si elle était la seule personne sur ce pont bondé.

— Ils ne se connaissent que depuis quelques semaines, dénigra le capitaine. L'amour ? Ce n'est pas l'amour vrai. Et il ne durera pas si elle continue à aller voir ailleurs, ce qu'elle fera, parce qu'elle aime l'attention, les faveurs, les petits plus et le sexe.

Eugenia ne comprenait pas comment il pouvait continuer à les rabaisser à des putes en quête de conforts. Pourquoi l'amour *éternel* ne serait-il pas possible dans un endroit aussi malsain ?

— Et si tu te trompais ? Et si l'amour au premier regard était vrai ?

Il déglutit, et sa pomme d'Adam remonta.

Mais elle refusait de le laisser débiter sa version poétique de ses règles débiles. Pas quand quelqu'un aurait pu éprouver du bonheur malgré cette situation merdique.

— Je peux la ramener à l'intérieur ? demanda-t-elle, puis s'empressa d'ajouter : Je reviens tout de suite après. En échange, je m'occuperai des deux tables et je servirai de benne à ordures. Accorde un congé à Faith et à Chloé. Laisse à Juanita une chance de… réfléchir.

Il plia un genou et posa sa botte à même le mur, dans son dos.

— Tu ne l'apprécies même pas.

— Je n'apprécie personne, rétorqua-t-elle, car qui elle appréciait ou pas n'avait aucune importance. Je suis antisociale et une connasse prétentieuse ; tu le sais.

Il éclata de rire ; un rire amer et dur.

— Tu me devras une faveur, déclara-t-il.

— Et tu me dois tellement plus que ça, marmonna-t-elle en refoulant profondément ses idées noires. *Tu me dois tellement plus, Aaron.*

— Ton insolence va te coûter dix mille tickets, dit l'enfoiré arrogant en souriant.

— Va te faire foutre avec tes tickets ! Je n'en ai pas besoin. Et, oui, tu auras ta faveur, mais je te suggère de ne pas en abuser.

— Tu sais que je ne pourrai pas m'en empêcher, chérie.

Son numéro de cow-boy paresseux, son accent. Tout ça pour épater la galerie lorsqu'il effleura sa joue avec ses articulations. D'une certaine manière, elle avait du mal à avouer le connaître plus intimement que les autres.

— Je vais ramener Juanita à l'intérieur.

— Si tu veux qu'on en parle, je suis là.

— Va sucer des bites, Aaron.

Juanita sanglota sur son épaule pendant tout le trajet. Une *fille* au cœur brisé, qui avait été frappée par un garçon au cœur brisé, et qui faisait son deuil de l'amour.

Eugenia ne pouvait rien faire à part lui exposer la triste vérité à bord de ce bateau.

Elle lui raconta l'histoire de Neil. Lui murmura que si elle voulait profiter de son amoureux, elle allait devoir le faire en cachette, comme toutes les autres filles. Qu'elle n'aurait jamais droit à plus qu'un baiser rapide et un rendez-vous galant au détour d'un couloir. Qu'elle allait devoir s'assurer de ne pas le privilégier en public. Que le capitaine ne pouvait jamais savoir – que s'il le découvrait, son amoureux serait un homme mort.

Alors qu'elle reprenne courage ! Qu'elle gagne des tickets avec enthousiasme et achète sa liberté. Peut-être pourrait-il gagner la sienne ; ils pourraient quitter le navire ensemble. Ne serait-ce pas génial ?

Tout en le disant, Eugenia sut que cela n'arriverait jamais. Le jeu était truqué, et Juanita était un trésor trop précieux pour être perdu. Une pute qui se laissait baiser avec enthousiasme, et pas seulement pour gagner des tickets. Elle adorait le sexe quand ce n'était pas forcé. Et qui pouvait le lui reprocher ?

Ce qui la mena droit sur le chemin épineux de la conscience de soi – droit à la raison pour laquelle elle n'appréciait pas la nouvelle exubérante : Eugenia était jalouse.

De sa participation. De ses orgasmes. De l'amusement que d'autres femmes retiraient de ce jeu, alors qu'elle n'avait que ses corvées, ses services et ses tentatives constantes et toujours déjouées de fuir.

Eugenia ne pouvait ni laisser couler ni en profiter.

Le capitaine avait joué au plus fin lorsqu'il l'avait caressée dans sa chambre. Quand il lui avait grogné à l'oreille qu'il tenait à elle. Quand il l'avait pressée d'explorer son corps en privé et de se rappeler les joies de la masturbation.

Le soulagement. Le réapprentissage de son corps.

Ses doigts, glissant entre ses lèvres délicates, caressant son bourgeon timide. Jusqu'à ce qu'il sorte de sous son capuchon et qu'elle le titille, comme par le passé.

L'orgasme avait été délicieux.

Chaque soir. En privé.

En rêvant de ses fantômes. En repensant au corps sexy de Li Wei ; à sa voix, devenue plus grave ; à son poids, devenu plus lourd quand il la câlinait dans son sac de couchage.

Eugenia s'était caressée en rêvant de liberté, d'égalité, d'un homme qui l'aimait. Un homme de son intellect, qui acceptait qu'elle était plus intelligente. Un médecin…

Elle avait fantasmé.

Rêvé du genre d'épanouissement qu'elle ne ressentirait jamais en imitant Juanita, pliée en deux sur une table, se faisant sauter par une file d'hommes en échange de tickets.

La douce Juanita, qui la regardait avec ses beaux yeux bruns, trempés de larmes. Qui avait besoin d'être rassurée par une personne plus sage et plus âgée.

Cela faisait si longtemps qu'Eugenia ne s'était pas sentie comme une personne.

— Le capitaine t'a donné ta soirée. Prends une douche et pleure tout ton saoul. Puis dors.

C'était le meilleur conseil qu'elle pouvait lui donner. Elle sortit de la cabine presque aussi agréable que celle du capitaine pour retourner sur le pont.

Voyant qu'Aaron l'attendait, elle fit halte derrière la porte qui séparait les quartiers des femmes du pont.

— J'ai appris quelque chose à mon sujet, ce soir, avoua-t-elle.

— Tu veux me confier cette nouvelle sagesse ? demanda-t-il en passant un cure-dent d'un côté à l'autre de sa bouche.

— Non, répondit-elle, l'air détaché.

Un être tel que lui ne comprendrait jamais.

Un être tel que lui n'aurait pas dû l'attraper par le bras pour la ramener à lui.

— Tu as fait quelque chose de bien, ce soir, Eugenia. Je suis fier.

La colère était cependant la première et la seule sagesse qu'elle avait à offrir.

— Il l'a frappée parce que tu l'y as forcé.

— Et ?

Et quoi ?

— J'ai du travail. Profite bien du spectacle, esclavagiste. Plus tard, tu pourras baiser une esclave et l'attacher pour qu'elle ne te voie pas faire. J'espère que tu haïras chaque moment autant que je le pense.

Chapitre dix

Les poings serrés sur le garde-fou, loin au-dessus du tapis rouge délavé, antidérapant, qui recouvrait la passerelle, Eugenia se tenait immobile, la chaleur du capitaine dans son dos. Voyant ses grandes mains contenir les siennes, elle cria.

Rien n'aurait pu être pire !

La faveur – quelques minutes de son temps, avait-il dit.

Là où personne ne pouvait les voir ensemble. Où leur vue était dégagée. Où il pouvait l'immobiliser sans merci. Où elle se retrouvait engloutie par un corps plus large, plus fort. Pas pour une étreinte intime, mais pour l'empêcher de s'échapper. Ou de sauter vers sa mort lorsqu'elle se mettrait à paniquer.

Parce que les lumières du paquebot étaient allumées.

Et, bien qu'elle se trouve bien plus bas, une voix familière et claire portait jusqu'à eux.

— S'il vous plaît ! Je vous en prie ! Laissez-moi rentrer !

Même de loin, sa propriétaire était reconnaissable.

Émaciée, claudicante et couverte de guenilles souillées, Brooke chancelait en direction du lac tout en agitant les bras. En conjurant les hommes aux aguets de l'aider.

Pitoyable. Brisée. Malade.

Leurs armes jetées dans leur dos, les hommes étaient à leur poste. Certains préparaient un canot pour aller chercher la femme suppliante, afin d'éviter qu'elle se noie accidentellement dans son empressement à traverser le lac et remonter sur le bateau.

— Non ! cria Eugenia.

Et cria encore.

Qu'était cette vie, à part endurer au-delà de la douleur ?

Le capitaine posa sa main sur sa bouche afin d'étouffer son avertissement, devenu inaudible malgré sa résistance.

Et pour résister, elle résista. De toutes ses forces. En frappant des pieds, lançant des coudes, mordant sa paume de main afin de pouvoir mettre la pauvre fille en garde. C'était un piège. La vraie vie se passait *là-bas, dehors.*

Pourquoi serait-elle revenue à ceci ?

Elle aurait dû FUIR !

Mais le bras du capitaine, tel une barre de fer entourant sa taille, était tellement plus épais et fort.

Il dévia ses coups et attrapa ses poignets dans une main, comme s'il l'avait fait mille fois.

Comme il l'avait fait avec les autres femmes, attachées sur son lit, pour les baiser par derrière avant de les laisser dormir sur son canapé.

Brooke fut récupérée et escortée à bord.

Le spectacle était terminé.

Eugenia avait été maîtrisée par ses muscles. Sa bouche enfin libérée, sa rage l'emporta dans un torrent de larmes affligeantes et embarrassantes.

— Pourquoi est-elle revenue ? Il doit y avoir au moins un endroit décent dehors ! Tous les mauvais endroits sont marqués sur la carte ! Elle va devoir s'expliquer.

— Brooke ne reviendra pas au niveau 15, dit-il d'une voix incroyablement douce, que contredisait son emprise inflexible sur elle.

— Je… Je ne comprends pas.

Elle avait peine à respirer. Le regarder était au-dessus de ses forces. Ses yeux étaient posés partout sauf sur lui ; sur ses bottes, sur le pont et ses doigts étalés, aussi blancs que la mort, qui cherchaient désespérément un appui.

— Ça ne va pas te plaire, dit-il après avoir déposé un baiser sur sa tempe. L'existence du niveau 9 ne va pas te plaire. C'est pour cette raison que tu n'as jamais posé de questions sur les bébés et les enfants. Parce que tu es à deux doigts de mûrir et que tu as trop peur d'y faire face. Tu refuses de voir l'évidence.

— Tais-toi !

— Neil te l'a dit le premier jour. *Les hommes ne peuvent pas tenir les bébés*, mais ils peuvent s'accoupler et pourvoir pour leur progéniture. Sache qu'il y a un futur. Un futur que les hommes savent qu'ils n'auront jamais. Le mieux qu'ils puissent faire, c'est apporter du confort et de la bonne nourriture aux femmes.

Malgré ses mains appuyées aussi fort qu'elle le pouvait sur ses oreilles, Eugenia ne put noyer ses paroles.

— C'est un grand bateau, Eugenia. Toute une société d'êtres humains qui œuvre dans une violence minimale et une croissance maximale. L'équation parfaite, un contrôle strict sur l'histoire circulaire. Brooke fera sa part en tant que reproductrice, *en tant que mère*, et fera la paix avec la situation, comme toutes les autres. Pareil pour Hellen, Juanita, Chloé…

Elle allait vomir sur ses bottes, juste là, mais parvint à lever les yeux vers le monstre et essayer de le cerner.

— Combien de femmes ont subi ce traitement ?

— Seules les plus jolies, d'un certain âge et d'une certaine expérience, travaillent au niveau 15, pour des raisons évidentes. Toutes les autres sont hébergées au niveau 9. Vingt-quatre femmes en comptant Brooke.

Il lui semblait impossible que cet endroit, que cet homme, puissent baisser encore plus dans son estime. Mais c'était encore bien pire que tout ce qu'elle avait imaginé.

— Peuvent-elles gagner leur liberté ?

— Non. Je ne peux pas les laisser débarquer avec leurs enfants.

La fixant comme s'il pouvait l'immobiliser sur place d'un simple regard, comme s'il pouvait la faire changer d'avis, le capitaine fit un geste vers la forêt morte et le lac glauque.

— Les enfants n'ont pas leur place dehors. Nul ne le sait mieux que toi. Brooke aura le temps de s'ajuster et de se remettre. Elle pourrait déjà être enceinte, ce qui lui donnera plus de temps pour trouver sa place avec son bébé avant qu'elle ne doive faire sa part et se soumettre à l'homme qui aura acheté le droit à son cycle. Tous les accouplements sont surveillés, ainsi que les généalogies ; les hommes savent qu'ils doivent s'efforcer de faire plaisir à leur dame pendant le mois entier. *Les préliminaires sont requis.* Ça leur coûte une fortune, et la liste d'attente est longue d'un kilomètre. Le niveau 15 est ce qui les aide à passer le cap en attendant de jouer au papa et à la maman.

Préliminaires ? Il était le roi des préliminaires, et elle la reine de la survie à ces conneries.

— Combien d'enfants sont de toi ?

— Aucun, répondit-il en secouant la tête. Je ne vais pas au niveau 9.

— Pourquoi ? Parce que tu ne peux pas les regarder dans les yeux, comme tu ne peux pas baiser les esclaves du niveau 15 en face ?

— Tu devrais recourir à ton cerveau de matheuse et réfléchir aux chiffres. Puis, peut-être que tu pourrais reconnaître que j'essaie de sauver le monde.

Il n'avait pas été aussi dur avec elle depuis le jour où il avait déchiré son hymen. Cette fois, il n'hésita pas à la condamner d'un ton tranchant :

— Je sais que tu ne veux pas affronter la réalité parce que tu es trop amère quant à ce que tu as perdu. *Mais tout le monde a perdu, Eugenia !* Et tout le monde a joué sa part. Et, maintenant, tout le monde paie.

Non, pas tout le monde à bord de ce bateau.

— Sauf toi, dans ta cabine somptueuse, avec ta musique et ton harem de jolies filles d'un certain âge. Tu es un monstre, Aaron, siffla-t-elle en s'esquivant de ses bras. Je ne veux plus jamais te parler. Je ne veux même plus jamais te voir.

Le dos droit, il soupira. Comme si c'était lui qui souffrait et que c'était sa faute.

— Tu en viendras à l'accepter. Comme tout le monde.

Et il tourna les talons, la laissant seule – parce qu'ils savaient tous les deux qu'elle ne sauterait pas par-dessus bord.

— Quand je quitterai ce bateau, je n'y reviendrai jamais ! hurla Eugenia dans son dos.

***

Ironiquement forcée de revêtir la même tenue que lors de cette première nuit horrible – celle de la vilaine écolière –, Eugenia dressa la table numéro 2. Elle posa sur un côté la pile de serviettes, dans lesquelles les hommes éjaculeraient. Elle comprenait à présent pourquoi ils ne se plaignaient jamais de ne pas pouvoir se vider dans les *filles*.

Parce que leurs poupées de luxe ne serviraient plus si elles tombaient enceintes. Parce qu'ils finissaient tous par visiter le niveau 9 et avoir leur chance.

Ils en étaient bien conscients lorsqu'ils taquinaient, embrassaient, adoraient, baisaient et gâtaient les filles du niveau 15.

Ces hommes n'étaient pas complètement malfaisants. Le capitaine, oui. À présent, elle repensait aux allusions qu'avaient fait certains d'entre eux. Ils se doutaient sans doute que vendre la mèche à propos du niveau 9 mènerait à leur exécution sans sommation.

Ils ne pouvaient pas ébranler cette machine bien huilée de jeux psychologiques et de tickets de tombola, n'est-ce pas ?

Car, si les filles réalisaient que le manège ne prenait jamais fin, la fête serait finie.

Alors, qu'est-ce qui se trouvait plus bas ? Des femmes enchaînées à leur lit ? Était-ce pour cela qu'il aimait attacher les autres filles ? Pour qu'elles s'y habituent ?

Que troquaient les hommes pour pouvoir s'accoupler pendant tout un cycle ?

Cinq mille tickets ? Cinq cent mille ?

Quoi que Brooke vienne de traverser, elle risquait de devenir folle si un homme essayait de mettre la main sur elle. Peut-être que ce que le capitaine prenait pour de l'acceptation n'était en fait qu'un amas de coquilles brisées, aux utérus en état de marche et aux traumatismes psychologiques sévères.

Brooke était bien amochée.

Elle boitait comme les mourants boitaient.

Malheureusement, échouée comme elle l'était au niveau 15, Eugenia ne pouvait pas l'aider. Elle ne put que passer l'heure suivante à analyser la démarche qu'elle n'avait observée qu'à une trentaine de mètres de distance.

À se souvenir de son appel à l'aide.

Consciente que, tout du long, le capitaine s'était moqué d'elle. La seule personne sur tout ce satané paquebot à avoir été son « ami ».

Bon sang, quelle idiote elle faisait.

Toutes les choses qu'elle lui avait dites lors de leur badinage quotidien.

Toutes les manières dont elle le ferait souffrir avant qu'il ne meure.

Les hommes se moquaient-ils d'elle sur les ponts inférieurs ? La vierge déchue qui se pensait si maligne ? Ils savaient tous qu'elle finirait pondeuse au niveau 9, peu importait combien de temps elle tenait.

Et ils l'avaient laissé croire tout ça.

Des hommes qu'elle connaissait. Avec qui elle avait dialogué pendant des mois. Des hommes qui s'assirent à sa table ce soir-là, tandis qu'elle ôtait les peluches sur la nappe blanche. Des hommes qui lui présentèrent leur plaque de cuisson pour qu'elle s'asseye dessus. Qui se chambrèrent et mangèrent du filet de bœuf, *tout comme le premier soir.*

Il n'y avait pas eu de filet de bœuf au menu depuis…

Qu'importe. Elle devait vingt millions de tickets et quelques. À dix baises par soir, elle pourrait quitter ce bateau dans deux ans. Elle mettrait cap vers le sud sans jamais s'arrêter de marcher. Jamais s'arrêter.

Jamais.

— Tu es bien silencieuse, ce soir, lança celui qui lui servait de chaise, une main étalée sur son ventre. Est-ce que ça va ?

Rien n'allait. Rien du tout.

— Je fais juste quelques calculs… Je suis tombée sur une colle.

Combien d'assiettes avait-elle brisées ? Combien de baises avait-elle ajoutées à son compte ?

Si elle parvenait à en convaincre dix de la baiser chaque soir, combien de nuits lui faudrait-il ? Il n'y avait que cinq hommes à sa table, alors il lui faudrait en attirer d'autres et se montrer compétitive pour gagner des tickets. Dix hommes seraient-ils prêts à la baiser chaque jour ? Aurait-elle l'air aussi vidée que Chloé ? Chloé allait sans aucun doute être mutée au niveau 9… parce qu'en se prostituant le plus, elle avait presque économisé assez.

C'était donc pour ça que Chloé avait mis des éclats de verre dans la nourriture de Juanita, son premier soir. Parce que les rivales fraîches et jolies ne faisaient que prolonger cet enfer. Et c'était sûrement pour ça que Juanita avait été prévenue, pour le verre. Tout comme Eugenia – sur ordre du capitaine, sans aucun doute.

Voilà ce qui affectait leur prix. Combien de temps le capitaine pensait pouvoir profiter d'elles.

— Tu es bien pâle, Eugenia.

Toutes les choses qu'elle avait confiées à ces hommes. Son histoire. Ses accomplissements et ses faux pas. Des anecdotes d'enfance marrantes et le nom de ses parents morts. Contre son gré, elle s'était liée à eux à un niveau extrêmement perturbant.

Et ils étaient tous dans le coup.

Elle voulut lui donner une réponse toute faite, genre « ça va ». Ses yeux quittèrent enfin la nappe… et se posèrent non pas sur ses convives.

Mais sur John.

Assis à la table numéro 6. En train de prendre du bon temps et d'attendre son tour. Il riait, mais ne participait pas aux plaisanteries.

Il avait perdu sa langue. Le capitaine le lui avait dit.

Elle ignorait comment elle arriva là, ou pourquoi elle pensait qu'une maudite plaque de cuisson pouvait le tuer. À chaque coup, la traînée due à la forme de son arme de choix ralentissait son élan et réduisait l'impact.

Mais, ayant perdu la raison, elle s'en moquait complètement. Elle le tabassa de toutes ses forces, en hurlant qu'elle allait le tuer pour lui avoir fait ça. Comprenant qu'il serait plus efficace de réduire la résistance au vent, elle tourna la plaque de cuisson sur le côté.

Et visa directement la gorge.

Six mois !

Elle était sur ce bateau depuis au moins six mois – le temps qu'il gagne le passage au niveau 15.

Quand il enfonça son poing dans son ventre et la plaqua au sol comme un secondeur, lui coupant le souffle, elle refusa de le laisser lui voler le reste de sa vie.

Sa rage prit en force. Ses ongles visèrent les yeux.

Des hommes tentèrent de les séparer. Il y eut des cris rageurs quand elle arracha une paupière.

Quand elle le mordit.

— Je vais te tuer, John ! Tu es un homme mort, putain !

Il fallut au moins trois gars costauds pour l'arracher à sa proie.

— Ne t'imagine pas que tu pourras te cacher derrière ces garçons. Je te trouverai, espèce de lâche ! JE T'AI SAUVÉ LA VIE ET TU M'AS VENDUE À DES MONSTRES !

Un de ceux qui lui avait mis le grappin dessus lâcha prise et se retrouva avec le nez cassé.

— La vache, elle est fortiche. Capitaine !

Mais elle s'en moquait. Son attention était fixée, telle un laser, sur le *garçon* qui était contenu, en sang, mais ne cherchait ni à se débattre ni à se libérer. Parce qu'étant un homme, il se sentait en sécurité, et qu'elle n'était qu'une putain idiote.

— Tu mourras, John. Je m'en assurerai !

Un visage bien trop familier brouilla son champ de vision ; une personne qui osa dire :

— Ne le regarde pas. Regarde-moi. Écoute ce que je dis, Eugenia. Si tu ne te calmes pas, je vais devoir te calmer. Et je te demande de ne pas m'y forcer.

Qu'ils aillent tous au diable !

— Aaron, je ne peux plus faire ça, sanglota-t-elle, désespérée, en laissant jaillir tout ce qu'elle avait gardé enfoui. Je ne peux plus.

— Inspire profondément pour moi, murmura-t-il, son regard si lourd qu'elle aurait préféré porter mille tonnes que le soutenir.

Elle inspira, et ses côtes douloureuses tremblèrent. Puis elle prit une autre inspiration. Et une autre. Jusqu'à ce qu'elle cesse de lutter et que les hommes la relâchent avec précaution.

Elle repoussa leurs bras, comme si ça changeait quelque chose.

Puis elle baissa les yeux vers son corps. Son stupide costume, ses seins couverts par trois minuscules boutons. Les pans de son bête chemisier noués sous sa poitrine, son nombril à l'air.

Li Wei aurait détesté cette tenue. Sa mère ultra conservatrice aurait eu une crise cardiaque au premier regard. Mais aucun des deux ne l'aurait jamais frappée.

Et ils étaient morts.

Tout était terminé.

Détacher ce premier bouton fut remarquablement facile. Le deuxième ne lui coûta rien. Après tout, c'était une question de calcul. Tout pouvait être réduit à des statistiques. Son désespoir d'échapper à cet horrible endroit était pire qu'un abandon mental.

— Qu'est-ce que tu fais ? demanda le capitaine, les yeux plissés, quand elle déboutonna le troisième.

Ce qu'elle faisait ? Elle cédait. Elle cédait et remontait sa jupe à plis pour dévoiler sa culotte en dentelle.

— Qui veut passer le premier ?

Aucun d'entre eux ne fit le moindre geste vers elle, malgré ses yeux écarquillés, humides et implorants ; ils se contentèrent de la fixer du regard.

— Allez, les gars. C'est quartier chaud à la table numéro 2. Je continuerai aussi longtemps que je pourrai le prendre. Cinq mille tickets la baise.

Et, toujours, personne ne la toucha. Après toutes leurs offres – après tous les cadeaux rejetés et toutes les cochonneries échangées par-dessus l'échiquier –, aucun d'entre eux ne fit le moindre geste.

Alors elle fit le premier pas. Lorsqu'elle se leva, le capitaine l'imita.

Ce qui lui allait très bien.

Ses tickets valaient autant que ceux des autres. Une main sur sa ceinture, elle lutta contre sa retenue.

— Face à face la première fois ? Ce n'est pas comme ça ? Et puis le cul en l'air après ?

Oh, elle l'avait rendu furax. Assez furax pour qu'il la secoue.

— Ça suffit, Eugenia.

— Je ne plaisante pas ! siffla-t-elle, ses boucles rousses volant tandis qu'elle s'efforçait de sortir sa chemise de son pantalon. Je veux quitter ce foutu navire, et si ça veut dire que je dois baiser tout ce beau monde pour y arriver, alors je suis prête.

Le clown du spectacle éclata de rire. L'hilarité de John était encore plus mesquine que toutes les piques qu'elle avait entendues dans sa vie.

Mais sans le son, parce qu'il n'avait plus de langue pour raconter des salades.

Peu importait.

Rien n'avait plus d'importance.

Elle ne pouvait atteindre la seule chose qui comptait, malgré ses gloussements horribles.

— Je baiserai même John.

— Jetez-le par-dessus bord, ordonna le capitaine d'un ton léger.

L'ordre fut suivi avant même que John ne l'ait compris. Les hommes les plus proches le soulevèrent et l'envoyèrent faire des roulades dans sa chute libre.

Il hurla pendant toute la descente. Et pour crier ainsi, il dut atterrir les pieds en avant, en se fracassant les os. Son corps brisé essaya de nager, mais ne parvint qu'à couler.

Il se débattit pendant une bonne minute, alors que nulle âme ne faisait un bruit sur le pont.

Mais une âme l'absorba avec empressement, comme si un baiser avait touché ses lèvres pour la première fois depuis six ans.

Ouvrant les yeux, se sentant infiniment plus légère, Eugenia croisa le regard noisette du capitaine et lança :

— Je pensais que les préliminaires étaient interdits.

Chapitre onze

Aaron ne trouva pas son trait d'humour amusant. Il semblait plus fâché que jamais.

— Va dans ma cabine. Lave-toi. Je veux te trouver nue sur mon lit quand j'arrive.

Ce plan n'était pas trop mal. Elle commencerait par le capitaine, pour que ce soit fait. Et, surtout, les autres hommes seraient peut-être plus amènes si elle n'avait pas l'air d'une folle furieuse couverte de sang. Lissant sa jupe fripée comme elle aurait lissé son tailleur Chanel, celui qu'elle avait porté pour l'entretien boursier de la fac de médecine d'Harvard, elle retrouva son sang-froid d'une manière qui aurait rendu sa mère fière.

Et quitta le pont sans ajouter un mot.

D'instinct et sans s'autoriser à réfléchir, elle se débarbouilla et n'éprouva aucune douleur en frottant la crasse dans ses abrasions. Elle rafla l'armoire à pharmacie du roi des pirates pour y trouver des pansements et de la précieuse aspirine. Il les lui ferait payer, mais il fallait bien qu'elle soit présentable au lit.

Parce que son nouvel objectif était désormais de gagner des tickets, encore des tickets et plus de tickets.

Elle peigna ses boucles humides, rasa son mont de Vénus pour la première fois de sa vie, puis s'assit sur le bord du lit et regarda devant elle. Elle ne bougea pas d'un poil lorsque la porte s'ouvrit et qu'entra l'homme qui était venu réclamer son dû.

Il s'agenouilla devant elle et porta un peu de glace à sa joue, puis la rassura lorsqu'elle sursauta.

— Je n'en ai pas besoin.

— Et moi, je crois que si, fauteuse de troubles, rétorqua-t-il en posant la main sur son genou pour le serrer. Ça va gonfler et devenir atroce si tu ne te tiens pas tranquille.

— Tu vas me demander de t'appeler docteur, tant qu'on y est ? cracha-t-elle amèrement.

— Techniquement parlant, je suis docteur. Tu ne serais pas la première.

Elle leva les yeux au ciel, ce qui ne soulagea en rien sa migraine.

— Je suis titulaire de plusieurs doctorats et j'ai enseigné à Tulane, expliqua-t-il en gloussant. Professeur d'histoire et de philosophie.

— Tu te fous de moi…

— Dr Aaron Kingston, confirma-t-il avec un sourire.

Eugenia renifla, jalouse jusqu'aux orteils qu'il ait surpassé ses performances académiques.

— Et moi qui pensais que tu n'étais qu'un pathétique soldat/cow-boy renégat.

— J'ai fait la marine aussi. C'est une tradition familiale. Mon grand-père était gouverneur de l'état du Mississippi. Également une tradition familiale.

— Quel pédigrée, dis donc… Ça explique beaucoup. Le Mississippi est un des pires états en termes de droits de l'homme.

Bon, même s'il avait eu raison en ce qui concernait la glace, elle n'avait pas que ça à faire.

— Allez, trêve de balivernes. J'ai un paquet de tickets à gagner. Et ce n'est pas à mon tour d'être ici, alors je veux les tickets d'Hellen aussi. À part si tu peux remettre le couvert plus d'une fois…

— Oh, mais on va le faire plus d'une fois, promit-il d'une voix rauque.

— Alors allons-y.

Elle recula pour se mettre à quatre pattes.

Enfin, *essaya* de reculer, mais n'y parvint pas. Lassée de se débattre constamment, elle résista pour la forme avant de s'immobiliser et de s'allonger, un bras sur les yeux.

— Je ne veux pas le faire face à face, comme si ça voulait dire quelque chose. Je sais ce que tu as dit à propos de la première fois, mais très peu pour moi. Est-ce qu'on peut en finir, maintenant ?

— Regarde-moi, Eugenia.

Obéissant à son ordre, elle le vit debout entre ses jambes, en train de déboutonner sa chemise tout en la regardant dans les yeux. Il prit son temps pour retirer chaque vêtement l'un après l'autre, révélant des abdos musclés, bien définis, et un corps qui aurait pu faire la couverture de GQ avant les bombes.

Un torse légèrement poilu, le corps robuste d'un travailleur manuel, aristocratie sudiste. Arrogant, parce qu'il était né comme ça. Et son sexe était effectivement anormalement gros.

Ce qui, franchement, la rendait un tantinet nerveuse.

Une queue dure, qui pulsait en rythme avec son pouls à mesure qu'elle se dilatait. Son prépuce était décalotté, révélant la crête alléchante qui entourait son gland.

— Personne ne voudra me baiser quand ce truc m'aura fendue en deux.

Et elle allait souffrir. Dans son quota mental, elle n'avait pas pris en compte les nuits passées à récupérer.

— Tout compte fait, Hellen peut garder ses tickets.

Il éclata de rire quand elle essaya de nouveau de reculer, en vain.

— Je sais que c'est un peu intimidant mais, étant donné ta formation médicale, tu dois savoir que le vagin a été conçu pour s'étirer.

— Pour accoucher des bébés. Pas pour prendre des bites énormes, monstrueuses !

Il ne semblait pas avoir l'intention de poursuivre leur dispute, car il rampa sur elle pour poser ses lèvres sur sa bouche.

— Aaron ! Les baisers ne sont pas autorisés !

Ses plaints étouffées n'empêchèrent pas le capitaine de darder sa langue dans sa bouche ouverte. Il l'embrassa comme des amants secrets s'embrassent dans les recoins sombres d'un bateau où les règles mènent au désespoir et le désespoir à la survie. D'un baiser langoureux, avide, il la goûta malgré son manque d'enthousiasme. Il mordilla sa lèvre inférieure avant d'embrasser sa mâchoire.

Tout en la retenant par les racines de ses cheveux roux.

Il en prenait pour son argent, la dévorait jusqu'à satiété.

— Embrasse-moi, Eugenia.

Si cela permettait d'en finir plus vite, allons bon. Elle l'embrassa.

Il grogna en se laissant aller davantage contre son corps, puis remua son genou pour écarter les siens. C'était là tout l'intérêt, pas vrai ?

Aussi elle s'abandonna tout entière à ce baiser, prenant autant qu'il lui donnait. Elle laissa sa langue danser avec la sienne, autorisa l'invasion lorsque son torse velu chatouilla ses tétons.

Comme s'il pouvait lire dans ses pensées, il déserta ses lèvres pour aspirer le petit bouton rose dans sa bouche. Un peu trop fort – le paradis. Mordillant et aspirant et léchant. Un téton, puis l'autre. Pétrissant ses seins lourds, manipulant et tirant sur sa chair d'une manière qui lui vola tous ses sens.

Puis sa bouche diabolique descendit le long de son abdomen. Il finit agenouillé entre ses cuisses écartées. Empoignant ses hanches, il tira son bassin vers sa bouche.

Et elle put expérimenter son *truc avec la langue*. Et, sacré nom, pas étonnant qu'il s'en vante autant.

Ses doigts endoloris se refermèrent sur la couverture. Eugenia se sentit mourir de l'intérieur tant c'était bon. Elle passa ses cuisses autour de sa tête et se laissa faire.

Lorsqu'il la pénétra avec deux doigts, elle se tendit, puis sentit son corps entier frissonner lorsqu'il les recourba vers le haut et trouva une zone intime qu'aucun autre n'avait trouvée avant lui. Il frotta plus brutalement cet endroit qui aurait dû faire mal, mais qui lui faisait tout le contraire. Elle n'avait même pas besoin de sa langue magistrale sur son bourgeon.

Elle jouit et trempa sa main, sûre d'être à un doigt de l'au-delà.

Et cela continua encore et encore tandis qu'il faisait des choses qu'aucun gentilhomme du sud n'aurait dû faire. Un pirate, qu'elle supplia d'arrêter sa torture. Qui refusa.

Les orgasmes n'étaient pas censés durer si longtemps. Et aucune dame n'était censée saturer le couvre-lit de sécrétions pendant qu'un pirate la dévorait vivante.

Hébétée, elle le vit récupérer un filet de salive de sa bouche pour lubrifier la queue énorme qu'il était en train de caresser. Elle comprit qu'il rampait sur son corps afin de se positionner pour prendre ce qu'elle avait préservé jusque-là : le dernier symbole de ce qu'elle avait été avant la chute des bombes et l'empoisonnement du monde.

La dernière pièce d'elle-même.

Un simple trou dans lequel son *premier* pénis s'enfonçait lentement, envahissant un endroit qui n'aurait pas dû avoir autant d'importance à ses yeux.

Mais qui en avait. Elle éprouva une telle perte… jusqu'à ce que la douleur la tire de son désespoir.

Cette brûlure, qui signifiait la fin d'un avenir inaccessible, la propulsa mentalement dans le présent.

— Détends-toi, dit-il si doucement pour un homme si dur. Voilà. Un peu plus. Tu *peux* me prendre. Je te le promets.

Cet homme et ses promesses, ses règles, son ego indémontable…

Un homme qui avait bien plus souvent raison que tort – par exemple, lorsqu'il lui avait assuré qu'elle saignerait. Elle était sûre que du sang, il y en aurait lorsqu'il aurait anéanti le reste de son hymen déjà perforé.

Elle respirait trop vite et trop fort. Tendue, nerveuse, embarrassée, jambes tremblantes, pleine jusqu'à ras-bord de quelqu'un d'autre… Eugenia soutint son regard en l'écoutant lui détailler ce qu'elle ressentirait pour sa première fois.

Il la regardait dans les yeux quand il commença à se déhancher. À la baiser.

Il la regardait dans les yeux quand elle commença à éprouver du plaisir, malgré la douleur. Son corps viril qui explorait le sien, ses lèvres pleines qui chantaient ses louanges. Ses grandes mains qui immobilisaient les siennes au-dessus de sa tête, afin qu'elle ne soit pas tentée de se débattre.

Et elle le regardait dans les yeux quand, pour une raison inexplicable, son vagin commença à se contracter. Quand elle se joignit à son rythme.

Eugenia jouit en giclant sur la première queue à l'avoir pénétrée. Terrassée par l'intensité de l'orgasme, elle pivota la tête et mordit son poignet jusqu'à ce qu'il saigne autant qu'elle.

Jusqu'à ce que son cri étouffé cesse et qu'elle se retrouve en train de flotter entre son corps immobilisé et son esprit déconnecté. Trop naïve et inexpérimentée pour comprendre la signification de son râle viril.

Ce ne fut que lorsqu'il se retira et qu'un filet s'écoula entre ses fesses qu'elle comprit.

Il avait joui en elle !

Et, parce qu'elle se réfugiait dans ses calculs chaque fois qu'elle en éprouvait le besoin, parce qu'elle comptait les jours, Eugenia savait que ce n'était pas sûr. Elle essaya de se rappeler la probabilité de concevoir en période d'ovulation tandis qu'il semait des baisers sur chaque centimètre carré de sa chair, qu'il comptait piller.

— Il y a six pour cent de chances, pas vrai ? Non, à mon âge, ça m'étonnerait. Dix ? Putain, trente ?

Elle se tortilla sous son corps sans comprendre pourquoi il restait immobile : c'était la règle qu'il n'enfreignait jamais ! Elle poussa et repoussa encore le puissant corps viril qui refusait de bouger.

— Est-ce que je vais me rincer ?

Mais il lui était impossible de doucher son vagin en étant plaquée contre le lit. Le capitaine, qui ne semblait pas d'humeur à parler, ignora ses questions paniquées et ses tentatives d'enfoncer sa main pour retirer de force ce qui s'écoulait lentement d'elle. Il refusa d'utiliser sa langue, sauf pour lécher ses seins et lui dire combien ils étaient délicieux. Il complimenta chaque partie de son anatomie. Lui décrivit en détail les sensations de sa chatte autour de sa queue.

Il explora les zones érogènes secrètes de son corps, celles qui détournaient son attention et faisaient palpiter son clitoris. Contrairement à ses ex-copains, il n'eut aucun problème à trouver où la titiller.

Il la baisa encore et encore. La fit jouir.

Éjacula en elle, *délibérément*.

Jusqu'à ce que le soleil se lève et qu'elle l'implore de la laisser se reposer.

Ç'avait été l'un des jours les plus traumatisants de sa vie, suivi par cette nuit inexplicable, qui l'avait marquée et qu'elle n'était pas prête à accepter, trop lasse pour se battre.

Elle était endolorie et crevait d'envie de dormir.

— La privation de sommeil est une forme de torture, tu sais ? Je ne peux pas tenir ce rythme.

À de nombreux égards, elle ne pouvait pas tenir son rythme.

— Repose-toi, mon amour.

Puis un dernier baiser sensuel, mortel, avant qu'il ne la blottisse contre son flanc et ne passe sa jambe par-dessus sa hanche. Un de ses bras devint son oreiller, l'autre sa prison.

Chapitre douze

Ce ne fut pas le bruit de la douche qui la tira du sommeil, mais celui de la porte.

Joan, qui portait des sacs en toile de jute contenant Dieu sait quoi. Joan, qui lui adressa un hochement de tête amical, comme si elle avait l'habitude de voir une femme nue après l'autre, assise sur le lit du capitaine. Parce que c'était habituel, et qu'Eugenia était une femme parmi tant d'autres.

Ces mêmes femmes qu'Eugenia avait jugées en silence. Les femmes qui avaient eu tellement plus de jugeote et qui avaient à présent dix longueurs d'avance sur elle. Qui gagneraient leur liberté bien avant la rousse guindée – cette petite idiote avec sa satanée et insignifiante virginité !

— Joan, j'ai besoin de votre aide.

Tant pis si elle était nue, meurtrie, couverte de suçons, d'empreintes de doigts et d'autres signes de ce qui s'était passé durant la nuit. Tant pis si elle était dans tous ses états, maintenant que le repos lui avait rendu un semblant de raison. Une seule chose comptait.

— Tu as mal quelque part ? Je t'ai préparé une poche de glace pour réduire le gonflement. Elle est dans des serviettes douces, pour que tu puisses la glisser entre tes cuisses. Et n'oublie pas de boire beaucoup d'eau et d'uriner fréquemment.

Comme ces sages conseils étaient donnés obligeamment. Naturellement. Parce que c'était un évènement de tous les jours et que cet homme était monté comme un cheval.

— Non, écoutez.

Elle attrapa la vieille femme par les épaules, consciente que ses lèvres gonflées par les baisers tremblaient lorsqu'elle supplia :

— Il a éjaculé en moi. Je n'étais pas préparée pour l'en empêcher. Vous avez la pilule du lendemain ? Ou un autre truc que les femmes utilisent ? Qu'est-ce que je fais maintenant ? Joan, aidez-moi !

Des mains délicates la repoussèrent dos contre le lit, puis écartèrent ses cuisses tremblantes pour jeter un œil très indiscret.

— Je vais regarder, d'accord ? Relève-toi, ma fille.

Femme.

Quoique… les femmes ne paniquaient sans doute pas autant à cause d'un peu de sperme.

— Laissez-moi deviner, dit Eugenia en faisant la grimace lorsque des doigts non gantés se glissèrent en elle pour l'examiner. Vous êtes gynécologue.

— Sage-femme, la corrigea Joan avec fierté. Là, je le sens… le col est haut, droit. Tu es fertile. Maintenant, il ne reste plus qu'à attendre. Si l'œuf s'implante, Brooke et toi, vous accoucherez à quelques mois d'écart.

Brooke ? Elle était de retour depuis la veille et sa grossesse était déjà confirmée ? Et bien sûr, cette vieille pie participait à l'asservissement de son propre sexe !

— Vous avez de la chance d'être ménopausée, dit-elle en repoussant Joan et en remontant la couverture sur sa poitrine, passant de désespérée à furieuse. Ça suffit avec votre petit numéro de maquerelle. Comment font les autres filles pour ne pas tomber enceintes ? Il doit y avoir une astuce postapocalyptique, non ? Un chant à psalmodier ? Un thé empoisonné ? Pour l'amour de Dieu, ne le laissez pas me faire ça ! s'écria-t-elle, faisant appel à la femme en Joan et l'accusant pour son rôle dans cette horreur. Je refuse d'aller au niveau 9.

Un filet aqueux de ce qui restait encore en elle gicla. La colère se mua de nouveau en horreur lorsqu'elle baissa les yeux, comme si elle pouvait voir le sperme s'écouler à travers la couverture.

— Ça sort toujours !

Sentant l'ennemi, ayant mémorisé son goût exact, Eugenia frissonna en serrant la couverture contre elle, s'en servant comme d'un bouclier.

— Comment ai-je pu être aussi conne ? Il avait tout prévu ! La présence de John au dîner le soir du retour de Brooke. Est-ce qu'ils l'ont forcée à errer dans les bois jusqu'à ce que j'ovule ? Est-ce que les hommes ont caché des sacs à dos remplis de flotte et de vivres sur les cadavres, juste pour Brooke ? Pour lui laisser une piste jusqu'aux jolies lumières du paquebot, allumées pour l'accueillir chez elle… Pour que je la voie et qu'il me manipule, pour que je lui donne exactement ce qu'il voulait ?

— Tu es une jeune femme d'une grande intelligence, raison pour laquelle nous savons toutes les deux que ce que tu dis est fou, maugréa Joan en secouant la tête, les mains jointes devant elle.

Non, ce n'était pas de la folie. Le capitaine était lui aussi très malin.

— Mais juste, intervint la canaille, uniquement vêtue d'une serviette, après avoir observé la scène. Merci d'avoir apporté ses affaires, Joan, dit

Aaron à l'attention de la vieille femme. Verrouille la porte derrière toi, si tu veux bien.

Ce que la femme fit immédiatement. Le déclic résonna de manière sinistre après son départ.

Il devait y avoir un moyen de déjouer son jeu. Une stratégie sur l'échiquier avant que le sablier ne se soit écoulé et qu'elle n'ait gâché sa chance de prendre son roi. Pourtant… pourquoi éprouvait-elle ce sentiment de trahison ?

De douleur ?

Parce que, bêtement, elle avait fait confiance à Aaron.

— Bonjour, Eugenia.

Quel accueil normal. Le même que depuis leur première rencontre sur le bateau. Poli, accompagné du sourire et de la démarche arrogante du cow-boy.

— C'est…

Elle cligna des yeux à répétition. Sa cervelle épuisée s'emportait et divaguait à force de calculs.

— J'ai besoin d'un moment pour réfléchir, dit Eugenia, une main levée, en regardant partout sauf lui.

Aaron s'approcha sans l'écouter. La serviette menaçait de tomber de ses hanches.

— Je ne te forcerai pas à m'aimer. Mais tu dois comprendre que je ne te laisserai jamais descendre de ce bateau. Je ne peux pas. Le monde ne te mérite pas.

Étrangement, malgré tout, elle parvint à rire. Un rire étouffé et honteusement aigu.

— Et toi oui ?

— Je t'ai donné six mois pour accepter ce que nous savons tous deux que je veux, dit-il, un genou sur le lit, faisant mine de se rapprocher d'elle. Six mois pendant lesquels tu es restée chaste jusqu'à ce que tu me dises sans détour que tu étais prête.

Comptait-il déformer à ce point ce qui s'était passé ?

— Ce n'était pas ce que je voulais dire et tu le sais !

— Crie-moi dessus, griffe-moi si tu veux, mais écoute-moi. Devant témoin, tu m'as accepté. Tu as obéi à mon ordre de te rendre dans ma cabine, de te laver et de m'y attendre, nue.

En quoi cela avait-il de l'importance ? Elle l'avait fait pour les tickets.

— Et ?

— Tu l'as fait.

Il dit ça simplement, d'un ton doux, comme s'il essayait de la guider vers un avenir préconçu. Comme si tout le monde savait quelque chose qu'elle ignorait.

— Mais bordel, Aaron ! Arrête ton char. On n'est pas dans une putain de partie d'échecs, s'énerva-t-elle, complètement à cran, une main sur la couverture, l'autre s'arrachant les cheveux. Tu m'as baisée contre des tickets ! Je t'ai laissé faire ce que tu voulais, j'ai fait tout ce que tu demandais. Des tickets que tu me dois. Et j'en gagnerai d'autres – ceux de tous les connards qui travaillent sur ton bateau, et ce jusqu'à ce que j'aie remboursé ta dette imaginaire. Je sucerai des bites comme la championne que je suis ! Et, quand je débarquerai, contrairement à Brooke, je ne reviendrai jamais !

Pendu à ses lèvres, le capitaine inspira profondément, le torse bombé.

— On n'a jamais négocié de prix, donc… je ne te dois rien. Encore une fois, devant témoin. Et ne me regarde pas avec cet air de fureur, ajouta-t-il sèchement. Tu es là depuis assez longtemps pour connaître les règles du jeu.

— C'est de la triche ! D'autant plus dégueulasse qu'on a toujours été honnêtes l'un envers l'autre, Aaron. Bien joué.

Mais elle n'avait pas le temps de s'inquiéter pour ça. Et puis, une nuit de perdue, ce n'était rien. Sa virginité à part, elle s'en remettrait, parce qu'elle avait encore toute la vie devant elle.

— Bon. Tu n'es pas le premier adversaire à gagner en trichant. Désormais, je serai claire en ce qui concerne mon prix avant d'échanger le moindre service. Peut-être que je devrais te remercier de me l'avoir dit avant qu'un autre n'essaie de me faire le même coup. Sur ce, je n'ai pas de temps à perdre.

— Aucun d'entre eux ne te touchera, dit-il calmement en secouant la tête.

— Bien sûr que si ! s'étrangla-t-elle en rejetant ses boucles ébouriffées par-dessus son épaule, car elle aussi pouvait être arrogante quand elle le voulait. On me fait plus souvent des avances qu'on ne me salue.

Elle était née terriblement séduisante, et les hommes s'étaient toujours ridiculisés devant elle, que ce soit en complimentant ses cheveux, ses seins ou son visage.

Une malédiction lorsque l'on essayait d'être pris au sérieux à l'université. Mais une bénédiction lors de toute compétition contre le sexe opposé.

Jusqu'à présent.

— Ne te méprends pas, petite sirène. Chacun d'entre eux en rêverait. Mais ils ne peuvent pas.

Le capitaine semblait si fier de lui ! Il traçait des doigts ses abdos bien dessinés, comme pour l'appâter avec son corps. Comme pour lui rappeler combien elle avait pris son pied la veille.

— Parce que tu m'appartiens.

Elle éclata d'un rire dérangé.

— Tu as mis vingt millions de tickets de côté juste pour cette occasion ? Je veux dire par là que si tu as payé mon prix pour m'avoir, alors je peux débarquer tout de suite de ce bateau.

— Eh bien, la porte est verrouillée, donc tu peux toujours essayer, lança-t-il, son sourire s'élargissant.

— Si tu m'enfermes dans cette pièce, je démonterai ton mobilier et j'utiliserai les bouts de bois pour lancer un feu. Quelques brindilles, de la détermination et du frottement... je l'ai déjà fait cent fois. J'ai des cals aux mains pour le prouver.

— Il y a des enfants et des bébés sur ce bateau, rétorqua-t-il en secouant la tête. Plus que tu ne le crois. On les accepte tous, on les cherche même. Et, *comme tu le sais*, on en crée nous-mêmes.

Elle inspira profondément, ferma les yeux, expira entre ses lèvres pincées. Ses cils s'entrouvrirent, et son cœur se calma.

— Bon, je te l'accorde. Je ne pense pas que tu m'aies jamais menti ouvertement. Ce n'est pas ton genre. Alors viens-en au fait. Décris-moi, en détail, ce que tu comptes faire maintenant.

Il était à présent assez près pour la toucher. La couverture et la serviette étaient tout ce qui les séparait, en dehors de la montagne de regrets d'Eugenia.

— Voilà la question que tu aurais dû me poser il y a six mois. Mais tu te raccrochais à la sécurité de ton idéal – un idéal ridicule –, parce que c'était la dernière chose qu'il te restait. Tu es têtue et intelligente, et tu utilises ta colère comme un bouclier. Parce que, sans ça, tu t'effondrerais.

Oh, alors comme ça, il voulait remuer le couteau dans la plaie. Mais elle en connaissait un rayon sur lui aussi.

— Et toi, tu baises les femmes autant de nuits que tu peux le tolérer, *parce qu'elles se sont dégradées pour gagner des tickets* et que le fardeau de la corvée devrait être partagé. C'est toi le vrai gigolo sur ce bateau. Tu les baises et tu m'as baisée contre de l'argent.

— Tu n'as pas entièrement tort.

— Et tu te sens mieux de jouer ton rôle dans ce spectacle ? Ces pipes, quand les femmes essaient de croiser ton regard, qu'elles se démènent pour gagner tes faveurs ? Est-ce différent pour les hommes ? Un orgasme est juste un orgasme ?

— On a fait l'amour, hier soir. C'était différent.

— JE L'AI FAIT POUR LES TICKETS !

— Non, c'est faux. Tu l'as fait parce que je t'avais retiré ta dernière excuse et que tu étais affamée.

— Et tu as éjaculé en moi, dit-elle d'une voix blessée, consciente que ses yeux la piquaient et qu'il pouvait le voir… ce qui la tuait. Tu as éjaculé en moi, Aaron. C'était mal.

Il posa une main sur sa joue et essuya du pouce la larme solitaire.

— Eugenia, chérie. J'ai attendu six mois. Tu ne peux pas m'en vouloir de ne pas avoir pu attendre plus longtemps. Je sais ce que j'ai fait. Je sais ce que je vais faire. Parce que je suis affamé, moi aussi.

— C'est très joli quand tu le dis comme ça, mais je me souviens clairement de ce que tu as dit hier. On ne descend pas au niveau 9.

— Je ferai une exception.

D'autres larmes jaillirent.

— Tu veux que je te supplie, c'est ça ? Tiens, je vais te supplier. Tu m'as déjà tout pris. Alors je t'en prie, ne me mets pas là-bas. Accorde-moi la même chance qu'aux autres. Laisse-moi gagner ma liberté.

— Tu crois que je pourrais tolérer de regarder ça ? demanda-t-il, de la douleur dans la voix.

— Pourquoi aurais-tu droit à ce que les autres passagers sur ce bateau ne peuvent pas avoir ?

Une bonne question, mais teintée d'amertume.

Le capitaine baissa la main de son visage, effleura sa gorge, puis la courbe de ses seins. Il glissa un doigt sous la couverture dont elle s'était enveloppée et poussa dessus assez fort pour qu'elle comprenne qu'elle devait lâcher prise.

— Tu sais pourquoi.

Mais elle se cramponna à la couverture. Cette dernière mince barrière entre eux, elle la serra contre elle.

— Je ne suis pas enceinte.

— On peut changer ça, dit le mâle, un sourire suffisant aux lèvres, en observant sa bouche.

D'un grand geste, la couverture lui fut arrachée et jetée par terre, et ce malgré son cri et sa tentative de s'y raccrocher.

Des lèvres brûlantes atterrirent sur son épaule. Le capitaine l'allongea sur le lit, se débarrassa de la serviette qui ceignait ses reins et se positionna entre ses cuisses. Comme si elle était trempée et prête pour lui.

Ce qu'elle n'était pas.

La pénétration agressive, délibérée, de sa queue énorme, la brûla. Assez pour qu'elle siffle de douleur, en dépit de son enthousiasme proactif de la veille.

— Ça fait mal !

Et lui aussi semblait souffrir, comme si la pénétrer si lentement, alors même qu'elle essayait de le repousser, le déchirait de l'intérieur.

— Je sais que tu souffres à de nombreux niveaux. Et tu sais que je suis gros. Et pour ça, quand ce sera fini, je te soulagerai.

— Aaron, s'il te plaît ! geignit-elle, les yeux fermés pour éviter son regard, écartant les jambes pour apaiser la brûlure. Tu étais mon seul ami…

Le dire tout haut était si complètement déjanté qu'elle ne sut comment continuer.

— Plus qu'un ami, Eugenia, la reprit-il, tel le pasteur sur sa chaire, qui donnait son sermon sans cesser de l'envahir. Maintenant, dis-moi que tu peux me sentir en toi.

Elle avait du mal à parler. Du mal à respirer.

— Oui.

— Et je vais y rester. Je ne te partagerai pas avec les autres. Ce seront mes bébés que tu porteras. Et, comme je te l'ai dit, tu n'es pas obligée de m'aimer, mais tu vas devoir rester.

C'était trop. L'intrusion était tellement pire que celle d'une queue dans une chatte. Il s'était frayé un chemin dans ses routines, dans ses pensées… Une fissure familière dans les murs qu'elle avait érigés autour d'elle. Et c'était trop.

— Parce que je t'aime, murmura-t-il, complètement enfoui en elle.

Elle se mit à sangloter de plus belle.

— Je t'offrirai même une bague si tu veux.

Elle secoua la tête, les yeux fermés, endolorie de partout.

— Accepte-moi, murmura-t-il en effleurant ses lèvres.

Comment pourrait-elle se regarder dans la glace, alors ?

— Je sens que tu mouilles, alors arrête de faire non de la tête. Parle-moi. Dis-moi. Utilise tes mots, Eugenia.

Pour qu'il contre chacun de ses arguments ? Pour qu'il s'immisce encore plus profondément dans ses entrailles ?

— S'il te plaît… Je te supplie de ne pas éjaculer en moi.

En guise de réponse, il ondula du bassin. Sa queue frotta terriblement dans son tunnel, jusqu'à ce que ses sécrétions féminines lubrifient le passage et apaisent la brûlure. Il se déhancha doucement en elle, la dévisagea tandis qu'elle assimilait l'accès de folie que faisait naître en elle cette violence psychologique et physique.

— Tu es la plus belle femme que j'aie jamais vue de toute ma vie. Avec toi, c'est si bon. Si naturel.

Mais elle n'éprouvait que chagrin.

Et il le savait. Il répondait à chaque inspiration saccadée par un sourire adorateur.

— Tu t'y habitueras. Tu t'adapteras, tu apprendras. L'étudiante parfaite.

La pièce tomba lentement, à l'image de la queue qui s'enfonçait dans son corps et s'unissait à sa matrice fertile.

— Je vais mourir sur ce bateau.

Sur ce, il jouit la bouche ouverte, les traits déformés par l'extase. Il soutint son regard pendant que son membre palpitant la remplissait. Puis il laissa tomber sa tête sur son épaule, qu'il commença à embrasser, et la serra dans ses bras.

— Quand tu seras vieille et entourée de nos petits-enfants.

— Enfermée au niveau 9.

C'était réel. Tout ceci était réel.

À moitié endormi, il se blottit contre elle. Sa trop grosse queue toujours en elle.

— Je te rendrai heureuse. Je te le jure.

Chapitre treize

La poche de glace n'était pas en option.

Eugenia était encore sous le choc de ce qu'Aaron venait de lui faire, en plein jour. De ce qu'il venait de lui dire. Elle était allongée, immobile, incapable de comprendre comment elle en était arrivée là. Et, comme toujours, il profita de la situation : il passa un oreiller sous sa tête, fit l'inventaire de toutes ses cicatrices de guerre, changea ses pansements, embrassa ses bobos.

Il inspecta même son entrejambe, d'où son sperme s'écoulait toujours. Il passa un doigt dans sa semence et la repoussa à l'intérieur en souriant.

Comme il l'avait prédit, elle était endolorie et meurtrie. Mais elle ne saignait pas. La dernière goutte de sang virginal avait été versée la veille, laissant des traces rosâtres sur les draps.

La serviette moelleuse dans laquelle Joan avait enveloppé la poche de glace était coincée entre les jambes inertes d'une femme vaincue. Le froid apaisa les palpitations. Mais qu'en était-il du cœur brisé sous ses côtes ?

Cet organe endolori ne serait pas soulagé si facilement.

— Tu veux tes manuels ? Je sais que tu aimes dormir avec quand tu es bouleversée.

Elle se détourna de lui, serra les cuisses autour de la poche de glace afin qu'elle reste utile, puis blottit son visage dans l'oreiller.

— Savoir que tu m'as regardée dormir est vraiment perturbant.

— Tu savais que j'étais dans la chambre.

Oui. Elle savait. Et elle avait trouvé agréables ces longs silences dans l'obscurité, le savoir qu'elle n'était pas seule. Il ne l'avait jamais poussée à parler. Il avait rarement fait plus que rester assis sur son matelas, les coudes sur les genoux.

Et elle savait qu'il avait abandonné une autre femme dans son lit ou son canapé pour venir la voir.

Une couverture vint draper son corps endolori, puis ses livres adorés atterrirent entre ses mains.

— Dormir te fera du bien.

Une main se posa délicatement sur ses cheveux et dégagea son visage.

— Je te demande de ne rien faire qui puisse te blesser ou blesser quiconque à bord pendant que je serai absent, exigea une voix douce, avec l'accent du sud. Pas d'incendie, Eugenia. Je dois prendre quelques dispositions et j'ai du travail, mais je serai de retour à la nuit tombée. Si tu as faim, Joan a laissé de quoi manger dans les sacs. Il y a de l'eau si tu as soif. Toutes tes affaires sont ici, si tu veux les déballer. Et je t'ai préparé un cadeau. Plusieurs nouveaux livres – mes préférés, de l'époque où j'enseignais. La plupart sont de nature médicale. Tu les trouveras dans le placard sous le bar.

Voyant qu'elle l'ignorait, il ajouta, en boutonnant son jean :

— On pourra aller se promener sur le pont à mon retour.

Comme un chien qui se faisait sortir pour ne pas chier sur le tapis.

— Le changement n'est jamais facile, Eugenia. Mais tout se passera bien. Je le promets, dit-il en déposant un baiser sur son front.

Puis il disparut, déverrouillant puis refermant la porte derrière lui.

Un sommeil sans rêve l'emporta – le genre de sommeil qui permet aux désespérés et aux brisés de continuer à vivre. Qui aspire les âmes fragmentées si profondément qu'elles refusent de se réveiller.

— Jeune fille, ça suffit, siffla une voix alors qu'on lui secouait l'épaule.

— Fous-moi la paix, maman, gronda Eugenia, groggy, en plongeant sous la couverture pour échapper à l'intrus. Je suis crevée.

— Et tu as assez dormi comme ça. Si tu dors toute la journée, tu ne fermeras pas l'œil de la nuit. Allez, debout.

La couverture disparut, et Eugenia se roula en boule en sifflant lorsqu'elle sentit la morsure de l'air climatisé.

— Va prendre une douche pendant que je change ces draps.

Eugenia reprit enfin ses esprits.

— Pour l'amour du ciel, Joan, qu'est-ce que vous foutez ? demanda-t-elle en repoussant les boucles de son visage.

— Ce que je fais ? Je te fais un bien fou, voilà ce que je fais, répondit Joan, le regard mauvais, en tirant sur le drap de lit.

Cette garce avait fait assez de *bien* comme ça.

— Je suis fatiguée. Laissez-moi.

— Tu es déprimée et tu t'apitoies sur ton sort. Et tu fouettes. Va prendre une douche pendant que tu me mijotes une de tes réparties créatives. Quand ce sera fait, enfile la robe accrochée à la porte et joins-toi à moi pour un bol de fraises et un shot de vodka. Dieu sait que j'en ai besoin, après hier soir, maugréa la femme en tirant sur les draps sales, comme si elle avait défait et refait ce lit des centaines de fois. Tous les deux, vous auriez bien besoin d'un bon coup sur la tête.

C'était soit se lever du lit, soit rouler avec les draps, alors elle se leva. Mais elle le fit en maudissant la vieille femme, qui invectivait toujours le capitaine et Eugenia.

— Il ne sait pas que vous êtes ici, c'est ça ?

— Bien sûr que non ! rétorqua Joan, sa coupe au bol volant autour de son visage lorsqu'elle se retourna pour fusiller du regard la femme nue. À la douche. Et que ça saute.

Autoritaire, un peu ?

— Je ne sais pas à quoi vous jouez…

— Non ! C'est moi qui ne sais pas à quoi tu joues, jeune fille, cracha Joan en contournant le lit pour mieux la réprimander. Ça se voit comme le nez au milieu de la figure que tu es aussi amoureuse de lui que lui de toi. Il ne s'en rend peut-être pas encore compte, mais ne crois pas que tu vas me duper.

— Pardon ?

Elle avait arrêté de prendre ses médocs ou quoi ?

— Arrête de me postillonner dessus et va te laver, siffla Joan en indiquant la salle de bain d'un grand geste.

D'accord. Douche, draps propres, et que cette mégère sorte de cette cabine. D'ACCORD !

Eugenia abandonna la tornade à son nettoyage pour aller se laver, empruntant la démarche typique d'une femme trop bien baisée.

L'eau chaude apaisa ses maux. Se brosser les dents lui éclaircit les pensées. Retrouver sa propre odeur et non celle d'une orgie de sexe l'aida.

Mais pas de beaucoup.

Lorsqu'elle ferma le robinet et attrapa la serviette pour se sécher…

Elle resta figée sur place.

Les yeux braqués sur la porte.

Apparemment, les costumes de strip-teaseuses étaient disponibles par centaines, mais les robes normales étaient bien plus rares. Elle se retrouvait avec la même robe bleue que des mois plus tôt, moins les traces de sang, dont les boutons avaient été remplacés.

Cette fois, il n'y avait pas de lingerie en dentelle.

Tant mieux. Ses chairs malmenées avaient bien besoin de respirer.

Ses boucles rousses humides et tombantes, sa pommette gauche gonflée, sa lèvre entaillée, des bleus à peu près partout… Eugenia se regarda dans le miroir et vit combien elle avait vieilli. Elle n'était plus la jeune fille prête à conquérir le monde d'autrefois.

Elle était devenue femme. Une femme qui avait appris que le monde avait du répondant.

Qui tremblait dans l'air climatisé.

— Tu vas sortir de là, ou je siffle toute la bouteille de vodka sans toi ? brailla Joan de l'autre côté de la porte.

Eugenia était à peine en âge de boire quand les bombes étaient tombées. Aujourd'hui, un spermatozoïde allait peut-être fusionner avec son ovule dans sa trompe de Fallope, formant un embryon qui flotterait pendant des jours pour rejoindre son utérus… et une sage-femme était en train de lui offrir de l'alcool fort.

Alcool qu'Eugenia n'avait aucune intention de refuser.

Elle abandonna la salle de bain et découvrit que leurs places avaient été échangées. Joan s'était installée à la place d'Eugenia, ce qui laissait à celle-ci le choix de prendre celle du capitaine. Elle ne comptait rien dire, même si elle était mal à l'aise.

S'asseoir fut inconfortable.

— Bois, dit Joan en trinquant. Je peux t'apporter plus de glace si tu en as besoin.

Eugenia avala le contenu du verre d'un trait avant de souffler entre ses lèvres pincées. Enfin, elle rassembla le courage de poser la question à laquelle Joan s'attendait visiblement.

— Vous pouvez me faire sortir de ce bateau ?

— Oui, mais je ne le ferai pas, répondit la vieille femme, la lèvre supérieure retroussée, en versant une autre rasade de vodka dans le verre d'Eugenia. Je te trouve franchement exaspérante, mais ça ne veut pas dire que je souhaite ta mort. Et c'est tout ce qui t'attend dehors, jeune fille.

— Mais il doit y avoir un endroit décent sur cette planète, non ? demanda Eugenia, le regard tourné vers les bois pourris, au-delà de la baie vitrée.

— Tu me fais tellement penser à ma fille. Elle avait la tête dans les nuages, elle aussi. Quelle rêveuse…, dit-elle avec un sourire triste et un soupir nostalgique. Avery était en train de tourner un pilote à Las Vegas – elle était tellement sûre d'être le prochain grand nom à l'affiche. Et personne n'en aurait douté qui la connaissait.

La vodka opérait sa magie. Ou peut-être était-ce la vue, la compagnie, le bordel généralisé qu'était devenu sa vie…

— Je ne sais pas quoi répondre à ça.

— C'est un grand bateau, Eugenia.

— Quelqu'un d'autre l'a formulé exactement comme ça.

— Des terrains de tennis et de basket, des pistes d'athlétisme, des plaines de jeux, trois cinémas, une immense promenade – chaque partie reconvertie pour encourager et protéger la vie. Le centre de conférence est maintenant une salle de classe. Il y a une baie médicale…

— Je vois où vous voulez en venir, la coupa Eugenia, la main levée.

— Je ne pense pas, non.

— Il force les femmes à se reproduire qu'elles le veuillent ou non.

— Oui, acquiesça Joan en sirotant sa vodka.

— Et vous l'aidez.

— Oui, répondit-elle sans ciller.

— Et ces petites filles à bord, celles qui vont à l'école ou qui jouent avec les petits garçons à la récré, comment leur expliquerez-vous que, quand elles seront grandes, elles connaîtront le cauchemar du niveau 15 ? Comment les garçons se sentiront-ils, de devoir échanger des tickets pour coucher avec leur amour d'enfance ?

— N'as-tu jamais remarqué que la nature avait tendance à se corriger d'elle-même ? La plupart des bébés nés depuis la chute des bombes sont de sexe féminin. On a presque rétabli l'équilibre entre les genres.

Ce qui était effectivement assez fascinant.

— Mais ces petites filles grandiront un jour et seront forcées de porter des bébés qu'elles pourraient ne pas vouloir. Et si elles sont homosexuelles ?

— L'insémination ? Il y a des options dont on peut discuter…

— Oh, non merci ! se récria Eugenia, ivre et dégoûtée, en levant les yeux au ciel. Tant qu'on y est, parlons d'apparier les couples ! Quid de l'amour ?

— Tu l'as trouvé et tu es déjà en train de gâcher ce cadeau, alors essaie un autre sujet.

Eugenia était à deux doigts de lancer le lourd verre en cristal à la figure de Joan. Elle était sûre qu'il suffirait de quelques éclats pour anéantir le lifting de la vieille femme.

— Je ne sais vraiment pas comment vous osez !

— Tu te mens même à toi-même, Eugenia, insista Joan en sirotant son verre. J'ai vu la façon dont tu le regardes.

— Ouais. Comme si je planifiais son meurtre.

— Je vous ai vus vous éclipser, tous les deux.

— Pour nous disputer.

— D'accord, lança Joan en imitant son impertinence, son obstination et son ton. Tu n'es pas amoureuse. Continue de te le répéter si ça te permet de survivre à la journée. Mais tu exagères avec ta morale. Tu n'imagines pas le fardeau que porte cet homme. Les responsabilités, les décisions sévères…

— C'est un sociopathe.

— Le fait qu'il t'aime et qu'il l'a annoncé à tout le pont hier soir contredit cette déclaration. Les sociopathes ne ressentent pas d'émotions.

— D'accord, alors il est juste diabolique.

— Uniquement parce qu'il y est forcé, rétorqua Joan sans même essayer de nier.

— Ahah ! Je vous ai eue. Vous convenez qu'il est diabolique, dit Eugenia en souriant, l'alcool qui la réchauffait de l'intérieur la rendant trop sûre d'elle. J'ai gagné.

Puis la pièce tomba enfin.

— Attendez. Vous venez de dire qu'il avait annoncé à tout le pont qu'il m'aimait ? Il a perdu la tête ou quoi ? Les femmes se rebelleront. Scarlet en pince pour cet enfoiré. Faith aussi.

Un sourcil broussailleux, qui avait dû être parfaitement épilé quand les salons de beauté pullulaient à tous les coins de rue, s'arqua.

— Pourquoi crois-tu que j'aie besoin de boire un coup ?

— Dois-je anticiper du verre dans mon assiette ?

— Tu ne seras pas autorisée à retourner aux soirées. Inutile de faire étalage de ce que les autres ne peuvent pas avoir. Et, pour être franche, je ne pense pas qu'il te laissera de nouveau en présence d'autres hommes, ajouta Joan après avoir poussé un grand soupir.

— Alors il va m'enchaîner à un lit pour que je me reproduise au niveau 9, après tout.

— Il y a un problème avec ça aussi.

— Un seul ? renifla Eugenia.

Joan s'adossa au canapé, chevilles croisées, et soupira.

— Je n'ai plus de chaînes en réserve. Tu as des suggestions d'alternatives ? Que dirais-tu de serre-câbles ?

Ce devait être la vodka ; il n'y avait aucune autre raison pour expliquer qu'elles éclatent toutes deux de rire, comme si elles étaient amies.

Eugenia leva son verre pour porter un toast.

— Joan, vous êtes étrange et sinistre et… légèrement drôle.

— Si tu lui donnais une raison de te faire confiance, je parie qu'il te laisserait aller et venir à ton gré. Enfin, tant que tu évites les ponts des hommes, pour des raisons évidentes, ajouta Joan en se léchant les lèvres. Inutile que je te les épèle.

— Tenter le sort n'est pas une décision sage de nos jours, c'est ça ?

Consciente de la raison qui pourrait le pousser à se fier à elle, Eugenia s'efforça de ne pas penser à la possible fusion spermatozoïde-ovule, qui avait ou n'avait pas eu lieu dans son appareil reproducteur.

— Il ne prendra pas le risque que je quitte le bateau, musa-t-elle. On sait toutes les deux que je ne me baladerai pas sur les ponts avant un bon moment, en tous cas pas sans laisse ni muselière. Il vous a dit que ma récompense pour ne pas avoir incendié le bateau après son départ sera une promenade ?

— Ouaf ! lança Joan avec un clin d'œil.

— Haha, très drôle, madame.

Sauf que drôle, ce ne l'était plus.

— Je suis sûre qu'il te donnera la plus belle cabine, avec vue. Je suis aussi presque certaine qu'il n'y aura pas de balcon.

Un sourire peu amène aux lèvres, Eugenia indiqua la somptueuse suite du capitaine.

— Vous voulez dire que je ne peux pas rester ici ? Bien sûr que c'est ce que vous voulez dire. C'est pour ça que vous êtes ici, à m'apprivoiser avec de l'alcool et des fruits frais, dit-elle en avalant un morceau de fraise juteux, avant d'ajouter, la bouche pleine : Il n'appréciera pas du tout vos aspirations.

— M'aideras-tu à le convaincre ? demanda Joan en posant son verre et en soutenant son regard avec sérieux.

Ouah ! Aaron détesterait devoir continuer ses responsabilités envers les filles, tout comme elles détestaient, dans la plupart des cas, leurs responsabilités envers l'équipage.

— À le convaincre de continuer à baiser ces dames du niveau 15 ? Vous avez vraiment un mauvais fond, Joan.

— Pas à pas. Un changement d'une telle ampleur ne peut pas se passer du jour au lendemain juste parce que le capitaine le veut. Les filles voudront toutes la même chose, maintenant : avoir un homme à elles. Les hommes voudront pareil. Si l'équipage voit qu'il n'est pas fidèle, la blessure sera moins profonde. La chance d'un autre accident de taille sera réduite.

— Quel accident ?

— Faith a essayé de se pendre.

— C'est… Je suis navrée.

— Tu n'auras ni à le voir faire, ni à en parler, ni à savoir quoi que ce soit de ce qui pourrait se passer dans cette chambre. Et je pense que nous savons toutes les deux qu'il se lavera avant de revenir te voir illico. Vous voir, ajouta Joan en posant les yeux sur son ventre plat, couvert de coton bleu.

Eugenia fit les gros yeux en se grattant la joue, comme si elle réfléchissait à tous les scénarios.

— Admettons que vous arriviez à me refourguer au niveau 9, je ne saurais jamais ce qu'il ferait et avec qui ici. Alors pourquoi me le demander ? Il pourrait être en train d'en baiser une autre en ce moment-même que je n'en saurais rien.

— Parce que tu dois être celle qui l'y force. Le capitaine veut te garder dans sa cabine, et c'est… une idée dangereuse.

Objectivement, le concept était fascinant – le torturer en le forçant à baiser d'autres femmes. Mais subjectivement…

— Si je l'aimais vraiment, ma réponse serait non.

— Je m'attendais à ce que ta première objection soit le risque de maladies, ironisa Joan.

— Alors vous auriez dû envisager le fait qu'il serait plus facile pour moi de m'échapper d'une section du bateau que je connais que des *quartiers familiaux* étroitement gardés. Je me moque qu'il baise jusqu'au dernier trou sur ce bateau. Je veux juste en sortir.

— Et s'il t'offrait ça ?

La question resta en suspens ; Joan semblait très sérieuse.

— Je pensais que vous aviez dit que je mourrais, dehors.

— Oh, tu mourras. Et ce sera par ta faute. En revanche, bien plus de gens mourront en cas d'agitation. Alors, bien que je t'apprécie, je t'assisterai dans ton suicide.

Joan était une lâche qui se cachait sur un bateau de catins et se prêtait à des actes inqualifiables, à l'encontre des libertés personnelles des femmes. Que diable savait-elle de ce que c'était, de survivre, avec sa vodka et ses maudites fraises ?

Eugenia s'assurerait très bien un avenir.

— Jurez-le moi. Jurez-moi que si je me prête à votre jeu…

— Je t'aiderai à descendre de ce bateau.

Enfin du progrès. Le nœud dans l'estomac d'Eugenia se détendit.

— Si je découvre que vous m'avez menti, je vous tuerai. On sait toutes les deux que j'en suis capable.

— Marché conclu, sourit Joan en tendant la main.

La poignée fut ferme ; prometteuse.

— C'est un plaisir de faire affaire avec vous, Joan.

Chapitre quatorze

— Tu réalises combien cette idée est absurde, j'espère ! Si quelqu'un nous voyait…

Joan avait raison : le capitaine avait perdu la boule. Bouche bée, Eugenia contemplait la table pour deux, dressée sur le pont privé, le dîner aux chandelles…

— Qui va leur dire ? rétorqua le capitaine en lui tirant une chaise, comme si lui faire la cour était amusant et non dangereux. Assieds-toi. Il fait plus frais de ce côté du bateau, sans paroi rocheuse pour refléter la chaleur…, termina-t-il tout en l'enveloppant dans un plaid.

Parce que, effectivement, il faisait frisquet.

La flamme des bougies vacillait, et le repas… sentait bien meilleur que la pâtée qu'elle avalait jour après jour. En général, Eugenia devait se contenter de regarder les autres manger de la nourriture de cette qualité, sauf quand elle parvenait à entuber un membre de l'équipage pour qu'il lui refile une bouchée gratuite.

Après s'être installé sur la chaise en face de la sienne, il indiqua son assiette du menton.

— Vas-y. Mange.

Mais tout ceci lui paraissait… complètement à l'opposé des règles auxquelles elle s'était ajustée. Des règles qui étaient devenues rassurantes, familières.

— Je ne sais pas si j'ai faim.

— Pour me faire plaisir, dit-il, son sourire s'élargissant, coquin et sans complexe. Ou tu préfères continuer à trembler comme une feuille ?

Le sourcil haussé, elle le foudroya du regard et ramassa sa fourchette. *Et son couteau.*

L'homme devait être sacrément sûr de lui pour lui donner un couteau. Elle ne put s'empêcher de rire en regardant la lame en dents de scie et le brillant de l'inox poli. L'employer pour découper son filet de poisson qui n'avait absolument pas besoin d'un couteau… était étrange. Mais elle le fit et se prépara une bouchée, qu'elle trempa dans un genre de sauce aux fines herbes avant de l'avaler.

Elle comprenait très bien ce qu'il cherchait à lui exprimer par ce geste.

Il n'avait pas peur de son tempérament. Ni du fait qu'elle avait essayé de tuer un homme la veille. Ni du fait qu'en ce moment-même, elle regardait le reflet des flammes sur la lame en se demandant si elle ne devrait pas le poignarder tout de suite, avant qu'il ait le temps de l'en empêcher.

— Je me demande qui te tirera une balle dans le crâne, tiens…, marmonna Eugenia, distraite par de telles pensées.

— Tu fais allusion à Neil ?

Ses manières, ses sourires aguicheurs. Où était passé le cow-boy paresseux et qui était cet étranger ?

— Il a eu ce qu'il voulait, répondit-elle en regardant l'inconnu droit dans les yeux. Tu m'as dit que tu ne l'avais jamais vu plus heureux. Et il en est mort. Mais personne n'a le droit d'être heureux dans ce monde, ni à bord de ce bateau… pas même toi, je pense.

— Pourtant, je suis heureux, là, dit le capitaine en se penchant vers elle pour poser ses doigts sur les siens.

— Et moi, j'ai un couteau en main.

Et son poignet, à portée de main, qu'elle fixait du regard.

— J'espère que tu l'utiliseras avant que ton dîner soit froid.

Comme il y allait… Il savait exactement comment moduler son accent traînant pour la faire frissonner. Elle reprit sa main, ayant besoin des deux pour manger, et avala une autre bouchée de poisson.

— J'ai réfléchi à des manières de te rendre heureuse, toi aussi, dit-il en remettant sa main sur la sienne dès qu'elle l'eut reposée sur la table.

— Oh, je suis sûre que je vais adorer. J'écoute, cow-boy, railla-t-elle en éloignant de nouveau ses doigts. Vu le travail exemplaire des six derniers mois, je m'attends à un formidable divertissement pour le dîner.

Ses yeux noisette brillèrent dans le noir, comme si elle l'avait blessé.

— Il nous est arrivé de bien nous amuser, tous les deux.

— Juste. J'ai adoré fracasser tes belles assiettes.

— Je crois que c'est alors que j'ai su que je t'aimais, dit-il en buvant une gorgée d'eau – il n'y avait pas de vin à table, ce soir. Ne te méprends pas. J'ai ressenti quelque chose dès que tu as levé les yeux vers moi sur le quai. Je te désirais déjà à l'époque, comme je n'avais jamais désiré quiconque. Mais avec tes cheveux attachés quand tu fredonnais en nettoyant… Le rouge sur tes joues quand je t'ai surprise. Même ce mignon petit cri. À ce moment-là, je t'ai aimée au point de ne plus pouvoir me défaire de toi.

— Les hommes ne parlent pas comme ça, murmura-t-elle, se maudissant d'avoir le souffle court.

— Moi oui. À toi.

Quoi qu'il se passe entre eux, elle allait devoir y mettre le holà. Après tout, il lui avait donné un couteau.

— Aaron, tu peux arrêter avec ton petit numéro de séduction. Tu m'as déjà baisée.

— Je t'ai fait l'amour, la reprit-il avec un sourire en coin.

— Je ne vois pas la différence. Ce qui est sûr, c'est que j'ai eu l'impression d'être baisée.

Littéralement. Ce qui lui fit monter le rouge aux joues, comme il l'avait mentionné peu avant.

Il éclata de rire.

Eugenia fourra le reste du poisson dans sa bouche pour bien lui faire comprendre qu'elle en avait assez de *ceci*.

— Bon, ç'avait beau être extrêmement domestique, j'en ai terminé. Qu'on baise tout de suite, pour que je puisse mettre de la glace sur mon entrejambe gonflé et retourner dormir.

— Pas de sexe ce soir, annonça-t-il en mastiquant lentement.

— Comment comptes-tu m'engrosser si tu ne me…

— Baise pas ? la coupa le capitaine en avalant une autre bouchée de poisson, prenant son temps pour répondre. Rien ne presse. Mais il ne fait aucun doute que je verrai ton ventre s'arrondir quand tu porteras mon enfant. Garçon ou fille, il sera parfait, et tu seras magnifique.

Il allait vraiment trop loin.

— Tu veux que je mette bas le prochain gouverneur du Mississippi ? railla-t-elle en croisant les bras sur sa poitrine, se renversant sur sa chaise.

— Pourquoi pas un docteur ? s'esclaffa-t-il.

Quel coup bas !

— Mon vagin me fait mal et je te déteste, alors qu'on en finisse, lança Eugenia, feignant un bâillement d'ennui. Tu as des responsabilités, et je suis crevée.

— Des responsabilités ? demanda-t-il en haussant son sourcil sombre.

— Je suis pratiquement sûre que c'est le tour de Faith. Ne la fais pas attendre avec tes levrettes barbantes ou tes pipes stimulantes, pendant qu'elle se doigte en mouillant sur le goût de ta queue. Puisque tu ne peux pas la regarder dans les yeux, tu devrais peut-être lui faire ton truc avec la langue.

L'espièglerie, les regards de braise… le masque s'évapora, et l'homme qu'elle connaissait reparut.

— À qui as-tu parlé ?

— À toi. Et j'ai mangé ton poisson – délicieux, à propos. Parce que ma mère m'a bien élevée, je vais même te remercier.

— Ne joue pas au plus fin avec moi, Eugenia.

— Pourquoi ? demanda-t-elle, un grand sourire aux lèvres, se délectant de l'avoir contrarié. C'est amusant… et tu as dit que tu réfléchissais à des moyens de me rendre heureuse. Voir ta tête comme ça me rend vraiment heureuse.

Son regard se teinta de colère et de danger. Elle vit resurgir le tempérament qu'il essayait tellement de cacher derrière ses sourires paresseux et ses caresses volées.

— Tu es la seule femme qui chevauchera ma queue.

Elle ne mentait pas en disant qu'elle s'amusait bien. En fait, sa seule source d'amusement à bord de ce bateau était au détriment du capitaine.

— Je suis flattée. Mais je ne suis pas intéressée.

Alors il mit les bouchées doubles.

— J'ai dit que je ne te baiserais pas ce soir. Ça ne veut pas dire que je ne compte pas t'attacher et utiliser ma langue jusqu'à ce que tu t'excuses.

Sentant ses parois se contracter à cette simple pensée, Eugenia ravala son sourire. Elle ne le supporterait pas.

— Essaie un peu de m'attacher, et je ferai pleuvoir les coups de pieds sur ta tronche.

Il se leva lentement de sa chaise, se pencha sur leur table romantique et sourit… Le démon.

— Je prends le risque.

Cet homme avait dû être un genre de champion de rodéo dans une vie antérieure. Il la jeta sur son épaule et la ramena jusqu'à sa chambre. Son dos atterrit sur le matelas, et elle sentit ses bras et ses jambes être enchaînés tandis qu'elle le maudissait à pleins poumons.

Elle parvint à frapper son torse. Son coup de pied le fit bien rire ; il attrapa sa cheville et l'attacha à son tour, l'écartelant sur le lit. Elle se débattit en postillonnant comme une furie, incapable d'atteindre les nœuds à ses poignets. Elle s'en voulut de reconnaître la marque des cravates et sut qu'elles avaient dû lui appartenir.

— Tu étais sur ce bateau de croisière quand les bombes sont tombées ! cracha Eugenia d'un ton accusateur,   se reprochant exagérément de ne pas l'avoir réalisé plus tôt. C'est pour ça que toutes tes affaires personnelles sont ici !

— Si futée, souffla-t-il en se léchant les lèvres, aux anges.

— Et c'était ta cabine. Tu n'es jamais sorti d'ici !

— Oh, si, je suis sorti d'ici, susurra-t-il en relevant sa jupe comme s'il déballait un cadeau, puis en admirant sa chatte. Comment crois-tu que j'aie trouvé mon équipage ?

Sans la laisser ni rager ni couiner, il se jeta sur son dessert. Sa langue tourmenta son clitoris, qu'il exposa en repoussant son capuchon, le titillant jusqu'à ce qu'elle se tortille. Ses lèvres à vif et son vagin endolori furent laissés en paix… mais son clitoris fut cajolé jusqu'à ce qu'elle jouisse, furieuse et essoufflée.

Ses poignets en feu à force de tirer sur les liens, contemplant le plafond en se sentant perdue, Eugenia réalisa qu'il avait attaché les autres filles de la même manière. Sur ce lit. Dans cette cabine. Que l'homme qui affirmait l'aimer s'était fait servir jour après jour par des femmes, pendant Dieu sait combien d'années.

Et qu'elle aurait dû éprouver quelque chose à ce sujet.

Le capitaine rampa au-dessus de son corps, ses lèvres et son menton brillants de ses sécrétions.

— Excuse-toi ou je recommence, la pressa-t-il en souriant.

Elle soupira en regardant le nœud qui maintenait son poignet, pas d'humeur à lutter.

— Je ne suis pas désolée et tu ne recommenceras pas, parce que je te le demande.

Il saisit son menton afin de la forcer à le regarder. Sa langue diabolique traça le contour de ses lèvres de manière parfaitement cochonne.

— C'est une demande sincère ou tu es juste faussement pudique ?

— Une demande sincère.

Elle ne pourrait pas supporter un autre orgasme comme ça.

— Est-ce que je peux éjaculer sur tes seins ?

Venait-il vraiment de lui demander ça ? Après tout ce qu'il avait fait ? Et pourquoi déboutonnait-il déjà sa robe ?

— Va éjaculer sur les seins de Faith !

— C'est un oui, alors.

Il détacha son jean et s'en débarrassa tout en parvenant Dieu sait comment à rester en équilibre au-dessus d'elle. Puis il sortit ses seins de sa robe avant de glisser sa queue grotesque entre les monts de chair pâle.

Eugenia ne pouvait voir qu'un sexe violacé, pris en sandwich entre ses seins pressés. Son gland était exposé à chaque va-et-vient, le prépuce décalotté. Il baisa ses seins sans aucune honte, comme une bête.

Il se laissa aller, ses muscles bombés. Il prit son pied. En la fixant des yeux, il contracta son fessier pour déplacer son colosse entre ses monts, de la base au gland… si près de sa bouche qu'elle pouvait presque le goûter.

Pas du tout pressé, il se *délecta* d'elle.

— Ouvre la bouche.

Pourquoi obéit-elle ? Elle n'en avait pas la moindre idée. Mais elle se décrocha la mâchoire lorsqu'il cracha le premier jet de sperme sur sa langue avide.

Le reste atterrit entre ses seins tandis qu'il cambrait le dos et levait les yeux au plafond.

Sa perte totale de contrôle était la chose la plus sexy qu'elle ait jamais vue de sa vie.

Son membre palpita une dernière fois et, sa semence étalée dans son décolleté, il baissa les yeux pour répéter :

— Je t'aime.

C'était trop. Goûter du sperme pour la première fois en six ans… Alors qu'elle avait adoré ça. L'acte intime d'accepter sa semence *un peu obscène* sur ses lèvres.

— Hé, murmura le capitaine en caressant sa joue. Ça va aller.

— Je ne pense pas, non, répondit-elle, terrifiée, parce que ça n'irait jamais.

— Tu verras.

Avec un sourire sexy, il tendit le bras pour détacher un nœud de marin après l'autre. Il frotta ses poignets, dont la peau était à vif. Il embrassa le bout de ses doigts.

— Je vais te faire le truc avec la langue, lentement et doucement.

Ce qui était faire preuve d'une clémence bienvenue, car son clitoris palpitait d'envie d'être touché après ce spectacle. Le traître !

Ses chevilles étaient toujours attachées, ses cuisses ouvertes malgré elle… Il dévora sa chatte pendant une éternité. *Lentement et doucement.* Elle glissa les doigts dans ses cheveux ; il empoigna ses hanches. Eugenia déhancha son bassin contre son visage et prit son pied, comme lui avant elle.

Le deuxième orgasme déferla en elle – difficile, beau et dangereux –, l'onde palpitant de son bas-ventre jusqu'à ses orteils. Elle n'avait jamais joui aussi intensément.

Il libéra ses jambes, puis la prit dans ses bras. Il lui frotta le dos et la rassura dès qu'un sanglot lui échappa. Plus elle essayait de résister et de ravaler ses pleurs, plus sa respiration se faisait hachée, plus les larmes s'échappaient.

Il lui dit de se laisser aller, lui promit qu'il l'aiderait à surmonter tout ça.

Elle refusa de lâcher prise. Au contraire, elle lutta contre son émoi. Alors sa peine explosa d'elle-même, jusqu'à ce que son corps soit secoué de sanglots.

Tandis qu'il lui murmurait des secrets dans le noir – des secrets sur la vie, la nature de l'humanité, le fait qu'il ne la relâcherait jamais, jamais –, elle s'endormit.

Complètement lessivée, vide et pleine à la fois.

Chapitre quinze

— Ces choses dont je t'ai parlé. Les choses pour te rendre heureuse…, dit le capitaine en l'embrassant derrière l'oreille, la réveillant avec la chaleur de son corps et les attentions de sa bouche. Aujourd'hui, je vais te présenter les enfants.

Comme si elle avait reçu un seau d'eau sur la tête, Eugenia sentit son cœur s'emballer, son corps se crisper et toute trace de sommeil s'évaporer.

— Tu vas m'amener au niveau 9 et m'y enfermer.

— Je devrais…, répondit-il sans même prendre la peine de nier.

Eugenia avait conclu un marché avec Joan, aussi l'élancement de peur qui lui tordait les entrailles n'aurait pas dû la faire frissonner. Et si Joan lui avait menti et qu'elle se retrouvait bien à propos enfermée quelque part ? Ce ne serait qu'une question de temps avant que le capitaine ne pêche une autre *jolie fille d'un certain âge* hors de l'eau. Et où cela la laisserait-elle ?

Enfermée dans un enclos de reproduction glorifié.

Les dîners aux chandelles et les orgasmes – ces sources de réconfort – ne duraient pas. Rien de ce qui s'était passé entre Aaron et elle ne pouvait être vrai. Elle le savait ; pourtant, quand ils étaient au lit, il était si facile de l'oublier. Il avait raison. Elle était affamée et, entre leurs chamailleries animées, elle avait trouvé un semblant de paix.

— Je pensais que tu attendrais au moins que je tombe enceinte avant de m'enfermer dans ce trou à rats.

Elle n'avait aucune intention de se faire engrosser. D'un autre côté… elle était bien incapable de l'empêcher d'éjaculer en elle. Elle avait même participé à leurs ébats avec enthousiasme tout en sachant qu'il finirait par se vider en elle.

Être seule en sa présence avait une influence dangereuse et perturbante sur son état d'esprit.

Elle était désarçonnée.

Quand il se déhanchait en elle, qu'il lui murmurait des mots doux, c'était presque comme si elle pouvait oublier tout le reste – elle n'existait plus que dans l'instant présent et pouvait prétendre que les autres ne comptaient pas.

Mais ils comptaient.

Au niveau 9, les femmes renonçaient pour de bon à tout espoir de liberté. Eugenia pouvait le voir dans sa représentation mentale : la dernière porte qui se refermait lentement derrière elle. Si elle ne s'échappait pas avant d'être traînée là-bas, elle gâcherait sa chance de trouver *l'endroit décent* qui l'attendait dehors.

Quand elle s'enfuirait, elle laisserait toutes ces femmes derrière elle… consciente de les avoir abandonnées pour pouvoir sauver sa peau.

Ce ne serait pas la première fois. En six ans, toutes les choses qu'elle avait vues, chaque fois que l'adrénaline lui avait donné des ailes et permis de courir plus vite, plus loin, sans regarder en arrière…

Elle l'avait sentie alors, cette angoisse qui la démangeait et était devenue la nouvelle norme depuis les bombes. La honte.

Comme si lui aussi en ressentait la piqûre, le capitaine roula sur le côté et libéra son corps de sa chaleur et de son poids.

— Mais non, tu n'y seras pas enfermée en permanence, lança-t-il par-dessus son épaule en se dirigeant vers la salle de bain. En journée, tu apprendras les ficelles du niveau 9. Tes nuits, tu les passeras dans cette cabine avec moi.

Mais le capitaine n'était pas censé être disponible pour elle la nuit. Pas quand il devait surveiller les soirées tapageuses, où la bière coulait à flots et les femmes avaient besoin de quelqu'un pour faire respecter les règles. Pas quand il existait une rotation de femmes qu'il pouvait baiser par derrière tout en s'en mordant les doigts, *comme il aurait dû*.

Pensait-il vraiment qu'il pouvait simplement la jeter dans cet enfer et l'en sortir le soir quand il voulait jouer avec elle ? Absolument pas !

— Qui va servir à la table numéro 2 ?

Dans la salle de bain, elle l'entendit glousser en urinant.

— Une nouvelle est arrivée hier, répondit-il un ton plus haut pour se faire entendre. Tu as été officiellement remplacée.

Elle n'aurait pas dû avoir mal en entendant ça. Elle n'aurait pas dû avoir mal du tout. Mais elle eut mal.

Elle eut profondément mal.

Le mal émoussa sa colère et la mua en chagrin, lui vola le carburant dont elle avait besoin pour poursuivre sa lutte.

C'était la table d'Eugenia ; son échiquier ; sa lutte continue contre la machine. La nouvelle se plierait-elle en deux sur la table dès son premier soir ?

Resterait-il quelqu'un pour rappeler à l'équipage l'absurdité de tout ce rodéo ?

La nouvelle pleurerait-elle quand les hommes renverseraient leurs restes sur sa tête ?

— Combien de tickets vaut-elle ?

Elle s'en voulut de poser cette question à l'homme qui revenait au lit, qui embrassa le bout de son nez et le front ridé entre ses sourcils froncés avant de répondre, d'une voix consolatrice :

— Pas vingt millions.

Le cœur d'Eugenia fit un bruit de ferraille et palpita étrangement, une sensation à la fois inconnue et inconfortable. Qui empira lorsqu'elle le regarda dans les yeux pour suggérer :

— Donne-lui un peu de temps avant de l'intégrer au roulement de cette cabine. Je sais que tu penses que je plaisante, mais tu es plus effrayant que tu le crois. Et ne la doigte pas dès le premier soir.

Comme si des volets en acier tombaient soudain pour lui cacher ce qu'il ressentait à l'intérieur, le capitaine reprit son air de faux cow-boy paresseux.

— Dis-moi à quoi tu penses, la pria-t-il, sur ses gardes, stoïque, tout en jouant avec ses cheveux.

— Je viens de te le dire, rétorqua-t-elle, absolument sincère. Et peut-être… peut-être que tu ne devrais pas les baiser aussi brutalement. Elles n'aiment pas ça, Aaron. Je sais que tu vas me dire que tu le fais exprès…

— Arrête là. J'ai compris où tu voulais en venir, dit-il d'un ton indifférent, comme s'il faisait plus que comprendre.

— Je ne pense pas, non, lança-t-elle en secouant la tête, le souffle court, blessée.

— Bien sûr que si. J'ai compris, dit-il en remontant la couverture sur sa poitrine pour la border. Tu as peur et tu ne me fais pas confiance.

Qui se fierait à lui ? Elle ne trouva aucune bonne raison d'éviter le sujet.

— J'ai fait l'erreur de faire confiance à John. Je ne la ferai plus.

— Tu as été déçue. Tu as été blessée, dit-il en levant sa main pour embrasser son doigt.

Et pas qu'une fois…

— Par toi.

— De ton point de vue, je suis sûr de t'avoir déçue plus d'une fois, concéda-t-il. Mais je sais, *je sais*, Eugenia, que j'ai fait tout ça pour ton bien.

Ils avaient toujours été honnêtes l'un envers l'autre, mais cela ne signifiait pas qu'ils avaient été honnêtes envers eux-mêmes. Eugenia avait besoin qu'il reconnaisse ce fait.

— Non, Aaron. Tu as fait ce que tu as fait pour ton bien. Chaque faveur que tu m'as accordée était accompagnée d'un prix. Chaque goutte de sang que j'ai perdue sur ce bateau est ta faute.

Il s'allongea à côté d'elle, redressé sur un coude, et caressa ses clavicules.

— C'est l'éternelle question du désir ou du besoin. Je sais ce que tu veux, Eugenia. Mais ma principale préoccupation est ce dont tu as besoin. Tu n'es pas toujours d'accord, mais te voilà, en bonne santé, en sécurité. Quand les chiens hurlent, tu ne bondis plus de ton lit. Tu ne pleures plus dans ton sommeil.

Il était hors de question qu'elle discute de la fréquence avec laquelle il venait s'asseoir dans sa chambre en pleine nuit. Savoir qu'il avait été présent plus souvent qu'elle ne l'avait remarqué… la mettait mal à l'aise.

— Tu es toujours le méchant dans cette histoire. Tu n'es pas un héros parce que je me suis habituée à dormir à l'abri sur un matelas confortable. Je peux décider moi-même ce dont j'ai besoin.

Ce dont elle avait besoin, c'était de s'éloigner des caresses tendres, des hommes manipulateurs montés comme des chevaux et *doués avec leur langue*.

— Alors dis-moi ce dont tu crois avoir besoin, susurra Aaron, comme s'il se souciait vraiment d'elle. Je t'écouterai, et nous pourrons en discuter.

Eugenia avait besoin de quitter le bateau du capitaine, de retrouver sa liberté, d'oublier qu'elle avait abandonné d'autres femmes à la souffrance.

— Tu n'aurais jamais dû me parler du niveau 9. Tes raisons de l'avoir fait sont révoltantes, Aaron. Ne pense pas que je ne vois pas clair dans la croisade vouée à l'échec à laquelle tu essaies de me tenter. Tu veux que je prenne leur défense pour me donner une raison de rester. Mais je ne peux pas les sauver. Je n'essaierai même pas.

— Quoi d'autre ? demanda-t-il patiemment en caressant son bras.

L'appât pendait juste devant elle. Il lui offrait une chance d'épancher ses griefs, ce qui n'arrangerait rien, mais ne l'empêcha pas de mordre à l'hameçon.

— Tu as éjaculé en moi sans ma permission. Tu m'as immobilisée ensuite pour que je ne puisse…

— Tu savais à ce stade que c'était trop tard. Pourquoi t'aurais-je laissé t'enfermer dans la salle de bain en paniquant ? En t'immobilisant, je t'ai forcée à réfléchir. Ce que tu as fait. Puis je t'ai refait l'amour et je t'ai de nouveau immobilisée. Comme avec les chiens sauvages qui te poussaient à foncer dans un mur dans l'obscurité, c'est une question d'ajustement et de réalisation graduelle : tu dois comprendre que tu es en sécurité et que tout va bien.

Il y avait trop de choses à contrer dans sa déclaration pour une seule réponse, aussi elle changea de tactique.

— Le premier soir où on s'est rencontrés, tu m'as frappée, tu m'as étranglée et tu as perforé mon hymen avec tes doigts. Ça m'a fait mal.

Il réfléchit un moment, détourna même les yeux un instant avant de répondre :

— Je n'ai aucune justification adéquate pour ce que j'ai fait. Je te l'accorde. Je voulais te toucher le premier, parce que je savais que j'allais devoir attendre que tu sois de service dans ma cabine. Mes raisons étaient égoïstes, et je croyais alors les détails explicites que m'avait donnés John sur vos antécédents sexuels.

— Et, juste comme ça, tu as résumé tout ce qui ne va pas dans cette société que tu as bâtie. *Tu as cru John.*

Le dire tout haut était à la fois étrangement libérateur et affligeant. Les femmes n'avaient pas voix au chapitre, quand bien même elles étaient les récompenses que les hommes cherchaient désespérément à gagner. Elles n'avaient droit qu'à ce que les hommes décidaient qu'elles pouvaient avoir.

— Même après la fin du monde, les hommes n'ont rien appris. Et toi, tu as créé à bord de ce bateau destiné à *sauver la race humaine* un système qui nous réduit à l'état de marchandises. Tu brises les femmes tout en t'attendant à ce qu'elles élèvent tes enfants.

— Ce que tu dis est historiquement véridique quant à la population masculine en général. Mais nous vous surpassons en nombre, et j'ai fait de mon mieux pour assurer la sécurité des femmes à bord.

La sécurité ? Était-ce comme ça qu'il l'appelait ?

— Tu les prostitues contre des vieux tickets de tombola !

— Elles peuvent refuser. Tu l'as fait.

Ses lèvres tremblèrent ; c'était loin d'être aussi simple.

— Tu les forces à se reproduire au niveau 9.

— Oui, acquiesça-t-il. Diversifier le patrimoine génétique et encourager la croissance de la population est nécessaire pour la survie de tous à bord de ce bateau. Pas seulement pour cette génération, mais pour celle de nos enfants. Et ainsi de suite. Le travail nécessaire pour opérer les machines, approvisionner les cuisines et protéger nos frontières ne peut pas être effectué par quelques hommes. Si on ne lègue pas aux enfants un héritage sûr et ordonné, ils s'en iront, et tout le travail effectué ici aura été pour rien. Si on ne leur donne pas un choix de partenaires potentiels, la consanguinité guettera après quelques générations seulement. Tout ne se rapporte pas à toi, ni à moi, ni aux femmes que j'ai sacrifiées pour le bien commun, ni même aux hommes asservis par un système d'instinct grégaire dont ils ne peuvent se libérer.

— Tu es le mal incarné.

Elle eut mal de dire ça. Ses épaules s'avachirent, et elle détourna le regard. Elle resta assise sur le lit, les genoux sous le menton, à contempler un tableau dépeignant un paysage de croisière ennuyeux sur le mur du fond.

— Alors rends-moi bon, souffla-t-il en repoussant ses boucles rousses derrière ses épaules.

Bon sang, Aaron était un expert à ce jeu. Eugenia eut peur qu'il puisse réellement gagner.

— Je ne peux pas.

— Alors accepte-moi comme je suis, insista-t-il en passant ses doigts sur sa colonne vertébrale dénudée. Profite de ta vie avec moi ; une vie où tu seras mieux entretenue que toutes les femmes de cette époque. Je te donnerai des enfants. Plusieurs, je l'espère, parce que j'aime les enfants autant que toi. Je les ai toujours aimés. Bien entendu, il y aura des disputes, des désaccords et des déceptions avant que tu n'acceptes inévitablement ta nouvelle vie.

— Non.

Sa caresse lente remonta, jusqu'à ce que ses doigts s'enfoncent dans ses cheveux. Il les tira en arrière, afin qu'elle repose son dos entre ses bras et le regarde dans les yeux.

— Écoute bien ce que je dis. Je t'aime. Je t'aime tellement que ta peur est justifiée. Mais elle est déplacée. Tu ne connais pas tous les faits et tu supposes toujours le pire.

— Peux-tu me le reprocher ? demanda-t-elle, le sourcil haussé, coincée dans son étreinte.

— Non.

Le capitaine perdit son masque, et Eugenia put voir un homme tourmenté.

— Mais tu n'imagines pas combien j'aurais souhaité que tu viennes à moi volontairement.

Elle ne pouvait tolérer son regard quand il la piégeait et lui faisait voir *l'homme* et non le capitaine.

Elle en ressentait une douleur sourde derrière ses côtes.

— Tu aurais pu me le demander.

— Arrête d'être évasive, Eugenia, dit l'homme si manifestement en mal d'amour. Je te l'ai demandé. Je t'ai même suppliée.

Pourquoi la tuait-il comme ça ?

— Tu l'as dit toi-même, Aaron. Tout le monde doit payer.

Le capitaine releva le défi verbal en posant les doigts sur ses lèvres.

— Et je paierai avec bonheur. Je prendrai des libertés, parce que je peux. Je te forcerai à rester en sécurité sur ce bateau, Eugenia, dit-il fermement, sa douceur devenue acier, sa voix sinistre. Je ne demanderai plus. À partir de maintenant, je prendrai.

Et il fit passer le message avec un baiser dévorant.

Qui lui fit mal quand ses dents cognèrent sa lèvre entaillée. Un baiser torride, qui lui endolorit tout le corps lorsque ses bras la serrèrent trop fort.

Et il savait qu'elle avait mal.

La déclaration du capitaine était limpide : il lui *ferait* mal s'il le devait.

Il était le verre dans son assiette, qu'elle était censée manger avec gratitude. Une blessure interne qui deviendrait plus douloureuse au fil du temps, jusqu'à ce que le mal dans ses entrailles la tue inévitablement.

Le capitaine s'éloigna et la laissa étendue sur les draps chiffonnés, seule avec sa montagne de maux et de contusions. Il alla lui chercher une aspirine et un verre d'eau.

Puis l'aida à s'asseoir. S'excusa lorsqu'il toucha sa lèvre éclatée.

Quand le verre fut vidé, elle le posa sur la table de chevet. Un acte si normal dans cette situation si anormale.

— Le hurlement des chiens sauvages te manque parfois ? demanda-t-elle.

— Non.

Il sortit un peigne à dents larges et commença à démêler les nœuds près de ses racines.

Elle le laissa lui brosser les cheveux tout en palpant délicatement sa pommette encore gonflée.

— Le grincement des branches mortes des arbres au gré du vent – ça me manque aussi.

— Il n'y a que la mort dehors, Eugenia, soupira-t-il quand le peigne butta contre un nœud.

Cela ne pouvait être vrai, pas sur un plan intellectuel. D'une manière ou d'une autre, il avait créé la vie ici. Quelqu'un d'autre avait dû fait pareil ailleurs.

— Où trouves-tu la viande pour nourrir plus de trois cents personnes ? Les légumes ? Les terres agricoles ? Les pâturages ? Le steak n'apparaît pas par magie sur un bateau au milieu d'un lac qui pue en été et qui gèle en hiver.

Lorsqu'il entendit ses questions, son sourire soulagé fit se rider la peau autour de ses yeux.

— On a des filets pour pêcher les poissons en amont du lac. On alterne les cultures ; des hommes travaillent dans les champs que nous avons labourés dans la forêt. Les meilleurs morceaux de viande sont servis à ceux qui ont gagné leur passage au niveau 15. Les abats vont aux femmes qui y travaillent.

— Parce qu'ils sont plus riches en nutriments…

Ce qui expliquait la bouillie et le goût métallique.

— Les enfants et leurs mères reçoivent une alimentation équilibrée. Les familles ont droit aux meilleures viandes et récoltes. Elles ne sont pas aussi abondantes tous les ans. Les chiens sauvages s'attaquent à nos poules. Les digues s'effondrent ou l'irrigation a des ratées.

— Il y a des communautés d'ouvriers en dehors du bateau ?

C'était obligé. Sinon, tout leur approvisionnement devrait provenir des villes, et le bateau d'esclaves ne serait plus un secret.

— Les hommes quittent le bateau par quarts, expliqua-t-il en opinant. Pas de femmes. Ce n'est pas sûr. Crois-moi quand je te dis ça. Des groupes d'hommes, lorsqu'ils tombent sur une femme en dehors des règles et du cadre strict… ça peut mal finir. La femme y survit rarement. Et alors, je dois éliminer les hommes impliqués. Les tickets sont nécessaires pour leur promettre une récompense plus amusante que quelques nuits passées à violer une étrangère à mort.

— Mon Dieu…, siffla Eugenia en sentant sa colonne vertébrale se glacer.

Doucement, il tira une de ses mèches élastiques, admirant le jeu de lumière et de couleur.

— Mais tu as vu tout ça, pas vrai ?

Encore et encore et encore. Eugenia s'était fait piéger une ou deux fois, voire trois ou quatre. Que ce soit dans des cages ou non, elle avait vu les dépouilles des femmes qui n'avaient pas eu sa chance.

Songeuse, elle récupéra sa mèche et la glissa derrière son oreille. Il lui faudrait donc éviter les fermes, ce qui allait mettre un frein à sa stratégie initiale. Elle s'était dit qu'une ferme serait un endroit décent pour travailler ; de temps à autre, elle était tombée sur des familles qui cultivaient leur propre terre. Qui vivaient à leur manière. Où les étrangers n'étaient pas les bienvenus.

Privé de ses cheveux, le capitaine attrapa sa main pour entrelacer leurs doigts.

— Et si on s'habillait ?

Elle quitta des yeux leurs mains jointes et les posa sur les prunelles noisette, sur le visage injustement beau.

— Je ne veux pas aller au niveau 9. Tu peux m'y traîner si tu veux, mais tu vas devoir me briser au moins un os pour y arriver. Pas question que tu m'enfermes là-bas, que ce soit pour la journée ou pour toujours. Tu ne m'engrosseras pas pour des tickets. Je *veux* entendre les chiens sauvages, même s'ils me forcent à fuir un lit de brindilles et de boue. Je *veux* regarder les arbres pourrir. Je *trouverai* un endroit décent.

— Je vois.

Mais Eugenia n'avait pas terminé.

— Je veux retourner au niveau 15. Inclus-moi dans les roulements. Je te donne ma parole que je ferai de mon mieux pour te satisfaire, même face à face, les fois où je devrai te faire plaisir. Je mentirai aux autres femmes et je leur dirai…

— Que leur diras-tu ? demanda-t-il d'une voix morne, dénuée d'émotion.

— Je leur dirai que tu m'as baisée trop fort par derrière. Que j'ai dormi sur le canapé. Que je t'ai sucé et que, malgré tous mes efforts, tu as refusé de me regarder.

— Et qu'est-ce que tu vas aller faire au niveau 15, exactement ?

— Gagner des tickets. Je sais ce que tu vas dire. Brooke… elle est tombée sur des ennuis. Mais je suis plus maligne qu'elle. Je me débrouillerai mieux, débita-t-elle à toute vitesse, trahissant la précarité de son plan.

— Bon. Alors laisse-moi te rendre ta carte, dit l'homme de pierre sans tressaillir lorsqu'il se leva du lit.

Il se dirigea vers sa penderie et en sortit une paire de jean propre, qu'il revêtit sans sourire, en la regardant se relever du tas de draps blancs.

Il enfila une chemise à boutons, banale.

La démarche assurée, il ouvrit la porte et la referma sans se presser. Le verrou cliqua en place.

Dix minutes plus tard, une inconnue qui ressemblait atrocement à Brooke franchit la porte, vêtue d'une blouse d'hôpital. Elle se recroquevilla sur elle-même.

Une inconnue terrifiée, collante.

Le capitaine rassembla ses longs cheveux noirs dans une main et exposa le visage familier que la fille essayait de dissimuler.

Un visage mutilé, à présent couturé d'entailles qui s'étaient refermées sans être suturées. Des cicatrices rouges, infectées, monstrueuses.

Brooke cillait à peine.

— Voici ta carte, Eugenia, dit le capitaine d'une voix douce. Ton conseil était de voyager en direction du sud, vers Fresh Water. *Tu* lui as donné des indications qui l'ont menée tout droit vers la pire ruche de violence à cinq cents kilomètres à la ronde. Fresh Water est aux mains des gangs. Tu lui as fait ceci et, si tu pars, c'est ce qui t'arrivera aussi.

Le couteau verbal se glissa entre ses côtes, droit vers son cœur. Horrifiée, Eugenia contempla son amie. Une femme qui se raccrochait au capitaine comme s'il pouvait la protéger. Comme si cet endroit était *décent*.

Eugenia avait assez de pratique médicale pour savoir que ces dégâts ne guériraient jamais correctement sans chirurgie réparatrice répétée. Et opérer n'était même pas une option. Sa formation médicale était loin d'être aussi pointue.

— Tu m'as laissé lui donner la carte.

— Les brutes ont mutilé ses organes génitaux, continua-t-il, lui arrachant le cœur. Son clitoris et ses lèvres ont été excisés – les plaies ont été cautérisées le soir où ils ont commencé à la violer pour se divertir.

Il y avait peu de choses plus hideuses que le concept de circoncision féminine. C'était un viol éternel – la perte totale de toute capacité à éprouver du plaisir sans énormément d'efforts et de stimulation mentale.

— Je ne savais pas.

— Bien sûr que si, dit le capitaine en lâchant les beaux cheveux de Brooke afin qu'ils couvrent son visage. Tu le savais, parce que tu as vu ce qu'il y avait dehors pendant six ans. Tu as déjà vu ça.

— Oui…, reconnut-elle d'une petite voix, son menton tremblant.

— Et tu as dit à toutes les femmes du niveau 15 qu'il y avait un monde dehors où il valait la peine de vivre. Tu les as encouragées avec ton discours de liberté.

— Il doit y avoir un endroit !

C'était obligé ! Il ne pouvait pas y avoir que ceci. Des femmes enfermées et exploitées pour faire des bébés. Qu'en était-il de son intelligence ? De ses ambitions ?

— Il doit bien y avoir un endroit qui est comme avant !

— Le monde n'est qu'un ramassis de barbarie et de violence, dit-il comme s'il avait pitié d'elle. Il n'y a pas de vie pour toi en dehors de ce bateau, Eugenia.

La coupe était pleine. Son stratagème, *ses manipulations de l'histoire*, sa façon de lui faire porter le chapeau, étaient injustes.

— Tu l'as prostituée pour qu'elle gagne des tickets et tu l'as laissé débarquer de ce bateau en sachant ce qui l'attendait au sud !

— *Tu* lui as donné la carte. Tu as bourré son esprit de possibilités, rétorqua-t-il, sa patience et sa pitié se muant en colère. Et ne pense pas que je n'ai pas essayé de l'arrêter. J'ai offert à Brooke la possibilité de passer directement au niveau 9. Mais elle avait ta carte et tes conneries mal inspirées pour la faire rêver de *liberté*. Regarde-la maintenant.

Non, Eugenia ne pouvait supporter sa vue.

— REGARDE-LA, EUGENIA !

Surprise par le cri de l'homme à la voix douce, Brooke commença à se pisser dessus, comme un chien effrayé. Le filet d'urine de la fille mutilée trempa le tapis sans discontinuer.

— Brooke ? lança Eugenia, horrifiée de se rendre compte qu'elle n'avait pas le cran de quitter la sécurité du lit du capitaine pour l'aider.

— Je peux rentrer, maintenant ? murmura celle-ci à l'attention du capitaine, et non d'Eugenia.

— Oui, agneau, répondit-il en déposant un baiser sur le sommet de son crâne baissé, son attitude empreinte de douceur. Bien sûr que tu peux rentrer. Je vais te ramener.

Le capitaine guida la femme au pas traînant hors de la chambre sans accorder le moindre regard à la rousse consternée, qui sanglotait dans ses mains.

Chapitre seize

Les joues mouillées de larmes, Eugenia enfila sa seule robe.

Puis, s'armant des belles serviettes du capitaine, elle sécha la mare d'urine, qui dégageait une odeur de maladie.

Ne pas nuire. La première règle de médecine.

Or, elle avait nui à Brooke. Ses conseils étaient partis d'une bonne intention. Eugenia lui avait suggéré la direction qu'elle-même comptait suivre lorsqu'elle se serait échappée : suivre la carte jusqu'à Fresh Water.

Où John l'aurait certainement vendue à un destin bien plus hideux que de servir des hommes ivres et en manque.

Au fil des ans, elle s'était souvent félicitée d'être plus intelligente que les autres. Tous les mauvais traitements qu'elle avait éludés ?

Un simple coup de chance.

La Brooke si pleine d'entrain, si déterminée, était brisée… Et Eugenia l'aurait été aussi.

Elle était déjà en train de se briser.

Une fissure traversait son esprit, qui la rongeait depuis des années. Elle s'était élargie à chaque mauvaise rencontre, approfondie à chaque évasion. Une palpitation sourde de vide, de solitude, qui n'était retenue ensemble que par de faibles lueurs d'espoir.

Par des mensonges.

Tous les mensonges qu'elle s'était répétés, afin de survivre au jour le jour.

Il n'y avait pas *d'endroit décent*. Seules existaient la survie ou la mort.

Seuls existaient des hommes qui allaient trop loin et volaient les pièces sur le plateau de jeu. Qui enfreignaient les règles et dénaturaient le sport. Des hommes prêts à soumettre des femmes dans des corps vivants, mais mortes à l'intérieur, au traumatisme de grossesses et d'accouchements non désirés.

Comme si l'humanité méritait un nouveau départ. Comme si ces transgressions disparaîtraient avec une nouvelle génération souriante, élevée par des mères enfermées au niveau 9. Des enfants sans père, comme Neil, qui n'avait voulu qu'une chose : tenir son bébé dans ses bras.

Neil, qui avait supposément engendré au moins un des bébés à bord. Il n'aurait pas déploré de ne pas pouvoir le tenir dans le cas contraire.

Elle ne l'avait pas bien connu, mais il lui avait semblé être un homme bon. Pourtant, en dehors du bateau, les hommes bons changeaient. Ils mutilaient les organes génitaux des femmes pour des raisons qu'Eugenia ne pourrait jamais comprendre.

Même les hommes tenus en laisse par le capitaine dérapaient. Il avait déjà dû en éliminer, selon ses dires.

Le verrou cliqua, la porte s'ouvrit… Eugenia était toujours en train de nettoyer l'urine, anéantie par mille et une pensées à la fois.

La bouche mutilée de Brooke, son regard vitreux… La raison pour laquelle son amie boitait de manière si évidente. La culpabilité insoutenable qu'elle éprouvait d'avoir pensé qu'elle trouverait son salut en *sauvant* Brooke.

D'avoir su que, quand bien même elle détestait cet endroit, il était bien mieux que tout ce qu'elle avait trouvé dehors.

— Je ne t'aimerai jamais. Si tu m'as engrossée, je trouverai un moyen de m'en débarrasser.

Eugenia était un poison.

Elle avait vécu à l'étroit avec les femmes du niveau 15 et appris à les connaître. Le bateau s'était rapproché le plus d'une famille qu'elle n'en avait eue en six ans. Et elle ne le supportait plus. Elle ne supportait pas de savoir qu'elle avait alimenté leur désir de liberté – une liberté qu'elles ne goûteraient jamais.

Elle connaissait les hommes. Elle avait ri avec eux, s'était moquée d'eux, leur avait crié dessus, avait pris plaisir à les rabaisser.

Elle était devenue dépendante d'Aaron pour qu'il la stimule mentalement, qu'il lui apporte un sentiment de normalité. Elle avait couché avec lui et s'était abandonnée à l'acte. Elle avait pris son pied, même après avoir compris comment il l'avait bernée.

— Comme tu voudras, dit Aaron, qui n'avait plus aucune pitié à lui accorder. Enlève ta robe. Sur le lit, à genoux. Ne me regarde pas.

La déception du capitaine pesa sur son dos, comme s'il l'avait gardée exprès pour ce moment. La douleur qu'elle éprouva était… familière, parce que ce nouveau monde était blessant.

Ou peut-être était-elle fondamentalement masochiste. Quoi qu'il en soit, Eugenia méritait ce qui allait suivre. Raison pour laquelle elle se débarrassa de la robe bleue qu'elle portait depuis deux jours et grimpa sur le lit, comme si elle traversait un rêve, prenant la position que toutes les filles du niveau 15 connaissaient par cœur.

— Crache dans ta main, ordonna le capitaine d'un ton neutre, déjà positionné derrière elle. Frotte-la entre tes cuisses.

Elle rééquilibra son poids pour regarder sa main et essaya de forcer sa bouche sèche à produire de la salive. Elle obéit et lubrifia sa fente.

Aucune importance.

Il était déjà en elle – un coup de boutoir qui lui fit faire une embardée et fit claquer ses dents.

Le poing dans ses cheveux, comme si elle risquait de désobéir et de tourner la tête, il la baisa. Trop fort. Trop vite.

Ce fut horrible.

Mais elle encaissa : son gabarit, sa froideur, la sensation qu'on lui arrachait les cheveux.

Il n'y eut aucune caresse réconfortante, aucune marque d'intimité.

Ses seins s'agitèrent à chaque coup de reins, ses poignets douloureux à force de supporter l'assaut continu.

Il ne jouit pas.

Il lâcha ses cheveux et empoigna ses hanches. La pilonna de plus belle.

Et, lorsqu'elle ne put plus supporter un seul instant que le capitaine se punisse pour leurs péchés communs, elle osa jeter un regard par-dessus son épaule.

Et vit un homme au comble de la misère.

Un homme qui détestait chaque instant de ces ébats, chaque frottement de sa queue dans son tunnel.

Qui avait fermé les yeux et renversé la tête en arrière, comme si se concentrer pouvait y mettre un terme plus vite.

— Aaron, arrête, l'implora-t-elle d'une voix douce, emplie de la douleur qu'elle éprouvait pour eux deux.

Le balancement mécanique de ses hanches ralentit, et ses yeux noisette s'ouvrirent au monde qu'il avait créé – des yeux injectés de sang et vieillis par la fissure, aussi terrible et vide que la sienne, qui le rongeait de l'intérieur.

— Je ne t'avais pas dit de regarder devant toi ?

— Arrête, répéta-t-elle dans un murmure.

Sa queue ne bandait qu'à moitié lorsqu'il la retira avant de marcher, nu, jusqu'à l'endroit où elle avait abandonné sa robe, près de la pile de serviettes trempées d'urine.

— Dors sur le canapé, dit-il en la ramassant et en la lui jetant.

Elle aurait pu lui dire tant de choses.

Je ne comprends pas ce qui nous arrive.

Mensonge. Elle savait exactement ce qui se passait. Il lui avait offert le meilleur monde qu'il avait pu créer, bricolé en dépit des circonstances horribles et de la perte personnelle. Et elle l'avait rejeté.

Où est passé l'homme qui m'a courtisée hier soir ?

Parti, littéralement ; il avait à peine enfilé son jean qu'il claquait déjà la porte.

S'il te plaît, ne me force pas à dormir sur le canapé. Je ne peux pas être comme elles.

Et qui l'empêcherait de dormir dans son lit ? Personne. Parce qu'elle était seule dans la plus belle cabine du paquebot.

Malgré cela, elle se coucha sur le canapé, nue, sa robe sale lui servant de couverture.

Et Aaron ne rentra pas.

Elle le sut, car elle ne parvint pas à fermer l'œil. Elle vit la lumière de l'aube succéder à l'obscurité. Un matin sans petit déjeuner. Un après-midi avec seule l'eau du robinet pour lui remplir le ventre.

Puis une intrusion : celle de Joan, aux anges.

— Je ne sais pas ce que tu as fait, mais ça a marché ! Il a passé la nuit et toute la journée dans la chambre de Jessica. Tout le bateau ne parle que de ça.

Eugenia se refusait de vomir. Elle se le refusait.

— Alors j'ai rempli ma part du marché.

— Voyons, ce n'était que pour une nuit…, railla Joan en balayant l'air de la main.

— Voyons, ce n'est qu'une artère à inciser…, répliqua Eugenia en imitant la posture, le geste et le ton – trouvant du réconfort dans sa haine.

— Jeune fille.

Comme si ce petit surnom allait marcher avec elle…

— Vieille pie.

Joan sortit de sa poche une clé magnétique en plastique et la laissa tomber par terre.

— Ceci ouvrira n'importe quelle porte à bord.

La clé semblait si banale, si trompeuse… La liberté, jetée sans grâce à ses pieds.

— Je vais avoir besoin d'eau. De provisions.

— Je n'ai jamais dit que je te fournirais quoi que ce soit. Tu mourras dehors, quoi qu'il en soit. Meurs plus vite et tu t'épargneras bien des souffrances.

Bon sang, cette femme avait vraiment un mauvais fond. Qu'Eugenia trouva enviable, et une pique qu'elle avait méritée.

— Comme Brooke ?

— La nouvelle s'appelle Chrissy, répondit Joan sans se laisser démonter. Elle est rousse aussi. Il a toujours apprécié les rousses. Je vais changer l'horaire pour qu'elle s'occupe de lui ce soir. Pars tant qu'il sera distrait.

La robe bleue contre sa poitrine, Eugenia avança pour ramasser la carte magnétique par terre.

— Il ne saura pas que vous me l'avez donnée ?

— La porte n'était pas fermée quand je suis entrée. Pour autant qu'il le sache, tu t'es glissée dehors pendant la nuit et tu t'es jetée par-dessus bord.

C'était équitable.

— Quel côté prendre pour sortir ?

Sur ce point, Joan l'assista. Eugenia mémorisa la carte verbale et enfila la robe, qui avait bien besoin d'être lavée, avant de partir – dans la direction opposée.

Joan était une menteuse. Si elle mentait à son cher capitaine, alors elle mentait aussi à Eugenia.

Toutefois, la carte magnétique fonctionna comme elle l'avait dit et, alors que le soleil se couchait, elle descendit niveau après niveau du paquebot géant, qui pouvait abriter des milliers de passagers, mais où ne se trouvaient que trois cents hommes à bord. Des hommes qu'elle évita facilement tandis qu'elle errait dans ce qui serait peut-être le berceau d'une nouvelle civilisation.

Les bateaux de croisière étaient en général kitsch et tape-à-l'œil. Au fil de ses vagabondages, elle tomba sur un casino plongé dans l'obscurité, des salles de banquet ornées de lustres en cristal, des cabines attendant d'être pillées. Elle fourra tout ce qu'elle put trouver dans une taie d'oreiller : des bouteilles de soda datant d'avant les bombes. Des crackers toujours emballés dans du plastique et depuis longtemps périmés. Des paquets de noix nutritives.

Un sac bien rempli, auquel manquait le poids familier de sa source de connaissances.

Les tomes I et II du *Manuel de pédiatrie de Nelson*… elle les avait oubliés sur la table de chevet d'Aaron.

Que le bateau garde ces précieuses connaissances. Que les docteurs à bord en tirent quelque chose.

Peut-être que les enfants en bénéficieraient.

Car les cieux lui en étaient témoins : elle ne les méritait pas.

Le visage et les organes génitaux de Brooke en attestaient. Le cœur brisé du capitaine serait son paiement.

Bien après la nuit tombée, une brise fraîche traversa sa robe légère. Le niveau 4 était celui des cabines économie, poussiéreuses, qui sentaient le renfermé, car il n'y avait ni ventilation ni balcons. Debout face au vent, elle entendit le chahut lointain de la fête au niveau 15, imagina même entendre les bruits d'une battue. Elle lâcha le petit frigo de la cabine dans le lac en contrebas et se jeta à l'eau une fois la tension de surface percée, ce qui limiterait les risques d'une blessure grave à l'impact. Simples lois de la physique. Elle atterrit les pieds en premier, sans se briser un seul os.

Son sac de fortune la pesait, mais les coussins du canapé de la cabine, dont elle s'était fait une bouée, la firent remonter, et le courant l'emporta.

Et, pour une fois, elle ne lutta pas.

Était-ce l'hiver ? Ou le printemps ? Peu importait. Elle flotta pendant des heures, ses lèvres bleues, jusqu'à sentir le limon sous ses pieds.

Ce fut alors qu'elle réalisa qu'elle n'avait pas emporté de chaussures.

Les chiens hurlèrent.

Chapitre dix-sept

Sa robe couverte de boue séchée, Eugenia traversait les bois morts, errant au hasard.

Lorsqu'elle se trouvait encore à proximité du bateau, elle avait pu voir les poches de terres agricoles dissimulées entre les arbres. Ces terres qu'elle aurait auparavant considérées comme un havre, elle devait à présent les éviter à tout prix.

Au fil de son voyage apathique vers nulle part, elle évita les routes et ne croisa aucun cadavre mis en scène à piller. Toutes ses boissons avaient été bues, ses collations grignotées. Désarmée, nu pieds et sauvageonne, elle avait lapidé le canard qu'elle avait mangé au dîner.

Avant les bombes, le confit de canard avait été un de ses plats préférés. Ainsi que le filet de canard, coupé en tranches fines, servi délicieusement cru. Comme celui-ci, qu'elle dévora sur l'os.

Pas question de faire un feu.

Elle aurait risqué de trahir sa position.

Et, bien qu'à cette époque de l'année, il faisait frais dans cette région, ce n'était rien comparé aux neiges de Boston. C'étaient ces neiges qui l'avaient poussée vers le sud.

Malgré cela, elle frissonnait.

Des peaux non tannées, provenant des bêtes qu'elle avait dépecées, gardaient ses doigts et ses orteils au chaud. Elle les avait attachées comme elle avait pu avec des petits rubans, découpés à l'aide de pierres tranchantes. Bien qu'elles puent, au moins, elles la couvraient bien.

Pendant cette première semaine, les hurlements des chiens ne la réveillèrent pas comme ils auraient dû. Eugenia était trop occupée à rêver d'yeux noisette, d'accès de colère, de la sensation des mains d'un homme sur son corps. De son goût.

Toutes les femmes du niveau 15 connaissaient son goût. Il connaissait le leur. Et elle ne pouvait que deviner combien d'entre elles il avait baisées depuis qu'elle s'était enfuie.

C'était le prix de sa liberté, après tout. Pas qu'elle avait pensé pouvoir la gagner si vite, ou si involontairement.

Elle se surprit à trouver les jours ennuyeux, lorsqu'elle ne faisait que chasser et marcher. Trop de temps passé à se souvenir et trop peu à réfléchir.

C'était comme si elle portait en elle une infection et quelqu'un chose d'encore pire – le doute.

Les femmes revenaient toujours, avait-il dit. Mais elle ne pouvait pas revenir, même si elle s'était surprise à reprendre plus d'une fois la direction du bateau. Le voir en compagnie des autres femmes, dans les bras desquelles elle l'avait poussé encore et encore, la tuerait. Cela la tuerait plus vite que d'être enfermée au niveau 9.

Joan ne s'était pas trompée. Eugenia était amoureuse, et elle ignorait à qui elle en voulait le plus ; Aaron ou elle-même.

Si Joan n'était pas arrivée en premier, après cette longue nuit d'insomnie sur le canapé, Eugenia se serait jetée à ses pieds pour le supplier, comme il l'avait suppliée dans tous les recoins sombres pendant des mois. *Garde-moi. Accepte-moi, tout paumé que je suis. Aime-moi, même quand je te hais.*

Il avait contourné chacun de ses coups, désagrégé sa résistance faiblissante. Pendant ce temps, elle l'avait tourmenté de toutes les manières possibles. Malgré ses ruses, elle avait exploité son soulagement physique. Elle avait participé quand il s'était déhanché en elle. Elle avait accepté avec enthousiasme ses caresses après avoir goûté au plaisir, sachant très bien après la première fois que l'acte finirait par lui se vidant là où il n'aurait pas dû.

Il s'occuperait de Brooke le temps qu'il lui restait à vivre. Il s'occuperait de toutes les femmes. Cela devait suffire à Eugenia.

Il continuerait également à forcer des femmes à avoir des grossesses non désirées, à se reproduire ; sa vision d'une deuxième chance pour l'humanité.

Son meilleur ami. Son pire ennemi.

Peut-être qu'en réalité, elle lui avait laissé ses manuels bien-aimés afin qu'il ne l'oublie pas. Parce que les voir le tuerait à petit feu. Il les tiendrait, sentirait son odeur dessus. Il continuerait à baiser les autres femmes trop fort, par derrière, incapable de les regarder dans les yeux tandis qu'elles se pliaient aux désirs de leur capitaine.

Brooke arborait des cicatrices monstrueuses, que tous pouvaient voir. Aaron en portait lui aussi, bien qu'Eugenia soit la seule à savoir qu'elles se trouvaient juste à fleur de peau.

Tout comme il connaissait chacune de ses blessures secrètes, qu'il lui avait pour la plupart infligées.

Pourtant, pour chaque entaille profonde qu'elle avait reçue, quelqu'un avait refermé la plaie. La cicatrice était toujours là, mais soignée, adoucie, même acceptée. Elles ne faisaient que tirer un peu quand elle inspirait profondément, pouvaient presque être ignorées.

Eugenia survivrait à ses blessures. Aaron survivrait aux siennes.

Aucun des deux ne vivrait jamais complètement.

Le malheur qui accompagnait sa liberté nouvelle n'était dû ni au froid ni à la faim. Ce n'était pas ça qui la tuerait, pas plus que sa fièvre grandissante. Ce serait la perte.

La pluie avait béni son évasion du bateau en lui prodiguant de l'eau potable. Elle en avait récolté dans ses bouteilles de soda vides. Elle aurait pu transitionner des bois pourris au cauchemar suivant très différemment que lorsqu'elle avait fait le chemin inverse.

Mais les bois morts lui étaient familiers. Aussi elle s'était construit une masure à l'aide de branches et de boue, comme tous les autres vagabonds à moitié vivants, bouffeurs d'insectes, à bout, rencontrés au fil des ans. Eugenia avait sa propre crique près de la berge, loin du bateau. Loin des terres arables du capitaine.

Assise là, elle pouvait analyser le monceau de pensées et d'émotions enfouies, et remonter à l'occasion vers le nord dans la nuit, pour observer les lumières du bateau au loin.

Elle n'était pas seule.

Le souvenir de son charmant Li Wei l'accompagnait, lorsqu'ils avaient fait rôtir des guimauves sur un feu de camp qu'elle ne pouvait plus se risquer d'allumer. Comme s'il était assis à ses côtés, sur la berge boueuse de l'immense fleuve qui alimentait un lac, sur lequel flottait un bateau de croisière qui n'aurait jamais dû se retrouver si loin à l'intérieur des terres.

Le Mississippi n'était pas beau.

Ses bras de mer schlinguaient.

Tout comme elle… dans sa bête robe bleue.

Une robe qu'elle allait porter jusqu'au jour de sa mort. Tout ça parce qu'un homme bien vivant lui manquait beaucoup plus que le fantôme à ses côtés. Les mauvais moments qu'ils avaient partagés, ponctués par le coton bleu, lui manquaient aussi.

Parce qu'elle était malade.

Parce qu'elle était brisée.

Parce que toutes les femmes revenaient, et qu'elle ne reviendrait jamais.

Quand les chiens finiraient par la dévorer, elle porterait toujours cette robe.

Parce que le fait qu'Aaron avait peut-être eu raison sur *toute la ligne* était bien trop terrible à accepter.

Ce qu'elle dit à Li Wei ; elle lui raconta tout. Parfois en pleurant, parfois en riant, mais toujours terriblement honnête. Combien il lui manquait, ainsi que la vie qu'ils auraient dû vivre. Combien elle lui en voulait de l'avoir abandonnée, comme s'il avait la moindre chance de retrouver ses parents. Combien elle l'enviait de l'avoir aimée au point de savoir qu'elle pourrait survivre sans son aide, mais pas sa Māmā et son Bàba.

Parfois, elle pestait comme si elle s'imaginait que le fantôme allait répondre et hurler des propos haineux. Comment avait-il pu l'abandonner ? Ne l'aimait-il pas assez pour rester ?

Bien sûr que si. Il l'aimait autant qu'un homme pouvait aimer.

Autant qu'Aaron l'aimait.

Et Li Wei l'aurait épousée ; ils auraient été heureux. Mais…

Le monde n'existait plus, alors que des hommes comme Aaron existaient.

Li Wei avait été trop bon ; il se serait fait massacrer en essayant de protéger sa femme. Aaron, lui, aurait tué tout ce qui se risquait à l'approcher.

Comme Neil.

— Tu me manques…

Sa solitude lui avait ouvert les yeux et l'avait rendue honnête, mais Eugenia n'avait jamais osé le dire tout haut avant.

— Je n'aurais pas dû faire ça, lui répondit son nouveau fantôme.

La fièvre s'était intensifiée au fur et à mesure des jours. Une alimentation à base d'insectes et de mauvaises herbes, de bêtes crues et de l'occasionnel oiseau trop lent s'en était assurée.

Adossée à une branche morte, Eugenia contempla le flot du fleuve le plus moche du monde.

— La question est de savoir à quel « ça » tu fais référence. L'asservissement ? Les manipulations ? Le niveau 9 ? Baiser Jessica ?

— Jessica.

Que faire à part hausser les épaules et froncer les sourcils ?

— Elle est populaire pour une bonne raison.

— Je suis allé la trouver dans sa chambre et je lui ai offert cent mille tickets.

Impressionnant, à bien y réfléchir – ce qui méritait même un sifflement.

— Ouah ! Beaucoup plus que ce qu'on m'a jamais offert…

— Je l'ai payée pour qu'elle dise à tout le monde que je l'avais baisée toute la nuit, dit le capitaine en inspirant profondément, fébrile. Au lieu de ça, je me suis bourré la gueule sur son balcon et je me suis évanoui par terre.

Eugenia se releva sur ses guibolles tremblantes et s'approcha du bord pour ramasser un galet et le jeter à la surface de l'eau. Il ricocha huit fois avant de couler.

— Eugenia. Tu as entendu ce que j'ai dit ?

Entendre Aaron prononcer son prénom… lui avait manqué plus que tout. Comme s'il n'y avait qu'eux deux dans le monde entier. Comme s'il la connaissait vraiment… ce qui était le cas.

— Je me sens mal pour Jessica, musa-t-elle. Elle est amoureuse de Maxwell depuis des années. Il est amoureux d'elle aussi. Mais pour te le cacher, ils passent tout leur temps avec d'autres personnes.

— Je sais.

Eugenia renifla en cherchant un nouveau galet à faire ricocher.

— Si tu le savais, ils seraient morts, tous les deux.

— Je sais tout, Eugenia, se rapprocha la voix du spectre. Et je ferme les yeux quand je peux.

— C'est… presque touchant.

Le véritable Aaron n'était pas touchant. Il était brutal, implacable, crapuleux, généreux, beau, aimant et tordu.

— Aller trouver Jessica était le coup de bluff d'un homme désespéré. Qui savait que tu finirais par quitter le bateau d'une façon ou d'une autre. D'un homme qui avait fait tout ce qu'il pouvait pour te manipuler et te pousser à capituler. Je suis sorti de la chambre ce soir-là parce que j'avais besoin que tu sois jalouse, que tu sois *n'importe quoi*, si tu refusais de m'aimer. Parce que *j'étais jaloux* de tout ce pour quoi tu te battais. Je suis jaloux de la terre que tu foules, putain !

C'était sans doute l'hallucination la plus gratifiante qu'elle ait jamais eue. Elle devait en remercier la fièvre.

Mais, suffisamment saine d'esprit pour se rappeler que les hallucinations auditives étaient un très mauvais signe, Eugenia baissa les yeux vers la robe en coton encroûtée de boue, sous les fourrures sales. Elle avait perdu du poids.

— Je pensais mourir dans une plus belle robe que ça, en portant les perles de mon papa. Je ne les avais jamais enlevées jusqu'au jour où je les ai échangées contre des restes, parce que c'était ça ou ma chatte. Dieu seul sait où elles sont maintenant…

— Mon cœur, regarde-moi, s'il te plaît.

Un autre parfait galet ricocha sur les eaux frigides. Eugenia sourit lorsqu'elle battit son record.

— Ce ne serait pas plutôt « agneau » ? Un agneau qu'on mène à la boucherie ? Un agneau à la broche ? Tu as appelé Brooke « agneau ».

— J'aurais pu la prévenir pour Fresh Water et je ne l'ai pas fait. J'avais besoin d'un exemple vivant pour t'ouvrir les yeux.

De la douleur… Il y avait tant de douleur dans l'aveu du fantôme.

La larme qui tomba était chaude sur sa joue.

— Je sais… Mais peu importait dans quelle direction elle allait. Il n'y a de fin heureuse nulle part.

— Eugenia… s'il te plaît.

Elle soupira et ferma les yeux en entendant ce solide gaillard la supplier, mais le fantôme n'en avait pas fini.

— Je serais heureux de pouvoir juste te voir…, dit la voix en s'approchant. Même si tu ne me laisses plus jamais te toucher.

— Si on s'était rencontrés dans un bar avant les bombes, si tu m'avais draguée avec ton arrogance, ton charme et tes fanfaronnades… Je t'aurais jeté mon verre à la figure.

— Ça ne m'aurait pas étonné, répondit le spectre d'un air amusé.

— C'est vrai ? Parce que j'y ai pensé et repensé, et je ne vois pas pourquoi.

— Parce que je te fais peur. Parce que je la joue au culot. Parce que je suis tout ce que tu veux, mais que tu refuses de reconnaître.

L'accent railleur… lui avait manqué aussi.

— C'est tout à fait vrai, mais je pense plutôt qu'un simple regard m'aurait suffi pour voir exactement ce dont tu étais capable. Ce sont des hommes comme toi qui ont ruiné le monde.

Elle inspira profondément et, ayant accompli la prouesse d'ouvrir ses paupières, se prépara à se tourner vers le fantôme pour le transpercer du regard. Elle pivota la tête de côté et posa les yeux sur ses bottes… qui avaient bien besoin d'être cirées. Elle releva les yeux et vit un jean sale, une chemise, un homme vêtu d'une veste, la barbe qui lui mangeait désormais le visage.

— Je sais qui tu es, Kingston.

Était-ce du soulagement qu'elle vit dans ses yeux ?

— Je sais.

— Mais on n'en a jamais parlé, pas vraiment.

Bon Dieu, comme elle était sale, couverte de boue, ses cheveux emmêlés. Elle passa une main dans sa chevelure hirsute, comme pour essayer de s'épousseter, et continua :

— Ce sont les yeux, les pommettes. Tu as hérité du charme de Joan mais, au fond, tu as tout de ton papa.

— Joan serait fière de te l'entendre dire. C'était son seul rôle. Être belle et élever un héritier. Elle t'a déjà dit qu'elle avait été dauphine du concours Miss America ? ajouta le capitaine, tel le politicien qualifié. Née et élevée pour devenir la femme d'un homme politique.

— Et bon-papa ayant été gouverneur, papa était…

— Sénateur, répondit le fantôme sans même paraître embarrassé.

— Pas n'importe quel sénateur. Un partisan de la police privée sans formation de feu le président. L'armée qu'il a fait déferler sur les villes pour tuer, arrêter et terrifier les habitants qui se soulevaient contre le régime. Un sympathisant de la guerre que l'Amérique a lancée. Aussi malfaisant que toi.

— Je ne suis pas mon père…

— Continue à te le répéter.

— Je ne suis pas mon père, parce que je ne me serais jamais contenté du Sénat alors que j'aurais pu gagner le bureau ovale, dit-il avec son habituel plissement d'yeux irrité.

— Quelle forme a ton bureau sur le bateau ? lança-t-elle, car il ne méritait que moquerie de sa part.

— Rectangulaire.

— Mouais…, fit-elle, légèrement amusée. Ta mère a peur pour toi. Qu'est-ce que ça fait d'avoir une mère encore en vie et capable de craindre pour l'avenir de son enfant ? La mienne me manque. Elle me manque d'une manière que je ne peux pas décrire. Pas uniquement parce qu'elle était sévère, mais parce qu'elle était remarquable.

Et Eugenia voulait dire *remarquable* comme les artistes étaient remarquables. Comme les pays étaient remarquables. Sa mère avait été un rouleau compresseur qui avait changé le monde pour le mieux. Toutes ses connaissances chirurgicales avaient péri pour toujours, à cause du père d'Aaron.

— Eugenia, que t'a dit Joan ? demanda le fantôme en faisant un pas prudent vers elle.

— Elle m'a dit la vérité. Que tu ne peux pas m'avoir et maintenir la paix à bord. Et tu le sais aussi.

Puisqu'était venue l'heure des derniers sacrements et tout ça, elle en rajouta :

— Et, même si je te hais, je ne voudrais pas voir ton travail échouer juste parce que tous les deux, on était…

— Amoureux ?

— Appelle-le comme tu veux. Ça n'a aucune importance.

— Ça en a pour moi, dit-il, le souffle court, l'air déchiré.

Combien de fois devait-elle le répéter ?

— Tu n'as pas le droit d'être heureux.

— Pourquoi ?

— Parce que j'ai peur du niveau 9, répondit-elle, un sanglot coincé dans la gorge. De ce qu'il signifie pour le monde. De ce qu'il ferait de moi si je le laissais exister.

— Je sais, dit-il avec tant d'émotion, tant d'amour dans ses yeux noisette. Raison pour laquelle je te prive de tout choix. Il n'y aura pas de culpabilité, parce que je te vole à ce monde. Parce qu'à partir de maintenant, tu m'appartiens. Et je te le rappellerai tous les jours.

Pleurait-il ? Les fantômes ne pleuraient pas. Ceci… ceci ne pouvait être réel.

— Aaron ?

Il recula le bras vers les bois morts et fit un signe de la main dans son dos.

— Les gars, attachez-la.

Chapitre dix-huit

Comme c'était différent de la première fois qu'elle avait vu ces lumières accueillantes, leur étincelle appâtant les étrangers récalcitrants. Sa tête posée sur les genoux d'Aaron, elle ne regardait pas la lueur tentante de la civilisation depuis un pont en pierre à moitié effondré. Elle n'avait pas besoin de plisser les yeux pour voir ce qui se cachait derrière les arbres.

À bord du canot qui la ramenait chez elle, Eugenia pouvait voir le bateau clairement, plus imposant à chaque coup de rame.

Il n'y avait pas de John en train de courir vers la berge, abandonnant son sac et plongeant dans les eaux troubles.

Il n'y avait qu'Aaron, qui n'avait cessé de caresser ses cheveux pendant les heures qu'il avait fallu aux hommes pour ramer à contre-courant. Il n'y avait que la fièvre et ses poignets endoloris à force de lutter contre la corde qui entravait ses membres affaiblis.

En revanche, le bateau n'avait pas changé depuis cette première terrible rencontre.

Beau, gai, un phare accueillant dans un monde de cadavres pourrissants.

Un mauvais endroit.

Ou alors était-ce un bon endroit, où se passaient de mauvaises choses ?

Il n'y avait pas que des hommes stationnés sur la passerelle. Les ponts étaient bondés. La foule en liesse.

Elle entendit son prénom, que l'on criait pour l'accueillir. Comme si c'était sa place. Comme si elle leur avait manqué.

— Là, là…

Le capitaine pinça son menton et fit tourner sa tête afin qu'elle croise son regard. Afin qu'elle voie son intention, son sourire… sa victoire.

— Tu n'as pas le choix, tu te souviens ?

Et, puisqu'elle n'avait pas le choix… elle pouvait sans s'en vouloir laisser ce petit élan de soulagement faire palpiter son cœur.

Consciente que, tant qu'elle luttait pour détacher les cordes qui retenaient ses poignets et ses chevilles – tant qu'Aaron la forçait à franchir le seuil –, remonter à bord du bateau ne serait pas vu comme un acte de capitulation.

En entendant les sifflets, en voyant les vagues de triomphe, on aurait pu croire que le capitaine ramenait sa jeune mariée à la maison, et non une vagabonde vêtue d'une robe souillée, qui puait la transpiration et la maladie. Il la souleva dans ses bras et emprunta le tapis rouge, comme s'il revenait victorieux de la guerre, ramenait à la maison la femme qu'ils connaissaient tous.

Une femme qu'il n'allait pas partager. Et ce au nez et à la barbe de l'équipage et des femmes du niveau 15, qui l'acclamaient néanmoins.

Les dictateurs ne demandaient pas s'ils pouvaient avoir ce qu'ils voulaient ; ils le prenaient. Et le régime ne posait pas de questions.

Pas tant qu'ils étaient nourris. Pas tant qu'ils avaient des tickets à gagner et des femmes pour les divertir.

Pas tant qu'ils pouvaient acheter un cycle et peut-être engendrer un enfant.

Était-ce tellement différent du monde avant l'effondrement de la société ?

Des femmes d'hommes puissants, choisies parmi une horde de jolies candidates dans les coulisses du concours Miss America ? Désormais, elles étaient pêchées dans des lacs pourris, pavanées dans des costumes de vilaines écolières cathos, forcées de rester sans bouger tandis que les hommes renversaient leurs restes sur leurs têtes. Non, vraiment : rien n'avait changé.

Après que ses hommes l'eurent attachée, qu'elle se fut lassée de se débattre, un peu perdue, le capitaine lui avait glissé la bague au doigt.

Maintenant, avec ses mains attachées devant elle, elle pouvait voir le soleil couchant se refléter sur l'anneau doré.

Cela n'aurait pas pu être celui de Joan ; trop quelconque. Joan aurait porté un immense diamant.

Mais quelconque ne la dérangeait pas ; l'anneau lui allait même comme un gant. Comme s'il l'avait prévu, plus elle essayait de se débattre, plus elle le sentait la peser.

Aaron l'avait appelée sa femme.

Il lui avait murmuré ses vœux sur la berge boueuse du Mississippi, en la serrant contre ses muscles solides. Bâillonnée, elle n'avait pu que le foudroyer du regard tandis qu'il promettait de la garder pour toujours.

De la traquer s'il lui venait encore une fois à l'idée que sa place était ailleurs qu'à ses côtés.

De l'aimer.

De la nourrir et de s'occuper de leurs enfants.

Eugenia ne lui avait fait aucune promesse. Ainsi tournait le monde.

Elle aurait pu lui promettre de lui arracher le cœur qu'il aurait souri, l'aurait embrassée sur le front et embarquée à bord du canot pneumatique.

Parce qu'elle *n'avait pas le choix*.

Elle n'eut pas le choix quant à l'examen qui suivit son retour à bord. Elle n'eut pas le choix quand Aaron découpa sa robe, puis la savonna dans une baignoire remplie d'eau tiède, ou quand il la glissa sous des draps propres, alors qu'elle était trop fatiguée pour continuer à lutter.

Un homme qu'Eugenia reconnut comme un habitué de la table numéro 2 – celui qui lui avait promis trois bières en échange d'une victoire aux échecs – l'examina et la manipula tandis qu'Aaron la maintenait immobile.

Il se présenta même. Dr Herbert, qui s'était assis à sa table chaque fois qu'il avait eu l'occasion de monter sur le pont.

Trois jours de fièvre. Le capitaine s'occupa du seau pendant qu'elle se purgeait de ce qui l'avait empoisonnée lorsqu'elle fourrageait dans les bois. Il lui tint les cheveux en lui répétant en boucle combien elle était belle et forte. Qu'elle irait mieux. Que tout irait bien.

Elle resta alitée longtemps, puis se remit assez pour pouvoir se promener prudemment sur le pont. Sous attention constante. Dîners privés aux chandelles. Des moments de paix, pour qu'elle se remette.

Et pas une seule dispute. À peine l'une ou l'autre conversation.

Eugenia ne savait pas quoi dire. Pour une fois, le capitaine ne la poussa pas.

Pas d'ébats sur son lit immense, uniquement de douces caresses dans le noir. Leurs corps mêlés, les grasses matinées passées à paresser.

— J'ai gagné ! annonça Eugenia quand ses règles arrivèrent, ignorant ses crampes pour faire face à son ravisseur.

Se souciant peu qu'elle ait souillé les draps, celui-ci l'attira contre son torse pour caresser ses cheveux.

— Oui, mon cœur.

Le sang était juste là. Juste là, sur le drap. Puis l'accablement la prit, et elle lança tristement :

— Il n'y a pas de bébé.

— On peut réessayer, dit l'homme en resserrant ses bras, son corps ferme la soutenant. Ne pleure pas.

Mais elle pleura. Elle s'effondra sans savoir pourquoi.

***

Le tome II du *Manuel de pédiatrie de Nelson* dans les mains. Aaron en train de lui masser les pieds. Une soirée sombre, paresseuse, sur le canapé, tandis qu'Eugenia lisait à la lueur de la bougie.

Un pouce s'enfonça dans sa plante de pied, ce qui la fit automatiquement cambrer le dos. Elle lutta contre la tentation de fermer les yeux et de se laisser aller.

— Eugenia…

Le ton taquin ; la langue glissant sur ses orteils, l'appelant.

Un appel très clair pour *quelque chose de plus*.

Aaron retroussa les babines en lui ôtant le livre des doigts. Les précieuses connaissances disparurent pour laisser apparaître le mâle affamé, rôdant. Lent, efficace dans sa conquête de la demoiselle sur son canapé.

Le premier baiser ne fut pas inquisiteur. Ni curieux. Il ne demandait pas de permission.

Elle ne le laissa pas s'en sortir impunément. Les mains étalées sur son torse, comme si elle s'imaginait capable de repousser son poids, elle mordit. Et il rit, puis la mordit à son tour, jusqu'à ce qu'elle couine.

Son grognement invita le capitaine à jeter le livre par terre, se glisser entre ses cuisses et lui soutirer un cri lorsqu'il se frotta contre elle.

Tout en grondant et en poussant des gémissements rauques, il déhancha son bassin tout habillé entre ses cuisses.

— Arrête de me repousser. Arrête de faire comme si tu ne me matais pas et de rougir quand je te surprends. Arrête de me tourmenter. Arrête de freiner des quatre fers.

— Tu veux que je me mette à quatre pattes et que je regarde devant moi ? lança Eugenia sans savoir si sa méchanceté était intentionnelle ou non.

Elle put voir la peine d'Aaron, même s'il l'avait profondément enfouie dans son regard inquisiteur.

— Je veux voir ton visage. Tu le sais, répondit-il en frottant son érection encore plus dure contre sa culotte. Même si je te ferai l'amour comme ça quand je serai d'humeur.

Il l'appelait toujours *faire l'amour*. Il lui murmurait toutes les choses qu'il lui ferait à l'oreille, dès son réveil, lui détaillait toutes les parties de son corps qu'il avait hâte de *lécher, sucer, cajoler* quand ils se douchaient.

Deux semaines de réadaptation et de séduction incessante.

Qui se terminaient maintenant.

Parce qu'elle mouillait – il avait ce pouvoir. Et, surtout, il avait ce talent.

Mais du pouvoir de séduction, elle en avait aussi. Elle laissait toujours son regard s'attarder sur son corps avant qu'il ne *parte travailler*, ce qui le poussait à ajuster son érection et à la maudire. Elle se léchait les lèvres lorsqu'elle dévorait du poisson ou les fruits que leur apportait Joan, ouvertement charnelle et entièrement cruelle. Elle avait fait de lui un monstre bouillonnant de besoin.

Un besoin qu'elle refusait de combler, mais encourageait avec ses gloussements mesquins et ses morsures sadiques.

C'était leur jeu.

Pourchasser et prendre.

— Aaron ?

— Oui, mon cœur ? demanda-t-il en salivant.

Pas question qu'elle le laisse s'en tirer à si bon compte. Approchant ses lèvres pleines de son oreille, elle murmura :

— Je n'ai jamais enseigné mes talents de suceuse à Chloé.

— Putain…

— Mais je n'avalerai pas tant que tu ne m'auras pas regardée dans les yeux tout du long. Que tu n'auras pas dit mon nom. Que tu n'auras pas joui où je peux te goûter.

— Tu es une tortionnaire, gronda-t-il en ruant.

Ce qui la fit bien rire. Elle continua à rire pendant qu'elle le poussait à s'asseoir. Pendant qu'il se débattait pour détacher sa ceinture et baisser sa braguette. Pendant qu'il se débarrassait de son jean et libérait sa queue incroyable. Tout sourire, elle se baissa entre ses cuisses et croisa le regard masculin le plus affamé, le plus vulnérable qui soit. Lui lança un clin d'œil.

Et puis elle le fit souffrir.

Cela faisait peut-être six ans, mais les vierges qui voulaient à tout prix éviter la pénétration connaissaient des trucs que la majorité des hommes ne pouvaient pas imaginer.

Prolongeant sa torture, avalant son membre en entier, caressant des parties de son anatomie qui auraient fait crier la plupart des hommes, elle lui donna un orgasme qui le poussa à faire bien plus que scander son nom.

Tout le long, il la regarda dans les yeux – l'homme exposé, amoureux, manipulateur, cruel, bon, solitaire, implacable qu'il était.

Eugenia le but comme du bon vin.

Elle retira sa queue en faisant pop et sourit avant de reprendre son souffle.

— C'était cruel.

— Chloé le fait mieux que moi ? demanda-t-elle en s'essuyant la bouche du revers de la main.

En guise de réponse, il plissa les yeux et poussa un gémissement agité.

— Tous les hommes à qui tu as fait ça… ils ont de la chance de ne pas être à bord de mon bateau.

Ce qui la fit rire de plus belle.

— Tu es marrant quand tu es jaloux.

Le sujet de la jalousie était comme l'épine qui le blessait continuellement. Le capitaine fronça les sourcils.

— Dis-moi que tu m'aimes.

— Fais-moi ton truc avec la langue, le défia-t-elle, le sourcil haussé.

— Non.

Il était de nouveau l'amant taquin. Celui qui avait besoin de tellement qu'elle ne comblerait jamais le vide.

Il appelait ça *faire l'amour*, mais ce qu'il lui fit cette nuit-là – partout sauf sur le lit –, Eugenia n'avait pas d'autre mot pour le décrire que « baiser ».

Charnel. Passionné. Sale.

Contre le mur dans un coin. Sur le dossier du canapé, ses jambes écartées sur ses bras. Sur le sol, pendant qu'elle essayait de ramper vers l'oreiller. Il la profana dans chaque recoin de la cabine.

À chaque fois, elle lui donna autant qu'elle reçut.

Si cela avait été un jeu, qu'il y avait eu un tableau d'affichage… Il cria son prénom trois fois de plus qu'elle.

Elle avait gagné.

Et elle emmena sa victoire sur un lit doux, dans les bras d'un homme dur, souriant tout en rêvant de pizza et de merveilles médicales qu'elle pouvait autrefois chercher sur Internet.

Chapitre dix-neuf

Le capitaine la fixa d'un regard de braise tout en enfonçant ses doigts entre ses lèvres fourmillantes, déjà couvertes de sa semence.

Les prunelles noisette étaient fixées sur son entrejambe, sur sa poitrine qui se soulevait. Sur la femme qui se mordillait la lèvre – mais pas de la manière taquine qu'elle utilisait généralement pour le rendre fou. Plutôt de la manière désespérée d'une vierge complètement dépassée.

— Jouis encore une fois sur mes doigts et j'arrêterai. Sinon, je te referai l'amour. Par derrière, ajouta-t-il avec un sourire cruel.

Elle avait appris que « par derrière » n'était pas la position typique, cul en l'air, qu'il réservait aux femmes du niveau 15. Avec elle, il gardait la main sur son clitoris, l'enfonçait contre le matelas, chevauchait ses cuisses fermées et la torturait sexuellement jusqu'à ce qu'elle voie trente-six chandelles.

— Pour l'amour de Dieu, espèce de pervers ! cracha-t-elle, les jambes tremblantes, incroyablement émoustillée. Rentre ton *truc* tout de suite ! Tu m'as déjà baisée deux fois ce matin.

En gloussant, il fit des cercles autour de son clitoris, le frottant *juste comme il fallait* avec son pouce pour faire rouler ses yeux dans leurs orbites.

— Si tu ne veux pas une troisième salve, j'ai intérêt à sentir tes parois comprimer mes doigts. Si tu essaies de simuler, je t'emmènerai dans l'univers sombre et croustillant de la sodomie.

Ses hanches s'immobilisèrent ; un sourcil roux se haussa.

— Tu appelles ton éjaculation une salve ?

— Alors ce sera une troisième. Allez, debout ! ordonna-t-il d'un ton coquin, cruel, en faisant ombre sur elle.

— Non. Purée, Aaron. Je vais jouir. Continue… à faire ce que tu faisais. Ou laisse-moi te sucer, si tu veux. Tu dois arrêter d'éjaculer en moi.

— Tu n'as pas le choix, tu te souviens ? ronronna-t-il en souriant jusqu'aux oreilles. Mettons un polichinelle dans ton tiroir, d'accord ?

— Si je n'ai pas le choix, pourquoi termines-tu ton discours par une question ?

C'était une bonne question, même s'il n'allait pas se chamailler avec elle sur ce point. Pas quand il pouvait simplement la retourner et se frayer un passage en elle.

Il ne se gêna pas.

Il la pénétra, étira ses parois glissantes, titilla des zones qui lui coupèrent le souffle et la firent fondre.

Puis il la pilonna lentement et absolument. En maintenant ses mains, poignet contre poignet, sur la cambrure de ses reins. En lui faisant sentir chaque centimètre de son gabarit tout en titillant son clitoris.

— Tu as été créée pour cette queue.

Qu'il pouvait à présent enfouir jusqu'aux bourses en elle. Un miracle de la médecine, si l'on pouvait dire.

Quand il lui faisait toutes ces choses, elle était incapable de réfléchir ou même de répondre.

— Je t'aime, dit-il, comme il le disait souvent, avec assurance.

Et ces mots la propulsèrent dans l'au-delà. Sa chatte palpita, et elle rua contre lui comme pour en redemander. Elle poussa un cri lorsqu'elle sentit l'orgasme déferler.

Juste là ; il ne lui fallait plus qu'un dernier déhanchement brutal.

Comme s'il pouvait sentir son désespoir autour de son gland, il taquina son entrée, la rendant folle de besoin en remuant sa queue trop lentement et ses doigts trop vite.

Immobilisée comme elle l'était, elle ne put que se cambrer et se tortiller sous lui.

Nul homme ne devrait être si bien monté, mais c'était le cas de son bourreau.

— C'est comme ça que tu me dis que tu m'aimes, Eugenia. Dis-le-moi en jouissant. En acceptant ce que j'ai à te donner. Je sais que, pour l'instant, tu ne peux pas le dire autrement.

Ce n'était pas juste, parce qu'elle avait perdu tout contrôle, écrasée par la puissance de l'orgasme qu'il lui procura avec ses mots rauques et un dernier déhanchement ferme. Une pénétration parfaite, qui la frappa là où il fallait, qu'elle fut forcée de sentir, armée de l'excuse la plus merveilleuse au monde contre cette invasion incessante :

Elle *n'avait pas le choix*.

Elle sentit sa queue palpiter, entendit son râle viril ; son orgasme lui avait apporté la jouissance. Il voulait qu'elle ait tout de lui. Il voulait pénétrer toutes ses cellules.

Il la noua de l'intérieur, puis l'effilocha à chaque mot doux. Le sentir éjaculer, le recul, l'assaut, sa manière de la plaquer sur place en se donnant tout à elle…

Elle encaissa, et elle en voulait tellement plus ! Elle avait peur d'elle-même et de ce qu'il pouvait faire naître en elle.

— Et je t'aimerai toujours, Eugenia.

Tout son poids reposait sur elle ; comme à chaque fois, il l'empêchait de se précipiter vers la salle de bain pour se rincer.

— Tu crois que je ne comprends pas ce que tu essaies de faire ? haleta-t-elle, agacée et complètement baisée.

— Tu as mal ? demanda-t-il, transpirant et essoufflé, contre son dos.

Un peu.

— Dis-le. Vas-y, accouche.

— Tu n'as pas essayé de t'échapper de la semaine.

— Piller la cuisine n'était pas une tentative d'évasion. Et puis, si tu laisses la porte ouverte et que tu ne me trouves pas à ton retour, peut-être que tu devrais réfléchir un peu avant de me charger comme un taureau et de m'arracher ma culotte.

— Tu n'es pas la bienvenue au niveau 15 et tu le sais, gronda-t-il tout bas dans son oreille. Raison pour laquelle je t'ai baisée sur la table quand je t'ai trouvée.

Devant plus de témoins qu'Eugenia n'était prête à l'accepter. Sans rire – il avait attiré toute une foule. Sa paume sur sa bouche, étouffant toute protestation. Et, alors que les femmes ébahies détalaient de la pièce, elle avait joui... si vite qu'elle ne s'y était pas attendu. Ensuite, il lui avait préparé un sandwich.

Qu'elle avait été forcée de manger à table, pendant que son sperme dégoulinait sur sa jupe et formait une mare sur la chaise.

Le sandwich avait été délicieux.

Son regard courroucé, encore plus savoureux, même si c'était clairement pour l'appâter.

Comme il l'avait appâtée avec des vêtements normaux. Avec les fraises de Joan, qui n'étaient évidemment pas cultivées en hiver dans des champs cachés dans les bois morts.

Tout cela pour la mener au seul endroit qu'il voulait qu'elle accepte.

Un endroit qui la faisait frissonner quand son nom franchissait ses lèvres dans un murmure troublé.

— Tu vas m'emmener au niveau 9.

Bien qu'il vienne d'éjaculer, il recommença à se déhancher. Comme s'il ne pouvait se lasser de sa chatte divine.

— Et tu y resteras enfermée pour la journée.

Finis, les compliments. Elle fronça les sourcils en sentant son cœur chuter dans ses talons.

— Ces quelques dernières semaines, faire semblant a été amusant, soupira-t-elle. Quel dommage que la réalité finisse toujours par tout gâcher.

— Oh, mon cœur, dit Aaron en la retournant dans ses bras pour embrasser sa moue. Je sais que tu as peur, et je te jure que tout ira bien.

Il ne lui avait encore jamais menti, mais ses estimations de ce *qui irait bien ou pas* étaient une zone d'ombre.

— Ne t'imagine pas que tu pourras me garder là si je ne veux pas rester.

L'air sévère, il l'embrassa farouchement.

— Et *toi*, ne t'imagine pas que je ne te traquerai pas où que tu ailles. Ta place est ici, avec moi.

***

Il l'accompagna jusqu'à l'entrée du niveau 9, puis l'embrassa sur la bouche, comme si conduire sa femme au camp d'esclaves était une manière comme une autre de commencer la journée. Puis il l'abandonna en sifflotant. Alors qu'elle aurait pu tourner les talons et fuir.

Elle était tentée.

Très tentée.

À la place, Eugenia rassembla le courage d'entrer, enfin prête à voir de ses propres yeux ce qu'il avait créé.

Joan l'attendait de l'autre côté.

— Tu es en retard.

De plus d'une manière. Ce que le capitaine savait, s'il tenait un calendrier.

— Qu'on en finisse.

Joan lui décocha un rictus familier. Telle mère, tel fils.

— Eh bien, quel rayon de soleil tu fais, cet après-midi.

Effectivement. Un rayon de soleil cancérigène.

Eugenia était prête pour sa visite guidée.

— Comme tu peux le voir, les balcons intérieurs de la promenade ont été convertis en potagers suspendus, en quelque sorte. Tous les déchets organiques servent à créer du compost à bord. Au niveau 6, là où les poulets le retournent et le fertilisent. Il y a des panneaux solaires sur le toit, même s'ils sont retirés et stockés pendant les orages

224

de printemps, continua Joan, l'air très fière de tous ces accomplissements. On a toujours un mois entier d'obscurité et de douches froides.

Eugenia leva les yeux au ciel – Joan le méritait.

— Vous n'avez vraiment pas idée de ce que c'est, de vivre dehors, hein, Joan ?

Celle-ci s'arrêta si vite que sa coupe au bol vola autour de sa tête.

— Écoute, jeune fille, tu es Mme Kingston, maintenant, dit-elle en se retournant, un doigt levé. Combien de fois t'ai-je dit que tu pouvais m'appeler « Mère » ?

— Mon nom de famille est York.

— Dieu du ciel ! grogna Joan, comme si l'idée l'ulcérait. Bien sûr, tu dois être une de ces femmes qui insistent pour garder leur nom de famille.

Eugenia gloussa, parce que ce badinage, ces chamailleries idiotes, cette normalité, lui avaient manqué.

— Ce n'est pas parce qu'il me force à porter une bague et affirme à tout va qu'on est mariés que c'est le cas.

— Je t'ai déjà dit la même chose qu'à lui. Il n'y a pas de curé à bord ! Contente-toi de… t'adapter et de faire attention, ajouta Joan, irritée et moralisatrice.

— Vous savez que je suis athée, n'est-ce pas ? lança-t-elle, car se moquer de Joan était vraiment trop poilant.

Celle-ci ferma les yeux et inspira si profondément que ses épaules se soulevèrent, comme si elle se mordait la langue.

— Aaron l'est aussi, reprit Eugenia en souriant de plus belle. Il ne vous l'a jamais dit ?

— C'est une phase, dit Joan en grinçant visiblement des dents.

— *Mère*, il a quarante et un ans. Ce n'est pas une phase.

— Les Kingston sont des baptistes. Un point c'est tout.

— Et moi, je suis une York, contra Eugenia en rejetant ses cheveux roux derrière son épaule.

— Tu es une Kingston ! Maintenant, ferme-la et concentre-toi. Gretchen a commencé le travail et, contrairement à lui, je n'ai pas toute la journée pour me plier à tes caprices. Tu es une femme parmi beaucoup d'autres à bord, et toutes comptent sur toi pour apporter ta contribution. Et ne t'avise pas de gâcher la naissance en faisant la difficile, continua-t-elle, la menaçant comme une mère l'aurait fait. Tu vas sourire comme le reste des femmes et mettre au monde le bébé.

Était-ce pour cette raison qu'il l'avait manipulée pour qu'elle craque aujourd'hui ?

— Je ne sais pas comment mettre des bébés au monde ! Ce qui m'intéresse, c'est la pédiatrie. Je me moque des adultes. Et je ne suis pas médecin.

— Les hommes ne sont pas autorisés ici, ce qui fait de toi le seul médecin sur qui elles peuvent compter. À part si tu veux dire à Gretchen qu'elle va devoir se dandiner jusqu'à la baie médicale et accoucher loin de sa famille et de ses amies. Elle se réjouissait tellement de voir une femme médecin qu'il serait extrêmement égoïste de ta part de la laisser en plan.

Mais Eugenia n'était pas médecin ! Elle en était très loin.

— Ce serait plus sûr pour elle. Je n'ai aucune expérience pratique. Et je n'ai jamais étudié l'obstétrique.

Attendrie, Joan posa une main sur l'épaule de sa bru.

— J'ai mis au monde des dizaines de bébés. J'ai trouvé ma vocation après la guerre. Et je t'apprendrai. Le reste, le Dr Herbert te l'enseignera pendant ton internat. De neuf à dix-sept heures, du lundi au vendredi.

L'appât parfait pour capter son attention et la lier au bateau.

— C'était votre idée ou la sienne ?

— Ne pose pas de questions auxquelles tu connais déjà la réponse, marmonna Joan, perdant patience. Je n'approuve que parce que c'est une solution pratique qui n'entraînera probablement pas trop d'agitation.

— Vous prostituez des femmes au niveau 15. Ne jouez pas les moralisatrices, *Madame*.

— Tu es tellement fruste dans ton emportement. Tu crois que j'ai perdu mon sang-froid devant la Première dame quand elle a menacé de liquider ma famille si mon cher George votait contre l'agenda du président ? Non. J'ai souri et j'ai joué mon rôle.

— Le sénateur Kingston aurait voté pour la guerre de la patate quoi qu'il arrive.

— Tout comme tu mettras au monde le bébé de Gretchen quoi qu'il arrive… Raison pour laquelle j'ai trouvé le comportement de la Première dame absolument ridicule. Sais-tu que cette connasse a affirmé que j'avais fait écraser son horrible chien ? ajouta Joan, comme si elle était encore Miss America. C'était placardé partout dans les tabloïdes.

Ce fut au tour d'Eugenia de grincer des dents.

— J'aime bien les chiens.

— Oh, tu n'aurais pas apprécié celui-là… un vrai rat aux dents pointues. Les véritables chiens ne tiennent pas dans des sacs à main.

— Ce qui justifie votre acte ? demanda Eugenia, trouvant la logique de la vieille femme fascinante.

— Attends un peu que quelqu'un menace tes enfants, lança Joan, toute chicanerie s'envolant. Tu ne t'arrêteras devant rien pour les protéger. Et je ne plaisante pas. Il n'y a rien que tu ne feras pas pour ton bébé.

Et Eugenia qui avait deux semaines de retard…

La lune de miel était terminée, la probabilité d'une implantation haute. Surtout étant donné le nombre de fois où elle l'avait laissé la baiser.

Le nombre de fois où ils avaient *fait l'amour*.

Pire que tout, Eugenia se sentait *amoureuse*.

Bon sang, elle allait être malade !

La vieille femme s'attendrit, comme si elle pouvait lire la terreur dans ses yeux.

— C'est trop tôt pour en être sûr mais, si ce n'est pas ce mois-ci, ce sera pour bientôt. Tout le monde est nerveux la première fois. Ce que tu ressens est normal.

— Les circonstances ne sont *pas* normales.

Sa lèvre venait-elle de frémir ? Quelle gêne ! Elle ne parviendrait jamais à l'oublier.

Joan attrapa son bras pour lui prodiguer sa sagesse, d'une mère à sa fille, comme depuis l'aube de l'humanité.

— La nouvelle normalité, alors. Un bébé en bonne santé, né ici. Un enfant qui prospérera dans tout ceci.

Et *tout ceci* était effectivement grandiose, maintenant qu'Eugenia se tenait en son milieu. Un palace caché en plein cœur du bateau. Le pont avait été transformé en foyer familial, rempli d'enfants émerveillés et heureux. Les femmes papotaient, riaient et allaitaient leurs bébés. Les orphelins trouvaient des mères prêtes à les serrer dans leurs bras.

Celles qui refusaient de se soumettre à leurs responsabilités étaient mutées ailleurs sur le bateau, dans un endroit qu'aucune de ces femmes ne confierait à l'épouse du capitaine.

Un concept effrayant, grotesque… Ce qui n'empêcha pas Joan d'aborder nonchalamment le sujet, en passant, pendant la visite.

Pourtant, Brooke était ici, en train de se promener dans la végétation, de se remettre lentement du choc. Entourée de sœurs qui comprenaient, qui seraient là pour elle. Qui se moquaient qu'elle se pisse dessus ou s'arrache les cheveux ou ses vêtements.

Qui savaient quoi dire et sur quel ton le dire.

C'était Eugenia, l'intruse au niveau 9.

Les femmes qui l'observaient de près s'assurèrent qu'elle le comprenne. C'était *leur* foyer, et elles étaient prêtes à la piétiner si elle essayait de le leur voler.

La menace n'était pas à prendre à la légère. Une mère à elle seule était bien plus intimidante que tous les hommes qu'Eugenia avait rencontrés à bord. Elles avaient toutes des familles à protéger, étaient toutes prêtes à s'armer pour conserver ce qu'elles s'étaient échinées à construire.

Et les hommes n'en avaient pas la moindre idée…

Tandis qu'elle leur était présentée à chacune, tour à tour, Eugenia se demanda si Aaron le soupçonnait. Si c'était la véritable raison pour laquelle il ne l'avait pas enfermée ici après l'avoir repêchée du lac.

Parce qu'alors, elle n'aurait pas eu besoin de lui pour badiner. Parce qu'au niveau 9 se trouvaient de nombreux esprits vifs. Parce qu'elle aurait trouvé du réconfort dans les bras d'autres femmes et se serait soumise, pour avoir elle aussi un bébé à son sein et une communauté à partager.

Cela dit, de manière détournée, le capitaine s'était efforcé de créer le même résultat.

Comment une seule femme était censée s'occuper de ce pénis surdimensionné pour le restant de ses jours, Eugenia l'ignorait.

L'instant d'après, elle se retrouverait à faire du yoga tous les matins avec les autres femmes. Pouah !

— Tu as entendu ce que j'ai dit à propos de l'évacuation ?

Pas vraiment, non…

— Oui, oui. Les déchets organiques s'accumulent et doivent être systématiquement retirés pour éviter de boucher tout le système d'évacuation des eaux.

Après un hochement de tête approbateur, Joan reprit la visite. Et Eugenia suivit.

Trois heures plus tard, elles furent appelées pour rejoindre une femme en plein travail, qui grognait bruyamment. Une femme qui avait déjà accouché de trois bébés – du genre hyper fertile, quoi.

Et heureuse.

Gretchen était aux anges quand le bébé brailleur fut posé contre son sein, quand elle put tenir son quatrième enfant alors qu'il poussait son premier cri.

Même s'il n'y avait pas de père ; même si aucun des enfants ne se ressemblait.

Les yeux rivés sur le liquide amniotique, le vernix et le sang qui couvraient ses mains non gantées, Eugenia sentit ses paupières brûler. Elle avait été la première à attraper le nouveau-né.

Puis elle posa les yeux sur Joan, qui lui avait expliqué chaque étape des moments finaux et extrêmement rapides de l'accouchement.

— Merci, dit-elle sincèrement.

— Tu n'as pas encore terminé, dit la vieille femme en souriant. Gretchen doit encore éjecter le placenta.

Un organe fascinant à observer en vrai, qui fut ensuite emporté pour être purifié et déshydraté, afin d'être incorporé aux repas quotidiens de la mère. Un organe gorgé d'hormones qui permettraient à son corps de se remettre de ses efforts.

De la science sensée, pensa Eugenia.

Chapitre vingt

— Tu as faim ? Le dîner est prêt.

Faim ? Toujours. Euphorique ? Absolument.

Aucun garde ou surveillant ne l'avait escortée du niveau 9 à la cabine du capitaine. Plus maintenant.

S'asseoir était… un défi, à présent qu'un petit pied s'était logé contre ses côtes droites. Se relever, alors que son ventre s'élargissait de jour en jour, était presque impossible. Ce qui ne l'empêcha pas de se laisser tomber sur le canapé avec un soupir las.

— Je vais juste faire une toute petite sieste, dit Eugenia en fermant les yeux, la tête posée sur un coussin.

— Tu n'as jamais été plus belle qu'en cet instant, dit-il, les lèvres sur son front.

— Arrête ton char, Aaron.

Elle avait l'impression d'être une baleine. Une baleine à rayures, puisqu'elle avait hérité du gène des vergetures.

Il posa une assiette sur son ventre, et celle-ci resta en équilibre.

— Mange. Tu te sentiras mieux.

De la citrouille rôtie accompagnée d'oignons et de poisson. Tout ce qu'elle crevait d'envie de manger depuis ce matin-là. Elle lui avait dit combien elle en avait besoin. Elle dévora la délicieuse, la glorieuse offrande comme un animal affamé. Puis elle se sentit effectivement mieux. Comme une femme nouvelle. Une femme prête à parler au bel homme qui lui enlevait ses chaussures.

— J'ai réparé une jambe cassée, aujourd'hui. Une fracture ouverte. Vraiment moche, sourit-elle en croisant son regard. Tu aurais dû voir.

— Je dirai aux hommes que tu te délectes de leurs souffrances, rit-il en retirant la deuxième.

— Merde, j'ai encore besoin de pisser, se désola-t-elle, car il lui faudrait quitter le confort du canapé.

— Alors debout.

Il mit son assiette de côté et souleva sa femme enceinte jusqu'aux yeux.

Lui vola un baiser avant qu'elle ait pu s'échapper. Un baiser qui apaisa son humeur et changea son cap ; elle se détendit contre lui, un petit sourire aux lèvres.

Les paupières entrouvertes, Eugenia vit son regard doux, comme toujours, et son sourire se mua en froncement de sourcils.

— Tu sais, elles détestent que je sois forcée de quitter le niveau 9 pour revenir ici tous les soirs. Ces femmes, elles ne savent pas comment tu es vraiment. Elles ne connaissent que ce que tu leur as fait.

Trop de femmes au niveau 9 avaient été baisées trop fort par un homme cruel, indifférent. Certaines s'étaient même rêvées amoureuses, jusqu'à ce qu'elles comprennent ce qu'il leur avait fait subir au niveau 15. D'autres ne l'avaient jamais vu, sauf le jour où elles avaient mis le pied à bord. Elles ne se rappelaient que sa manière de leur décrire froidement leur avenir avant de les jeter dans une cabine, en isolation pendant un mois, pour s'ajuster.

Mais toutes les nouvelles ne débarquaient plus forcément au niveau 9. Celles qui refusaient vraiment étaient envoyées… ailleurs, cachées loin d'Eugenia, pour être engrossées.

Les bébés mis au monde à l'étage, tout juste arrachés à la matrice, criants, avaient besoin de lait.

Eugenia avait failli le tuer la première fois. Elle avait entaillé le capitaine si profondément avec son couteau à viande que le Dr Herbert avait dû être appelé pour le recoudre quand elle avait refusé de le faire.

Assise sur ses genoux, elle avait pleuré et juré qu'elle ne le regarderait jamais plus. Il avait expliqué que la mère avait promis de tuer l'enfant. Qu'elle avait déjà tué le précédent – que le petit garçon n'était pas en sécurité avec elle. Que quand les cas étaient compliqués, les femmes étaient nourries et lavées dans la mesure où elles l'acceptaient. *Qu'il n'avait pas le choix.*

Eugenia ne lui avait pas adressé la parole de la semaine.

Elle s'était réfugiée chez Brooke, qui était bien plus enceinte et cohérente quand Eugenia était arrivée, en pleurs, à sa porte.

Qui lui avait dit de se sortir la tête du cul.

Parce que Brooke avait vu le capitaine et sa prisonnière favorite. Parce que, mieux que toutes les femmes du niveau 9, elle savait combien ils s'aimaient et n'en avait jamais parlé.

— Le monde dehors est en feu, empli de douleur, Eugenia. Certaines ramènent leurs tourments ici, en sécurité. Le capitaine ne peut pas les laisser se propager.

Même si c'était complètement détraqué, Eugenia vivait le rêve dont elles rêvaient toutes. Mais elle avait quand même son mot à dire.

— Il force certaines femmes sur ce bateau à se reproduire… puis il leur enlève leurs enfants.

Le tissu cicatriciel déforma ses lèvres quand Brooke lui adressa un sourire sincère, torve.

— Et elles ont raison de refuser. Et il a raison de sauver des vies.

— C'est du viol, cracha-t-elle, le plus laid de tous les mots.

— Oui, concéda Brooke, qui savait de quoi elle parlait, à qui ce mot donnait des tics à l'œil. Mais je sais que ce n'est pas comme… ce qui m'est arrivé.

— Brooke, dit Eugenia en prenant la main de son amie, les joues mouillées de larmes. C'est exactement comme ce qui t'es arrivé.

— Mais tu l'aimes malgré tout, murmura Brooke en repoussant les boucles du visage de son amie.

Et les pleurs d'Eugenia avaient redoublé.

Parce que c'était vrai. Elle l'aimait tellement que, parfois, elle avait du mal à respirer.

Alors qu'elle s'auto-séquestrait au niveau 9, elle avait tenu ce nouveau-né orphelin en sentant son propre bébé grandir en elle. Elle avait observé les femmes qui se pâmaient devant lui, qui partageaient avec joie les responsabilités de l'allaitement. Elle s'était sentie ravie que l'enfant soit un des leurs, soit aimé.

Elle dormit toute la journée, toute la nuit, pendant une semaine. Elle se réveilla avec un tube de baume à lèvres goût cerise, placé entre ses doigts pendant qu'elle rêvait.

Et elle retourna dans sa cabine au coucher du soleil pour trouver un homme misérable, qui avait bien besoin de se laver et de se raser.

— Elles l'ont appelé Noah, dit-elle en posant sa bougie. Je ne veux pas savoir qui l'a engendré, parce que s'il met un pied dans ma clinique, je le tuerai.

— C'est équitable, accepta le capitaine, les yeux embués.

— Je ne plaisante pas. Je ne veux pas le voir jusqu'au jour de ma mort.

Aaron hocha la tête.

— Les sutures sont guéries ?

Il devait en avoir au moins vingt en travers du torse, là où elle l'avait lacéré.

C'était comme s'il ne l'avait pas entendue, qu'il était incapable d'inspirer de nouveau avant de l'avoir dit.

— Je t'aime.

— Je sais.

Ce qui lui brisa le cœur un peu plus. Il l'aimait si profondément qu'Eugenia se noyait parfois dans son amour.

— Tu as faim ? demanda-t-il sans aborder le sujet qui les divisait.

— Toujours.

Ils dînèrent aux chandelles.

Les mois passèrent ; leur bébé grandit.

Un autre nouveau-né sans mère arriva au niveau 9.

Eugenia se sentit douter. Elle avait peur.

Ils n'en parlèrent pas. Et, malgré toutes ses recherches, elle ne découvrit jamais où ces femmes récalcitrantes étaient enfermées sur le bateau.

Aaron la noyait sous l'attention, la couvrait d'affection, l'envoyait au septième ciel quand la grossesse la rendait nécessiteuse.

Il tolérait ses humeurs, ses bouderies. Il célébrait ses joies.

Tous deux passèrent un accord tacite : une part d'elle le haïrait toujours, et la plus grande part de lui absorberait cette haine et la transformerait en amour.

Il ne la méritait pas. Et elle ne le méritait pas non plus. Or, ils étaient là, leur bébé sur le point de naître. Sa vessie pleine, son sourire doux.

— Mon cœur, dit-il en posant les mains sur ses joues. Je me moque de ce qu'elles pensent. Quand tu es ici, ceux qui sont dehors ne savent rien de nos secrets.

Avec un soupir, elle posa les yeux sur le ventre qui les séparait. Sur le bébé qui manquait d'espace et allait bientôt sortir.

— Raison pour laquelle je te mérite.

Elle méritait le fardeau des préoccupations des autres femmes, de leurs questions sur sa santé d'esprit. Parce qu'elle ne leur avouerait jamais qu'elle avait volé quelque chose qu'aucune d'entre elles ne pouvait avoir.

— Tu as eu une longue journée et tu es fatiguée. Va aux toilettes, ordonna-t-il en la poussant vers la salle de bain. J'ai une surprise pour toi.

— La seule chose surprenante, c'est qu'un homme de ton âge arrive toujours à bander, maugréa-t-elle en obéissant.

Il ignora son insolence et la laissa en paix pour uriner. Quand elle retourna dans la chambre, elle le vit tenir son manteau.

Ce qui, pour être honnête, était effectivement surprenant.

— Je ne suis pas d'humeur à me balader sur le pont.

Elle n'avait aucune envie d'entendre la fête au niveau 15.

Son sourire s'élargit, ses yeux noisette pétillèrent.

— Qu'est-ce que tu dirais d'un tour en bateau sur le lac, au clair de lune ?

— Je veux marcher à terre, lâcha-t-elle, excitée.

Les chiens sauvages hurlèrent à la lune.

— Non, refusa-t-il, le regard scintillant d'adoration.

Merci d'avoir lu Prends sur toi ! Il est rare que j'écrive un livre en trois semaines, mais je devais partager cette histoire avec vous. J'espère qu'elle vous apportera de la joie, qu'elle vous fera rire et vous réchauffera le cœur. Vous en voulez plus ?
Univers dystopien, sombre et délicieux

Vous en voulez plus ? Des Dark Romance paranormales qui prennent aux tripes ! Jaloux, possessif et prêt à tous les péchés pour voler sa femelle, Shepherd est le petit ami anti-héros que vous attendiez tous.

- Née pour être liée — Violent, calculateur et impénitent, Shepherd exige l'adoration de sa nouvelle partenaire. Son affection. Son corps.
- Née pour être brisée — Shepherd ne sait plus comment aimer sa prisonnière Oméga. Mais il est résolu à apprendre.

- Renaissance — La nature de leur lien a ravagé Claire à tel point qu'elle ne différencie plus ses sentiments des machinations de Shepherd.
- Dérobée — Il l'a prise avec violence sans que personne intervienne. Il l'a brisée tout en jurant qu'il recollerait les morceaux.

La série Le chant de Wren est un récit de Fantasy paranormal sinistre et noir, pour ceux et celles qui ont des goûts particuliers et aiment l'échange de pouvoir total.

- Marquée — Wren ne peut chanter comme un troglodyte. Elle ne peut d'ailleurs même pas parler. Mais l'Alpha pilier et sa meute n'ont pas acheté l'Oméga pour l'écouter parler.
- Prisonnière — Caspian l'a marquée, Toby l'a revendiquée et Kieran est involontairement tombé sous le charme.

Charnel, osé et incroyablement gratifiant. Mon best-seller de romance noire paranormale attend les audacieux qui veulent y goûter.

- Le fil d'or — Ils me traitent de brute. Ils me traitent d'impénitent. Ils me traitent de possessif. Je suis toutes ces choses et bien, *bien* plus.

Vous aimez les hommes poules, affectueux et totalement possessifs ? Alors lisez mes romans d'amour noir paranormaux. La série L'empire d'Irdesi est captivante et torride, sûre de vous satisfaire.

- Sigil — Il la possèdera. Même s'il doit écraser des empires. Même s'il doit lui faire du mal pour son propre bien. Même s'il doit la partager avec ses frères. Sigil sera à lui.

- Sovereign — Sovereign s'occupe de son consort réticent. Ses nombreux frères la couvrent d'attention, chacun exerçant sa marque séductrice pour courtiser la seule femelle de leur espèce.

Si vous préférez les mâles Alphas sombres, alors mon roman d'amour noir best-seller de la période de la Régence anglaise comblera vos désirs.

- La face cachée du soleil — Cupide, fourbe et cruel, Gregory prétend l'aimer et lui propose de tuer pour elle… Mais les mensonges lui viennent aisément.

L'obsession et un « amour » des plus tordus sont les thèmes centraux de ces livres torrides. Prenez garde, ces vampires sont loin d'être doux.

- Catacombes — Le roi des vampires a trouvé sa reine et l'a enfermée pour son malin plaisir.
- Cathédrale — Malcolm défie le roi de l'enfer lui-même pour posséder la femme qui doit être à lui.
- Relique — L'amour éternel n'attend aucun homme. Vlad a trouvé sa perle

Un roman d'horreur tabou qui s'insinuera dans vos pensées les plus sombres et vous tiendra éveillés toute la nuit ? Quoi que vous fassiez, ne suivez pas le lapin blanc !

- La reine blanche — Le Diable doit une faveur au Chapelier… et celui-ci sait précisément ce qu'il veut recevoir comme récompense.

• Immaculée — Mais mes genoux ont été écorchés par mes prières devant un autel vide. Tout ce qu'on m'a enseigné est un mensonge. Il n'y a point de Dieu ici-bas.

Vous aimez le bon vieux désir à l'ancienne ? Alors savourez ces romans d'amour historiques.

• Un avant-goût du soleil — Quelque chose cloche chez la petite nouvelle en ville. Charlotte Elliot jure, boit et en fait bien trop pour se fondre dans la foule.

• Un coup dans le noir — Matthew est résolu à retrouver sa chérie après sa fugue. Et puis, il compte bien l'épouser.

Rejoignez mon groupe Facebook, Addison Cain's Dark Longing's Lounge, pour recevoir des extraits, livres gratuits et autres cadeaux ! Demandez-moi ce que vous voulez ! J'ai hâte de vous parler.

NÉE POUR ÊTRE LIÉE

Elle était arrivée jusque-là… Ses yeux écarquillés scrutaient par la fente étroite entre son bonnet en laine et les multiples couches du cache-nez miteux qui enveloppait la moitié inférieure de son visage. Personne ne semblait vraiment prêter attention à son passage, ignorant la créature dans son manteau nauséabond et trop grand quand celle-ci hésita au pied des larges marches et leva les yeux vers la Citadelle de Thólos. Elle agrippa plus fort le flacon de cachets dans sa poche, se raccrochant frénétiquement à son lien vital, et posa le pied sur la première marche.

Ces deux derniers jours, elle avait avalé un de ces précieux comprimés toutes les quatre heures piles. Alors qu'elle pénétrait dans ce qui était autrefois une zone réglementée, elle aurait dû être saturée par le médicament, son métabolisme et ses hormones bercés dans un contentement artificiel. Une semaine entière de vivres avait été troquée afin qu'elle puisse grimper ces marches sans être réduite en charpie.

Elle n'en était pas moins morte de trouille.

La clameur des monstres à l'intérieur – les acclamations et les sifflets tandis que les siens se voyaient dépouillés de leur dignité, puis de leur vie – lui retournait l'estomac, bien que la remontée acide ait pu être un effet secondaire des médicaments. Déjà en nage, soulagée que d'autres l'aient couverte de tant de couches pour dissimuler ce qu'elle était, Claire prit une toute petite inspiration et se retint de vomir en humant la puanteur de cadavre en décomposition qui embaumait ses vêtements. Puis elle s'enfonça dans le chaos.

Franchir l'entrée fut presque trop facile. Aucune main n'empoigna son épaule pour l'arrêter dans son élan, aucun disciple n'exigea d'un aboiement qu'elle explique sa présence. Au contraire, le trou noir ne semblait que trop disposé à l'aspirer. Passé le seuil, l'air empestait l'homme ; un mélange âcre d'Alphas agressifs et des Bêtas les plus violents, qui étaient venus grogner et japper sur ceux qui constituaient le divertissement du jour.

Des actes de naissance jonchaient le sol ; des parchemins couverts d'empreintes là où des bottes cruelles avaient piétiné ce qui avait un jour représenté une vie. Un véritable tableau de chasse des noms rayés des registres. Les bouts de papier éparpillés s'étaient mêlés aux tracts, avis de recherche et détritus abandonnés.

Plus elle s'enfonçait, plus les salles étaient bondées, remplies par une horde de citoyens et par la racaille indésirable de la Crypte, libérée le jour où la terreur avait assailli Thólos. C'étaient des voyous qui s'étaient ralliés à la bannière du conquérant du Dôme, des hommes qui avaient le pouvoir d'agir à leur guise. Des hommes *encouragés* à agir à leur guise. Des hommes maléfiques.

Elle devait se hâter. Elle était certaine que, si la foule compacte découvrait ce qu'elle était sous la crasse nauséabonde qui l'emmaillotait, elle connaîtrait une mort horrible, et tous les siens seraient condamnés à mourir de faim. Un pied après l'autre, dos rasant le mur et jetant des regards furtifs à la ronde, Claire contourna l'attroupement et pria pour passer inaperçue.

Le mâle que Claire cherchait avait la réputation de se tenir là où tous pouvaient l'atteindre. Là où tous pouvaient voir qui détenait le pouvoir, afin qu'il puisse tuer tout opposant – si les rumeurs disaient vrai – à mains nues.

Il aurait été bien impossible de le rater.

L'ordure qui avait l'audace de se faire appeler « Shepherd » était immense, le plus grand Alpha qu'elle ait jamais vu. Sans oublier les marques Da'rin. Claire ignorait tout de leur nature, mais celles-ci tourbillonnaient sur sa peau bronzée telles l'extension de son immoralité – bestiales, contre nature. La complexité des dessins attirait le regard sur ses bras musclés, mettant en garde tous les curieux contre la perfidie de leur porteur, indigne de confiance.

Avant la chute de sa ville, porter ces marques noires mouvantes à la surface avait été complètement illégal – le châtiment : l'exécution. L'homme était un bagnard de la Crypte, celui qui avait libéré les indésirables, et le monstre responsable de la souffrance des siens, ainsi que des cadavres qui s'amoncelaient dans les rues de Thólos.

Claire déglutit en avançant discrètement, et choisit plutôt de regarder le disciple en armure à qui Shepherd adressait un hochement de tête ; un Bêta marqué Da'rin, à en juger par son apparence. Ce furent les yeux bleus et perçants de cet homme qui remarquèrent son approche discrète. Même si qualifier Claire de frêle était une façon délicate de la décrire, d'après son expression, le Bêta la considérait comme insignifiante… une moins que rien. Il détourna les yeux et l'ignora.

Sans cesser de serrer ses cachets, son talisman contre le mal, Claire marcha droit vers les deux conquérants en pleine conversation. Cherchant à attirer l'attention de l'Alpha, elle buta sur les mots :

— Je dois vous parler, s'il vous plaît.

Shepherd ne lui accorda pas un seul regard, ignorant ouvertement la femelle emmaillotée dans ses vêtements puants.

— C'est très important, essaya-t-elle un ton plus haut, son regard sincère, son désespoir et sa terreur apparents.

Combien de fois cela lui était-il arrivé dans sa vie ? L'indifférence totale, le rejet flagrant...

Claire poussa un soupir frustré et serra encore plus fort ses comprimés. Debout telle un arbre, un jeune plant dans une forêt de séquoias, elle patienta et l'observa. Il était hors de question qu'elle reparte avant d'avoir pu parler avec la seule personne qui avait le pouvoir de les sauver. Il voulait être un chef, il voulait régner... Eh bien, elles avaient besoin de manger. L'amour-propre avait ses limites. Au fond, elle avait toujours su qu'il ne les maintiendrait pas en vie, aussi était-elle venue demander l'aide de Shepherd.

Les yeux braqués sur l'homme, le plus grand de la salle – peut-être du monde entier –, elle attendit pendant des heures. Il lui était difficile d'ignorer ce qui se déroulait autour d'elle. Les pleurs des anciens puissants, réduits à de pauvres hères larmoyants, amenés là pour *répondre de leurs actes*. Claire n'était pas sûre de quels actes ils devaient répondre exactement. Tout ce qu'elle savait, c'était que ceux qui avaient la malchance d'être traînés jusqu'à la Citadelle étaient exécutés, peu importaient leurs suppliques, leurs pots-de-vin, leurs lignées… Rien ne comptait aux yeux de l'assemblée. Pas même la culpabilité.

Les ténèbres tombèrent. Claire prit son mal en patience. Inspirant toujours par petites bouffées, elle tint bon même si elle rêvait plus que tout de s'enfuir en hurlant. Elle prétendit qu'elle ne venait pas d'entendre un inconnu se faire condamner à être écorché vif *afin que le monde puisse voir de quoi il était fait en dessous*. Il se faisait si tard, son triste courage lui semblait si vain… Pas une fois ces yeux d'argent ne s'étaient tournés vers elle. Pas une seule fois.

Claire avait espéré que sa détermination lui vaudrait au moins un regard de la part de Shepherd, comme son disciple l'avait fait, et lui donnerait une chance de plaider sa cause. Pourtant, plus elle attendait, plus son cœur s'emballait. L'espace d'un instant, l'odeur lui donna même envie de vomir – pas seulement celle de ses vêtements, mais celle de tous les Alphas en furie dans la salle –, et elle sortit ses cachets. Agissant le plus vite possible, elle ouvrit le flacon et happa un petit comprimé bleu entre son pouce et son index. Elle appuya son petit doigt ganté sur le cache-nez souillé et l'abaissa juste assez pour pouvoir glisser le cachet entre ses lèvres. Lorsque celui-ci atterrit sur sa langue, Claire s'efforça de produire assez de salive pour l'avaler.

Il accrocha son œsophage sur le passage, ce qui la fit tressaillir, puis grogner lorsque le contact du précieux médicament avec son estomac vide manqua de le faire remonter illico. Ses doigts réajustèrent rapidement la laine pour couvrir autant de peau que possible, remontant le vêtement nauséabond sur son

nez et sur sa bouche... Et ce fut alors que tout
dérailla.

L'air lui-même changea, et une étincelle de
peur instinctive annonça l'avènement de son pire
cauchemar. Shepherd parut soudain étrangement
immobile, au point qu'elle put entendre les os de son
cou craquer quand il tourna la tête de quelques degrés
dans sa direction.

Transpirant abondamment, se sentant malade,
Claire ouvrit la bouche dès qu'elle perçut son
attention :

— Je dois vous parler.

Il avait beaucoup tué. Même à travers les
couches de tissu qui enveloppaient son visage, elle
pouvait le sentir ; il était plus puissant que les autres,
pour sûr. Cependant, son regard était bien plus
terrifiant que les marques Da'rin. Du mercure liquide,
dur, impitoyable, semblait voir clair dans son jeu et la
dépouiller de son déguisement. Les épaules
tombantes, Claire sentit son estomac brûler —
élancement qui se mua en crampe douloureuse, ne
laissant dans son sillage qu'une terreur totale.

Elle avait fait tout ça pour rien.

La respiration hachée, chancelant comme si ses
jambes étaient incapables de décider par où s'enfuir,
Claire murmura sous cape :

— Non, non, non... Ça ne peut pas arriver.

Elle ignorait comment, mais tous ses préparatifs
et les cachets n'avaient pas suffi. Il y avait bien trop
d'Alphas, trop de leur odeur dans l'air, et elle était
entrée aussitôt en chaleur. Elle pouvait déjà sentir la
cyprine s'accumuler entre ses cuisses, son odeur, si
imprégnée de phéromones qu'elle ne pourrait être
masquée par l'épouvantable pestilence dans laquelle

elle s'était drapée à dessein. Toutes ces heures durant lesquelles elle avait cru que son malaise était dû à la privation de nourriture, aux relents de putréfaction et au poids du manteau… Comme une imbécile, elle était restée dans l'antre des loups alors que les signes s'accumulaient : nausée, rythme cardiaque accéléré, fièvre… Et le plus grand des loups la transperçait à présent du regard.

Claire avait enfin attiré son attention, mais tout avait été en vain.

Elle délirait déjà, paniquée. D'une voix fêlée, le ton accusateur, elle lança :

— Je voulais juste vous parler. Je n'avais besoin que d'une minute.

Ce désir insatiable – celui contre lequel elle avait lutté toute sa vie – la fit trembler et se préparer à fuir, mais c'était déjà le branle-bas tout autour. Elle essaya de retenir sa respiration tandis que les Alphas reniflaient l'air comme des limiers. Bloquant sa mince tentative de repli, Shepherd lui fit face et la fixa de ses yeux ronds et perçants de prédateur.

Ce fut son attention – l'attention qu'elle avait cherchée pour sauver les siens – qui attira d'autres regards dans la salle. Ce satané liquide recommença à s'écouler entre ses cuisses, saturant le tissu de ses sous-vêtements, annonçant qu'une rare Oméga était apparue de nulle part et qu'elle présentait des signes de chaleur.

Il y aurait une émeute, un bain de sang tandis qu'ils se l'arracheraient… avant de la prendre à même le sol en marbre crasseux.

Une nouvelle vague de crampes la contraignit à se plier en deux. Ses pupilles grignotèrent lentement ses iris verts jusqu'à que seul demeure un rond noir entouré d'un anneau émeraude. Un rugissement retentit derrière elle. Des poings se refermèrent avec force sur son bras. Elle hurla, et la frénésie éclata.

Les Alphas étaient dominants. Ils éprouvaient un besoin animal de s'accoupler avec une Oméga en chaleur. De la retenue, ils en possédaient aussi… Mais pas les monstres présents dans cette salle. Pas le genre d'hommes qui s'étaient ralliés à la cause de Shepherd. Pas ce que les hommes de Thólos étaient devenus depuis que ce fumier avait envahi la ville. Elle serait violée jusqu'à ce qu'elle succombe. Elle pouvait déjà sentir quelqu'un lui arracher ses vêtements.

Ses réactions corporelles, Claire ne pouvait les empêcher. Les grognements et aboiements ne firent que générer davantage de mouille et lui donnèrent la folle envie d'être prise… mais pas par les bêtes qui rampaient dans cette salle.

Un hurlement si assourdissant qu'elle dut se couvrir les oreilles la secoua jusqu'aux os. Il y eut des bruits de lutte, des coups de feu, et Claire se recroquevilla instinctivement sur elle-même.

Luttant contre sa réaction, forçant son corps à se redresser pour pouvoir faire davantage que repousser les mains qui l'agrippaient, elle ouvrit des yeux aux pupilles dilatées et se prépara à fuir. Ils la pourchasseraient, elle le savait. Les Alphas étaient plus forts, plus rapides et, puisqu'elle était cernée, l'un d'entre eux l'attraperait. Mais, au moins, elle aurait essayé.

Claire ne s'était pas attendue à l'amas de corps qui jonchaient déjà le sol. La vue de tant d'hommes brisés la pétrifia, et c'était tout ce dont il avait besoin. Instantanément, un bras aussi épais qu'un tronc d'arbre s'enroula autour de sa taille, et elle fut transportée, pliée en deux, sur l'épaule assurée d'un homme qui faisait valoir son droit… de vainqueur de la bataille. Des grognements et des cris résonnaient dans la salle, ainsi que les gémissements de douleur des rares hommes à terre qui avaient la chance d'être toujours en vie.

Elle vit des bottes de combat et une armure familière, visiblement forgées à partir de pièces de récupération, gainer des cuisses épaisses. Shepherd. Remerciant Nona pour l'écharpe horrible et méphitique qu'elle avait préparée, Claire lutta contre elle-même, résista à la tentation de le renifler et fit de son mieux pour répéter le mantra qui lui avait permis de surmonter ce cauchemar par le passé. *Ce n'est que l'instinct.*

Elle devait lui parler et résister à ses basses pulsions…

Crois-tu qu'il résistera aux siennes ?

Cette pensée la fit vaciller, réaction qu'il prit sans doute pour de la soumission et non son pendant, le désespoir. Claire perdit toute notion de distance et de direction, et ne remarqua que la pénombre croissante et l'étrange sensation de s'enfoncer sous terre. Dans sa tête, elle répéta en boucle ce qui devait être dit, se jurant qu'elle le dirait. Même s'il entrait en rut, elle le dirait.

Même s'il la tuerait, elle le dirait.

Une porte aux charnières métalliques épaisses fut ouverte, bruissant comme elle s'imaginait que bruissaient les portes dans les sous-marins de l'ancien monde, dont elle avait entendu parler dans les livres, et ils entrèrent dans une pièce.

Chaque inspiration, même à travers le cache-nez infect, était saturée par lui, par le musc entêtant du chef des Alphas. La main pressée sur sa bouche et son nez, elle sentit son corps se tortiller malgré elle et se reconcentra sur ses petites inspirations superficielles de contrôle.

Une fois posé sur le sol, son corps fut pris de convulsions. Les crampes soutirèrent un grognement de douleur à la femelle. Elle voulait – non, elle avait *besoin* – de glisser sa main entre ses cuisses. Mais l'odeur de chair en décomposition lui retournait l'estomac, alors même que la délicieuse odeur de la tanière de l'Alpha la rendait folle.

Elle lutta contre l'envie irrépressible d'écarter les jambes et de se caresser. Ses mots brouillés par le désir, ses phrases entrecoupées de petits grognements, elle haleta :

— Nous sommes affamées… Les Omégas ont besoin de nourriture… On m'a envoyée pour vous demander de nous aménager un lieu sûr où nous pourrons nous procurer notre ration avant que nous ne mourrions toutes.

Elle le vit verrouiller la porte avec un verrou si épais que sa cheville en paraissait petite, piégeant et acculant l'Oméga pour l'accouplement. N'étant pas sûre que Shepherd ait entendu, elle s'éloigna du mâle en poussant avec ses pieds, jusqu'à ce que son dos heurte le mur, et réessaya :

— À manger… Nous ne pouvons plus sortir… Traquées, forcées. Ils nous tuent.

Elle leva ses pupilles dilatées vers le mâle intimidant, le suppliant de la comprendre :

— *Vous* êtes l'Alpha de Thólos, vous détenez le contrôle… Nous n'avons personne d'autre vers qui nous tourner.

— Donc tu es bêtement entrée dans une salle remplie de mâles féroces pour demander à manger ? se moqua-t-il, ses yeux cruels malgré son sourire.

Les horreurs de cette journée et la frustration sexuelle de ses chaleurs poussèrent Claire à lever hargneusement la tête et à croiser son regard.

— Si on ne trouve pas de quoi manger, je suis morte de toute façon.

En voyant la femelle grimacer à cause d'une nouvelle vague de crampes, Shepherd gronda – une réaction instinctive face à une Oméga prête à l'accouplement. Le grondement, empli de la promesse de tout ce dont elle avait besoin, élança Claire directement dans son bas-ventre. Son deuxième grommellement, plus sonore, résonna en elle, et une vague de cyprine chaude trempa le sol sous son sexe enflé, saturant l'air pour l'aguicher.

Elle n'en pouvait plus.

— Par pitié, arrêtez de faire ce bruit.

— Tu résistes à ton cycle, gronda-t-il, un son grave et abrasif, en faisant les cent pas sans la quitter des yeux.

Balançant la tête d'avant en arrière, Claire se prit à murmurer :

— J'ai vécu une vie de chasteté.

De chasteté ? C'était du jamais-vu… une rumeur. Les Omégas étaient incapables de résister au besoin de s'accoupler. Raison pour laquelle les Alphas se battaient pour elles et s'appariaient de force afin de se les approprier. Leur odeur à elle seule suffisait à faire entrer n'importe quel Alpha en rut.

Il gronda de plus belle, et les muscles de son vagin se contractèrent tant qu'elle gémit et se roula en boule par terre.

Il était déjà suffisamment difficile de traverser l'œstrus en s'enfermant seule dans une pièce jusqu'à la fin du cycle, mais ce fichu grognement et l'odeur qui imprégnait ses narines malgré la puanteur de ses vêtements la décomposaient de l'intérieur.

— Combien de temps durent tes chaleurs, Oméga ?

Ses paroles humiliantes la forcèrent à ouvrir les yeux pour voir la bête immobile, son immense érection apparente malgré ses couches de vêtement.

— Quatre jours, parfois une semaine.

— Et tu les as toutes vécues dans l'isolement au lieu de te soumettre à un Alpha pour les briser ?

Prise de frissons, adorant soudain cette voix rauque et lyrique, elle serra les poings pour résister à l'envie de l'appeler à elle.

— Oui.

Il la mettait en colère, la rendait furieuse, même, avec ses questions idiotes. Chaque fibre de son être lui criait qu'il devrait la caresser pour soulager son manque. *Que c'était son boulot !* La main couvrant toujours son nez et sa bouche, Claire siffla d'une voix essoufflée et courroucée :

— C'est mon choix.

Il se contenta de rire ; un rire cruel et gras.

Les Omégas étaient devenues exceptionnellement rares depuis les épidémies de peste et les guerres de réforme qui avaient suivi un siècle plus tôt. Elles étaient dès lors devenues une denrée précieuse que les Alphas au pouvoir accaparaient comme si c'était leur dû. Et, dans une ville débordant d'Alphas agressifs comme Thólos, elle s'était retrouvée piégée : obligée de vivre en prétendant être une Bêta juste pour éviter de se faire maltraiter, de dépenser une petite fortune sur des suppresseurs de chaleurs et de se barricader avec les quelques rares autres abstinentes de sa connaissance lorsque survenaient leurs chaleurs. Elles avaient réussi à vivre cachées à la vue de tous jusqu'à ce que l'armée de Shepherd jaillisse de la Crypte et abatte le gouvernement. Leurs cadavres pendaient toujours de la Citadelle comme des trophées.

Claire avait été contrainte de se cacher dès le lendemain, quand l'agitation avait encouragé les plus bas échelons de la population à s'emparer du pouvoir. Là où l'ordre avait régné, soudain, Thólos ne connaissait plus que l'anarchie. Ces hommes ignobles s'étaient appropriés toutes les Omégas sur leur passage, tuant partenaires et enfants pour ne garder que les femmes – afin de se reproduire avec elles ou de les baiser jusqu'à ce qu'elles meurent.

— Quel est ton nom ?

Elle ouvrit les yeux, soulagée qu'il l'écoute.

— Claire.

— Combien y en a-t-il comme toi, ma petite ?

S'efforçant de regarder un point sur le mur au lieu du grand mâle et de l'endroit où sa sublime queue dilatée faisait pression contre sa braguette, elle tourna la tête en direction du lit où son corps désirait faire son nid et fixa d'un air affamé l'amas de couvertures et d'oreillers colorés – un lit où tout devait être saturé par son odeur.

— Tu perds ton impressionnante concentration, ma petite, l'avertit-il en poussant un grognement prolongé. Combien ?

— Moins d'une centaine…, répondit-elle d'une voix fêlée. Nous en perdons chaque jour davantage.

— Tu n'as pas mangé. Tu as faim.

Ce n'était pas une question ; cependant, c'était son appétit pour *elle* que trahissait la vibration de son timbre grave.

— Oui…, siffla-t-elle, presqu'un gémissement.

Elle était si près de le supplier, et ce ne serait pas pour de la nourriture.

Le long grognement de la bête généra un écoulement de mouille qui la trempa tellement qu'elle se retrouva assise dans une mare glissante. Pliée en deux, frustrée et en manque, elle sanglota :

— Je vous en prie, ne faites pas ce bruit.

Et, immédiatement, le grognement changea de ton. Shepherd se mit à ronronner pour elle.

Il y avait quelque chose de si infiniment apaisant dans ce bourdonnement bas qu'elle soupira tout haut et ne recula pas face à son approche lente et mesurée. Elle l'observa avec attention, ses immenses pupilles dilatées un signe certain qu'elle était sur le point de basculer dans l'œstrus.

Même quand Shepherd s'accroupit, il la domina de toute sa taille, tout en muscle et sueur musquée. Elle essaya de prononcer les mots *« ce n'est que l'instinct »*, mais s'embrouilla tellement que leur sens fut perdu.

En commençant par l'écharpe, il déroula les couches qui souillaient ses merveilleuses phéromones, ronronna et la caressa chaque fois qu'elle geignait ou se trémoussait nerveusement. Lorsqu'il la tira vers l'avant pour lui ôter son manteau pestilentiel, les yeux de Claire se retrouvèrent à hauteur de son érection maintenue captive. Son nez découvert renifla automatiquement le renflement de son pantalon. À cet instant, tout ce qu'elle voulait, tout ce qu'elle avait toujours voulu, était de se faire baiser, de sentir son nœud et de s'accoupler avec ce mâle.

Ce n'est que l'instinct…

Shepherd nicha son visage dans le creux de son cou et inspira longuement, puis grogna quand sa queue palpita et commença à perler pour la satisfaire. Il était entré en rut, et rien ne changerait ce fait, pas plus que le besoin impérieux de voir la femelle remplie de sa semence, de soulager ce qui la poussait à se frotter contre sa propre main avec une telle frénésie.

— Vous devez m'enfermer dans une pièce quelques jours…, haleta-t-elle, ses mots presque inaudibles.

Un sourire carnassier étira les lèvres de Shepherd.

— Tu *es* enfermée dans une pièce, ma petite, avec l'Alpha qui a tué dix hommes et deux de ses disciples dévoués pour t'amener ici.

Il caressa sa chevelure, car quelque chose en son for intérieur lui disait que ses mains pouvaient la calmer.

— Il est trop tard, à présent. Ta chasteté rebelle est terminée. Soit tu te soumets volontairement à moi là où je peux soulager tes chaleurs, soit tu peux sortir par cette porte, là où mes hommes te prendront sans doute à même le hall dès qu'ils te sentiront.

Sur ces mots, quelqu'un frappa à la porte. Shepherd se redressa de toute sa stature et la toisa d'un regard qui exigeait qu'elle se soumette et lui obéisse sans détour. La domination ayant été établie, il s'approcha de la porte et la déverrouilla. Claire vit le même soldat, le plus petit Bêta aux yeux bleus bien trop vifs, et le surprit en train de renifler l'air dans sa direction, de plus en plus excité par le mélange capiteux de phéromones secrétées dans l'air par sa cyprine et par sa sueur.

Shepherd avait raison. Il l'avait sauvée de ce qui aurait été un viol collectif, lui avait évité la maltraitance et, plus que probablement, la mort. Il l'avait écoutée, même s'il ne lui avait pas répondu, et des hommes salivaient déjà dans le couloir. La compréhension de la situation passa ouvertement sur ses traits. Claire hocha la tête ; ses chaleurs altéraient son jugement.

Un échange de murmures eut lieu entre les deux hommes, qui se conclut par : « … seulement des Bêtas de garde. »

En voyant passer un plateau rempli de nourriture, puis une autre brassée de couvertures et d'oreillers, Claire blêmit. Ils avaient su que Shepherd se l'approprierait et s'y étaient préparés. Leur petite conversation n'avait eu d'autre but que de lui faire croire qu'elle avait le choix. Il remarqua son expression, et le murmure de son ronronnement s'amplifia.

Elle devait manger… Il devait la nourrir avant que cela ne commence. Le plateau fut posé au sol, où elle se tapissait, et l'ordre qu'il lui lança fut suffisamment sonore pour détourner son attention du renflement de son pantalon.

— Mange.

Pendant qu'elle picorait à l'aveuglette, il commença à se dévêtir. Toute son armure, chaque sous-couche, fut soigneusement enlevée et organisée ;

l'homme n'avait honte ni des marques Da'rin sur son corps ni de sa queue fièrement dressée. Mais, encore plus que la vue, ce fut l'odeur – le parfum de l'Alpha en rut, excité et en érection pour elle – qui fit fuir toute raison de son esprit. Tout vibrait dans ce ronronnement incessant, lui rappelait qu'il était ce dont son corps se languissait et qu'elle en salivait… même si elle avait peur.

Shepherd commença à arpenter la pièce, nu, et roula des épaules en marchant, sans cesser de l'observer et de renifler l'air encore et encore.

— Mange plus… Bois de l'eau.

D'une voix vicieuse et menaçante, Claire siffla, comme s'il aurait dû savoir que les Omégas ne pouvaient pas manger durant leurs chaleurs :

— Ce n'est pas manger que je veux !

Non, ce qu'elle voulait, c'était la chose qui était censée se produire. Ils étaient censés s'accoupler. Pourquoi attendait-il ? Elle était à ses pieds et il restait planté là, le mâle dominant dont le grondement puissant faisait rouler ses yeux dans leurs orbites.

Un bruit de tissu déchiré précéda le souffle de l'air frais sur sa peau enfiévrée.

Il était tout autour d'elle, arrachant tout ce qui était inutile, tous ses vêtements. Son odeur, sa sueur brute, firent suinter sa chatte. Reniflant à grandes bouffées haletantes la fertile Oméga, Shepherd chercha à caresser sa chair nue, un peu surpris de voir que tous ses poils avaient été éliminés de manière permanente – reconnaissant les précautions prises par l'Oméga pour masquer son odeur.

Elle était si loin, sa petite langue léchant déjà sa peau. Son odeur et son goût la faisaient planer si complètement que, lorsqu'il recueillit sur son doigt quelques gouttes de liquide pré-éjaculatoire pour les étaler sur ses lèvres, elle poussa un gémissement sonore et le suça profondément dans sa bouche.

Claire était si petite à côté de sa masse, facile à déplacer où il le voulait. Son dos heurta le matelas, et Shepherd, debout entre ses jambes minces et écartées, fixa d'un regard affamé la rivière de sécrétions qui s'écoulait de son sexe. Les petites lèvres roses étaient écartées, et son gland dilaté orienté vers ce qui semblait bien trop exigu pour accueillir un organe si épais. Une main posée sur son sein pour peloter son téton, Shepherd s'enfonça, déchirant la membrane de son vagin trempé, et sentit tout son corps frémir en entendant son cri désespéré.

La femme n'avait pas menti… Elle était si étroite que sa queue devait secréter davantage de liquide pour passer. Il avait à peine enfoui la moitié qu'elle commença à gémir et à se tortiller. Les Alphas étaient bien montés, et Shepherd était un colosse, son gabarit énorme – or, il n'y avait qu'un espace limité dans le corps de cette femelle.

— Ouvre-toi pour moi, ma petite, gronda Shepherd, utilisant ses pouces pour écarter davantage ses grandes lèvres.

Il rua en elle et s'enfonça un centimètre durement gagné après l'autre tandis qu'elle regardait la queue aussi épaisse qu'un avant-bras disparaître peu à peu entre ses cuisses.

Lorsque le membre dilaté du mâle toucha le fond de sa chatte, lorsque toute son étroitesse enveloppa cette dure longueur… le bonheur absolu. Elle en avait besoin ; elle gémissait et se cambrait en frottant son sexe contre son pubis. L'étirement était divin, la vibration de ses ronronnements, son *odeur*…

Lorsqu'il commença à se retirer, elle montra les dents et gronda sur l'homme qui faisait plusieurs fois son poids. L'air amusé, Shepherd rua des hanches pour enfoncer sa queue immense jusqu'à la garde, impatient de l'entendre pousser un cri perçant.

Claire apprit vite qu'il appréciait ses petites crises de colère, mais c'était bien Shepherd qui dominait l'échange. Il la pilonna avec la vigueur dont elle avait besoin, vite et fort, et fit s'emballer le pouls furieux dans ses entrailles. Lorsqu'elle commença à onduler des hanches, yeux fermés, perdue dans le désir insatiable de s'accoupler, il l'attrapa par la peau du cou et lui aboya d'ouvrir les yeux, de regarder le mâle qui la baisait, de reconnaître ses prouesses.

Ces mots lancés d'une voix rageuse la poussèrent à bout. Une plénitude parfaite explosa en elle. Claire sentit chaque muscle de sa chatte s'animer, vit le regard vicieux et carnassier de son partenaire, sentit son nœud grossir tandis qu'il s'enracinait en elle et s'accrochait derrière son pubis, les ancrant l'un à l'autre aussi profondément que possible. Secouée par l'intensité de l'orgasme, elle sentit le premier jet brûlant de sa semence, l'entendit rugir tel une bête pendant qu'elle-même criait. Quand Shepherd éjacula davantage de ce liquide copieux, elle sentit son corps enfin satisfait et, le sentant cracher une troisième salve, elle s'évanouit.

Elle dut se réveiller peu de temps après, car le nœud unissait toujours leurs corps. Il était couché sous elle, Claire étalée sur son torse, l'oreille posée contre son cœur. La sérénité de l'accouplement se dissipait déjà, et l'impulsion de baiser était de retour. Son désir, la seule chose qui la définissait en ce moment, la transcenda lorsqu'elle darda sa langue pour lécher le sel de sa sueur sur son torse, pour inciter le mâle tatoué à remettre le couvert.

Dès que le nœud commença à se défaire, elle sentit la perte du précieux liquide, la semence qui ruisselait hors d'elle, et gémit. Comme s'il partageait ses pensées, Shepherd plongea les doigts dans l'écoulement et porta son sperme à la bouche de Claire. L'odeur suffisait à la rendre folle, le goût l'affecta mille fois plus.

— Ils auraient brisé une Oméga aussi frêle.

Fasciné, Shepherd la regardait lécher goulument ses doigts tout en lui expliquant la situation calmement, comme s'il éduquait une femelle qui aurait dû savoir ce qui l'attendait.

— Ils n'auraient montré aucune retenue face à une odeur si entêtante.

Elle ne voulait pas qu'il parle. Elle voulait qu'il recommence à la baiser. Il glissa une grande main dans ses cheveux et massa le cuir chevelu de la femelle, l'apaisant par ses caresses et ses ronronnements en attendant que le nœud soit tout à fait défait, pour qu'il puisse recommencer à ruer entre ses hanches avides.

Le deuxième accouplement fut bien moins frénétique, beaucoup plus gratifiant et, lorsqu'il l'eut de nouveau remplie, Claire commença à sentir s'émousser son désir féroce. Peut-être était-ce dû à ses mains, qui la levaient et la rabaissaient à un rythme qui faisait chanter sa chatte, ou à son regard, qui affichait un plaisir lascif évident ; elle l'ignorait.

Alors, voilà ce que c'est, de s'accoupler avec un Alpha.

Shepherd semblait connaître ses pensées et, lorsqu'elle vit les plis aux coins de ses yeux, elle comprit qu'elle l'amusait. Il prit son visage entre ses mains, tendre et délicat, et elle ne se sentit ni forcée ni maîtrisée… Dans son délire, elle se sentait à tort en sécurité.

Ce ne fut que le lendemain, lorsqu'il la prit par derrière au pic de ses chaleurs, appuyant de tout son poids sur son dos, qu'elle sentit venir les ennuis. Elle planait toujours, la ferveur croissante de ses chaleurs loin d'être apaisée… Mais il rugit, commença à faire pression et à la meurtrir ; à la restreindre. Luttant contre son emprise, se débattant, Claire dégrisa : elle craignait à présent que le tyran ne la morde si sauvagement qu'il laisserait une cicatrice – craignait qu'il ne veuille la marquer et la revendiquer.

Pire que tout, instinctivement, c'était ce qu'elle désirait. Embrouillé par les chaleurs, son esprit voulait être imprégné par ce monstre qui avait détruit Thólos et fait de sa vie un enfer, simplement parce qu'il était celui qui était en train de la baiser.

— Et tu vas obéir ! gronda-t-il dans son oreille.

Elle haleta un refus par-dessus le bruit de son bassin qui claquait contre les monts de chair de son derrière. Des dents pointues se plantèrent dans son épaule, et le nœud de Shepherd enfla jusqu'à ce que l'Alpha ne puisse plus ruer et qu'elle soit incapable de s'échapper. Elle hurla de douleur et de plaisir, sanglota en sentant les crocs déchirer sa peau. Shepherd poussa un long râle en la mordant, puis arracha sa chair.

Elle jouit lorsqu'il la marqua. Sa chatte se contracta en rythme et aspira les jets brûlants de sperme tandis qu'il roucoulait et léchait son sang.

Claire pleura quand il ronronna et la caressa, pleura en prenant vaguement conscience qu'elle avait totalement perdu le contrôle qu'elle avait si soigneusement cultivé dans sa vie. Quand, dix minutes plus tard, son corps lui signala qu'il était temps qu'il recommence à la baiser, Shepherd l'attira sous lui et caressa tendrement la femme qu'il avait volée, même si celle-ci sanglota tout au long de leur accouplement.

Lorsque ce fut terminé, lorsque l'orgasme suivant eut apaisé cette folie chimique, le calme descendit sur le couple. Claire dormit brièvement contre un homme qu'elle ne connaissait pas, se lovant aussi près que possible, à l'endroit précis où la brute s'attendait à ce qu'elle repose.

***

En fin de compte, il fallut trois jours pour briser les chaleurs de l'Oméga affamée. Elle était à présent en train de dormir, pelotonnée sous les couvertures, couverte de son sperme et de sa mouille – comblée. Tout en jouant avec une mèche de ses cheveux noirs comme de la suie, Shepherd réfléchissait à ce qu'il allait faire de ce qui était à présent sa propriété, impressionné que cette frêle femelle ait eu le cran de revêtir les vêtements d'un cadavre et de parader au milieu d'une meute d'Alphas juste pour lui parler. Elle serait morte s'il n'avait pas senti son parfum irrésistible.

Son corps serait endolori maintenant que ses chaleurs étaient terminées, et son esprit ne serait plus embrumé par son désir insatiable de s'accoupler. Il était sûr qu'elle lui en voudrait de l'avoir marquée. Mais c'était le sort des Omégas, la voie de la nature. Il avait eu envie d'elle et il l'avait prise. Fin de l'histoire.

Alors qu'il parcourait des yeux son corps souple de danseuse, l'Alpha gronda en constatant que son Oméga était à l'évidence sous-alimentée. Cela le mit de si mauvaise humeur que, lorsque quelqu'un frappa à la porte, il attrapa avidement ce qui lui appartenait et rugit.

Le tumulte de se retrouver pressée contre une montagne de chaleur réveilla Claire, qui siffla d'inconfort. Tout lui semblait gluant, et un mâle tripotait des hématomes qui n'appréciaient pas cette attention. Les mots qu'il cracha appartenaient à une autre langue – une langue marginale perdue, supposa-t-elle. Se rappelant qui il était et ce qu'il lui avait fait, elle repoussa le torse de Shepherd, mais sentit ses bras la comprimer de plus en plus. La conversation se prolongea entre le disciple derrière la porte et son ravisseur, Shepherd raffermissant son emprise chaque fois qu'elle se tortillait.

Lorsque ce fut terminé, Shepherd la fit pivoter vers lui et aboya :

— Tu dois encore dormir.

Ce n'était pas une suggestion, et elle pouvait percevoir son énervement.

— Les Omégas, dit-elle.

C'était sa seule raison d'être venue à lui… Pas pour qu'il noue en elle pendant trois jours entiers !

Ses yeux changeants formèrent des fentes étroites lorsqu'il plissa les paupières. Shepherd la renifla une fois, puis gronda :

— Ton hypothèse selon laquelle il serait plausible de créer un canal de distribution de vivres privé est biaisée. Cela ne servirait qu'à attirer l'attention sur ton groupe. Toutes les Omégas seront livrées à mes bons soins et séparées du reste de la population de la Crypte. Quand elles entreront en chaleur, un Alpha sera choisi pour chacune parmi mes disciples. La plupart d'entre elles seront appariées dès leurs prochaines chaleurs.

— Quoi ? Non ! s'exclama Claire, horrifiée. Ce n'est pas ce que nous voulons. Elles ont besoin de manger, pas de devenir des esclaves.

— C'est pour le mieux. Vous êtes des Omégas, fragiles, et ce n'est pas votre place de décider de telles choses.

Tout chez ce mâle lui parut soudain repoussant. Voulant qu'il la lâche, Claire essaya de se dégager.

— Je ne te dirai pas où les trouver.

Lorsqu'il sourit, la cicatrice qui barrait ses lèvres rendit son expression sinistre.

— Alors elles mourront de faim et seront éliminées une par une. C'est ta décision, ma petite. Si elles m'étaient livrées, elles seraient protégées.

— De qui ? Les hommes qui violent et nouent dans des filles qui n'ont même pas atteint la maturité sont ceux-là même dont tu t'entoures.

Shepherd caressait ses cheveux comme si elle n'était pas fâchée, comme si elle ne le détestait pas en cet instant, et cela l'enrageait. Lorsqu'elle tenta de repousser sa main, il gronda et la plaqua sous lui. Ses dents s'approchèrent du creux de sa gorge et il renifla, puis grogna à l'odeur sucrée avant d'utiliser sa cuisse pour la forcer à écarter les jambes.

Claire sentit sa queue palpiter contre son ventre et prit peur. Il n'y avait pas de chaleurs, pas de sécrétions abondantes, et elle avait mal. Shepherd s'en moquait. Il lui rappela qui dominait d'un coup de reins violent, prit son Oméga sans ronrons ni caresses et noua en elle sans attendre qu'elle jouisse pour aspirer sa semence. Lorsque les jets puissants baignèrent son utérus, aucune paix ne s'empara d'elle, uniquement la frustration et les larmes.

Quand il eut repris son souffle, il approcha sa bouche malvenue de son oreille.

— Dors encore.

Il recommença à jouer avec ses mèches et laissa Claire pleurer toutes les larmes de son corps, enlacée par l'homme qui avait bien mérité sa réputation de monstre.

Prêts pour la suite ?
NÉE POUR ÊTRE LIÉE

Addison Cain

Auteure de best-sellers figurant sur la liste de USA TODAY et parmi la liste des 25 auteurs les plus vendus sur Amazon, Addison Cain est mieux connue pour ses romans d'amour noir, ses romans à suspense paranormaux torrides et ses univers extraterrestres originaux. Ses anti-héros ne sont pas toujours rachetables, ses héroïnes sont farouches, et les apparences, toujours trompeuses.

Profonds et parfois déchirants, ses romans ne sont pas pour les âmes sensibles. Mais ils conviennent justement à ceux qui apprécient les mauvais garçons, les alphas agressifs et un soupçon de violence dans un baiser.

Ne manquez pas ces titres excitants d'Addison Cain !

Le fil d'or

Étranges croisées

Série La revendication de l'Alpha :
Née pour être liée
Née pour être brisée
Renaissance
Dérobée
Corrompus (à paraître)

Série Le chant de Wren :
Marquée

Prisonnière

Série L'empire d'Irdesi :
Sigil
Sovereign
Que (à paraître)

Berceau des ténèbres :
Catacombes
Cathédrale
Relique

Duo Illusion de lumière :
Un avant-goût du soleil
Un coup dans le noir

Roman d'amour historique :
La face cachée du soleil

Horreur :
La reine blanche
Immaculée

www.ingramcontent.com/pod-product-compliance
Lightning Source LLC
Chambersburg PA
CBHW021306190726
48288CB00003B/722